KB059539

네모의
이집트여행

Némo en Égypte

by Nicole Bacharan and Dominique Simonnet

ⓒ Éditions du Seuil, 2002. All rights reserved.

This Korean edition ⓒ 2007 by Sakyejul Publishing Ltd.

This translated edition published by arrangement with Éditions du seuil,
Paris through THE agency, Seoul.

이 책의 한국어판 저작권은 THE 에이전시를 통해
Éditions du seuil와 맺은 독점 계약에 따라 (주)사계절출판사에 있습니다.
저작권법에 따라 한국 내에서 보호를 받는 저작물이므로 무단 전재와 무단 복제를 금합니다.

네모의 이집트 여행

니콜 바샤랑·도미니크 시모네 지음

이수련 옮김

사□계절

차례

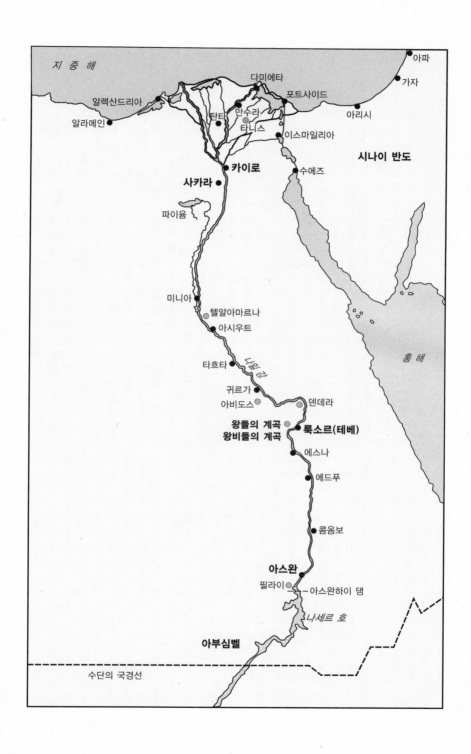

지 중 해

아파

가자

다미에타

포트사이드

알렉산드리아

아리시

탄타

만수라

알라메인

타니스

이스마일리아

시나이 반도

카이로

수에즈

사카라

파이윰

홍 해

미니아

텔알아마르나

아시우트

나일강

타흐타

귀르가

덴데라

아비도스

왕들의 계곡

룩소르(테베)

왕비들의 계곡

에스나

에드푸

콤옴보

아스완

필라이

아스완하이 댐

나세르 호

아부심벨

수단의 국경선

람세스 2세의 무덤

왕들의 계곡

왕비들의 계곡

다이르 알마디나

라메세움

멤논 거상

사미르 계곡

말가타

나일 강의 서쪽 연안
죽은 자들의 세계

카르나크 신전

룩소르(테베)

부두

나일 강의 동쪽 연안
산 자들의 세계

올드 윈터 팰리스

프롤로그

또다시 세상이 태동했다. 또다시 태양이 암흑 속에서 떠올라 이집트를 비추었다. 몇백만 년 동안 매일 아침 그러했듯이……. 또다시 하루가 시작되었다.

늘 그렇듯이 사미르는 새벽의 첫 신호들을 미리 감지했다. 먼저 캄캄했던 하늘이 환해졌다 엷어지는 미세한 변화가 일어난다. 그리고 나일 강 맞은편 연안인 동쪽에서 밝은 띠가 떠오르면서 수평선이 모습을 드러낸다. 태양이 자신의 도착을 알리는 것이다. 그러고 나면 모든 일이 빠르게 일어난다. 붉은빛으로 나타나기 시작한 산은 점점 선홍빛으로, 월계수보다 은은한 선홍빛으로 물든다. 그림자들도 서서히 제 모습을 드러낸다. 바위는 황톳빛에서 노란빛으로 변해 간다. 그러는 동안 하늘은 조금씩 순수한 푸른빛을 찾는다.

사미르는 동트는 광경에 싫증을 느낀 적이 한 번도 없었다. 하루도 거르지 않고 토담집 지붕 위에 올라, 온 생명이 제 빛깔을 되찾는 풍경을 지켜보았다. 일출은 언제나 하나의 사건이며, 무엇 하나 놓치고 싶지 않은 마법의 순간이었다. 고대 이집트 사람들은 밤이 되면 태양이 땅속에서 운행을 계속하며 마귀들과 긴 싸움을 치른 끝에 승리의 새 아침을 연다고 믿었다. 이집트에서 시작되는 하루는 언제나 부활이요, 죽음을 물리친 승리다. 새로운 역사이다.

마을은 이미 생기를 되찾고 있었다. 옆집 사는 무스타파 아저씨는 말 안 듣는 당나귀에게 난폭하게 발길질을 하면서 욕을 해 댔다. 가겟집 아저씨는 아주머니와 싸우고 있었다. 깨진 달걀 때문인데, 늘 벌어지는 일이다. 마을 사람들은 대화할 때면 억양이 올라가곤 했지만 정말 서로 미워해서 그러는 건 아니다. 베일로 얼굴을 가린 아이샤와 어린 동생이 벌써 길 위에 나와 있었다. 3킬로미터나 떨어진 강둑 위 학교로 가는 긴 여정을 시작할 참이었다.

멀리 테베 산이 햇빛을 받아 점점 환해지고 있었다. 이제는 그 유명한 피라미드 모양의 산꼭대기와 아래쪽 '왕들의 계곡'으로 뻗어 있는 오솔길들까지 똑똑히 보였다. 곧 왕들의 계곡은 나일 강 반대쪽의 룩소르에서 관광객들을 싣고 오는 자동차와 택시들로 붐빌 것이다. 사막의 열기로 땀에 젖은 무리들이 5000년 전에 파 놓은 무덤 속으로 웅성거리며 밀려들 것이다.

그렇게 소란스러운 사람들이 자신의 조각상을 모독하는 모습을 본다면 파라오들은 뭐라고 할까? 불타는 사막의 열기 속에 은둔하려 했던 파라오들 말이다. 사미르는 무덤 저 깊은 곳에 묻혀 있던 석관에서 왕가의 미라가 벌떡 일어난다면 관광객들 표정이 어떻게 변할지 상상해 보았다. 거들먹거리는 서양인들이 겁에 질린 생쥐처럼 사방으로 흩어져 달아날지도 모른다.

하지만 안타깝게도, 미라들은 몇백만 년 동안이나 보존되도록 만들어진 무덤에서 이미 오래전에 끌려 나와 있었다. 미라가 지니고 있던 진귀한 보물들은 파헤쳐지고 발가벗겨진 채 밖으로 옮겨지고, 심지어 이곳저곳으로 흩어지기까지 했다. 왕과 왕비들의 몸은 이제 지하실이나 창고에 처박혀 있거나 박물관의 진열장 속—과연 이런 장소들이 무덤보다 더 낫다고 말할 수 있을까?—에 전시되어 있다. 왜 이집트는 이러한 저주를 겪어야만 할까? 과거에 그토록 자랑스럽고 강력했던 나라, 파라오의 나라, 파라오의 이집트가 몇 세기 동안 식민지가 되어 점령당하고 약탈당하고 이제는 전 세계인을 위한 놀이 공원으로 변해 버린 까닭은 무엇일까?

구름먼지가 다이르 알마디나 쪽 길에서 피어오르고 있었다. 첫 번째 관광객의 차였다. 사미르는 한숨을 지었다. 영광의 순간은 끝났다. 안으로 들어가는 게 나을 것 같았다.

1. 고양이 미라와 파피루스

늙은 도사 같은 얼굴에 번져 있는 빈정거리는 듯한 표정이 마치 세상을 조롱하는 것만 같았다. 과연 그것을 '미소'라고 부를 수는 있을까? 얄팍한 입술은 두꺼운 종이로 만들어 붙인 것처럼 보였고, 누런 얼굴은 꼭 주름 제거 수술이라도 받은 듯이 뼈에 바싹 달라붙어 있었다. 붉은빛이 도는 금발 몇 가닥 때문에 옆얼굴이 더욱 그늘져 보였다.

네모는 넋을 잃고 그를 바라보고 있었다. 매부리코에 툭 튀어나온 턱, 비틀린데다 거무칙칙하기까지 한 귀, 말라비틀어진 닭 모가지 같은 목을 한 소름끼치는 모습이었다. 솜씨가 형편없는 조각가가 해묵은 목재로 간신히 만들어 낸 것만 같았다. 하지만 정말이지 기겁을 할 만한 것은 하늘을 향해 가볍게 뻗어 올린 왼손이었다. 무슨 명령이나 기도문을 외치듯이, 무언가 항의하려고 마지막 안간힘을 쓰듯이 뻗은 왼손…… '날 여기서 꺼내 줘!'라는 뜻일까?

"아아아아! 아아아아!"

그 때였다. 느닷없이 들린 날카로운 소리에 놀란 네모는 외마디 비명을 내지르고야 말았다. 네모는 얼른 뒤를 돌아보았다. 그저 전화벨 소리였다. 출입문 가까이 의자에 걸터앉아 반쯤 졸고 있던 경비원 아저씨가 휴대전화를 들고 아랍어로 짧게 몇 마디 하고는 다시 눈을 감았다.

"람세스 왕이 건 전화일 거야."

그제야 마음이 놓인 네모가 혼잣말로 중얼거렸다.

네모는 다시 미라가 잠들어 있는 유리 진열장 쪽으로 몸을 기울였다. 그였다. 람세스 2세. 가장 위대했던 파라오. 바짝 마르고 고통스러워 보이는 그의 몸이 차가운 유리 진열장 안에 누워 있었다. 마로 된 얇은 튜닉*만으로 간신히 몸을 가린 채……. 그가 세상을 떠난 뒤 3300년 동안 지금처럼 제대로 보존되지 못한 적도 없었을 것이다. 그는 마치 죽은 자가 살아 돌아오는 회귀의 놀이라도 즐기는 듯 금세 일어나 자기를 가두어 두고 있는 유리 진열장을 깨뜨릴 것처럼 보였다.

파라오의 시신은 왕가의 전통에 따라 양팔을 가슴 위에 포갠 채 다른 열 구의 미라가 눕혀져 있는 한가운데에 당당히 자리하고 있었다. 어떤 미라들은 살짝 비어져 나온 발가락만 빼고 머리부터 발까지 베띠를 둘둘 말아 입힌 수의에 완전히 덮여 있었다. (수의를 들춘다면 어떤 모습일까? 거무스름한 액체가 진득하게 말라붙어 있을까?) 왕비 둘은 볼이 기괴하게 튀어나온 얼굴과 풍성하고 호사스러

---

* 튜닉 : 어깨에 걸쳐 가슴에서 발목까지 늘어뜨리는, 통으로 된 의복이다. 주로 여성들이 입었으며, 소매를 붙인 것도 있다. 노예는 길이가 짧은 것을 입었다.

운 머리 모양을 드러내고 있었다. (도대체 어떻게 그토록 오랫동안 그 머리가 보존될 수 있었을까?) 무엇보다 최악은 '세케넨레 타오'라는 이름의 왕이었다. 구멍 난 두개골에 잔뜩 찌푸린 얼굴, 게다가 누군가의 목을 조르기라도 할 것처럼 뒤틀리고 굽은 두 팔을 뻗은 모습이라니! 이히히히히…….

"얘들아, 이리 와 봐! 람세스 왕이야!"

네모는 다시금 소스라치게 놀랐다. 어린아이 둘이 갑자기 등 뒤로 다가서며 유명한 미라를 조금이라도 자세히 들여다보려고 유리 진열장에 바짝 몸을 붙였다. 프랑스 아이들이었다. 이 아이들은 어디서 튀어나온 걸까? 네모는 조금 부끄럽다는 생각이 들었다. 외국에 나와 보면 가장 시끄럽고 가장 교양 없는 사람들이 바로 프랑스 사람들이었다.

"우웩! 진짜 끔찍하게 생겼다."

한 아이가 소리를 질렀다. 옆에 있던 친구는 한술 더 떴다.

"야, 너 저 머리 봤어?"

"저것 좀 봐. 우리한테 손을 내밀잖아……. 안녕, 람세스!"

"꼭 가짜 같은데."

"너 미라를 어떻게 만드는지 알아? 먼저 시체의 콧구멍에 갈고리 모양의 기다란 관을 집어넣어 뇌를 끄집어낸다니까……."

"야, 그만 해! 진짜로 구역질 난다."

"그러고는 배를 가르지……."

"야, 그만 하라니까!"

"왜 그래? 그건 바로 과학이라고. 텔레비전에서 봤어."

네모는 신경을 곤두세운 채 이야기를 듣고 있었다. 어차피 그 아이들의 대화를 듣지 않을 수도 없는 노릇이었다. 목소리가 너무 컸으니까 말이다.

처음 말했던 아이가 다시 말을 이었다.

"팔 아래쪽 옆구리를 잘 보이지 않게 칼로 째는 거야. 그러고는 몸속을 깨끗이 비우는 거지. 닭 요리를 할 때처럼 말이야. 간이나 위장, 뭐 그런 것들을 모두 다 빼낸다더라. 심장만 빼고."

"웩!"

옆에 있던 친구가 역겨운 듯 또다시 구역질하는 시늉을 했다. 하지만 얼굴은 오히려 재미있다는 표정이었다.

"이제 천연 탄산수와 소금을 섞은 물에 시신을 집어넣는 거야. 바짝 말려야 되니까. 그러고는 깨끗이 씻어서 물기를 쪽 뺀 다음에 마사지해 주면 돼."

"꼭 무슨 요리법 같다, 그치?"

한 아이가 빈정거리면서 말했다.

"쉬이이잇!"

어디선가 어른 목소리가 들렸다. 경비원이었다. 아이들 떠드는 소리에 잠이 깬 모양이었다. 아이들은 웅성거리면서 다른 곳으로 가 버렸다.

미라가 안치되어 있는 관은 카이로 박물관에서도 경비가 가장 엄한 곳이었다. 네모도 이 곳에 들어올 때 몇 번씩이나 검사를 받아야 했다. 엑스선 기계와 금속 탐지기를 통과하고 경찰이 짐까지 샅샅이 살펴보았다. 네모가 딱히 테러리스트처럼 생긴 것도 아닌데 그랬다. 하지만 여기 이집트에서는 그것이 규율이었다. 테러 공격이 자주 일어나다 보니 모든 공공장소, 특히 관광지에서는 칼라시니코프* 로 무장한 군인들의 감시가 삼엄했다. 칼라시니코프는 초승달처럼 생긴 개머리판 때문에 쉽게 알아볼 수 있었다. 전날 밤에도 네모는 택시를 타고 공항을 빠져나오면서 네 차례나 군인들에게 검문을 받았다. 꼭 무슨 전쟁이라도 치르고 있는 나라 같았다.

이번엔 미니스커트를 입은 뚱뚱한 아주머니가 람세스 왕 앞으로 다가섰다. 저 체격에 미니스커트라니! 하지만 네모는 그냥 이렇게 생각하기로 했다. 자기네 나라에서 평소에 한 번도 입어 보지 못해서 저러는 거라고. 그런데 여행객들은 흔히 외국에만 오면 모든 게 다 허용된다고 생각하는 경향이 있다. 아주머니는 유리 진열장 쪽으로 몸을 구부렸다. 그러고는…… 오, 이런, 세상에! 이 정신 나간 아주머니가 미라의 발가락부터 머리카락까지 손전등을 비춰 가며 일일이 검사하는 것이었다. 무슨 벌레라도 찾고 있는 것처럼 말이다.

네모는 다른 미라들이 있는 쪽으로 갔다. 거기엔 세티 1세, 투트모세 2세, 투트모세 4세, 람세스 5세 등이 있었다. 아주 오랜 옛날 이집트를 통치했던 이국적인 이름의 왕과 왕비들. 그 때 유럽 사람들은 여전히 신석기시대를 살고 있었다. 살도 생명도 없는 육체를 여기에 둔 파라오들은 지금 어디에 있을까? 이집트 사람들이 믿는

* 칼라시니코프 : 러시아제 자동소총.

기묘한 천국 어딘가에서 영혼끼리 한데 어울려 동물 머리를 한 신들과 춤을 추고 있는 걸까?

전시장 밖으로 나가려던 네모는 잠깐 널찍한 실내 계단에 걸터앉았다. 몸에서 진이 다 빠져나간 것 같았다. 박물관을 돌아다니면 왜 그렇게 금세 지치는지……. 참 희한한 일이었다.

주위에는 조각상과 보석, 석관, 온갖 부조, 히에로글리프(신성 문자)*로 장식된 기념물 천지였다. 저마다 5000~6000년이나 묵은 기나긴 역사를 이야기하고 있었다. 이쪽에는 정말로 도착증 환자 같아 보이는 아크나톤 왕의 머리가 있었다. 그것도 방금 거기 가져다 놓은 것처럼 바닥에 버려진 채로. 저쪽에는 귀엽고 어여쁜 여인으로 이름이 높았던 메리타몬 왕비의 상반신이 있었다.

네모는 손목시계를 보았다. 약속 시간까지는 아직 한 시간이나 남아 있었다. 꼬깃꼬깃해진 쪽지를 꺼내 한 번 더 읽어 보았다. 어젯밤 카이로에 막 도착해서 받은 것이었다.

만약 진정한 이집트 보물을 원한다면 내일 오후 다섯 시, 알아즈하르 사원 뒤편에 있는 모하메드 카페로 나와라. 반드시 비밀을 지켜라. 지키지 못한다면 파라오를 조심해야 한다!

이게 다였다. 이름도 밝히지 않았다. 도대체 무슨 뜻일까? 이 쪽지를 보는 순간 어렸을 때 많이 읽었던 모험 이야기가 떠올랐다. 투

---

* 히에로글리프 : 고대 이집트의 상형문자.

탕카멘의 신봉자들이나 피라미드에 열광하는 비밀 종교 집단을 추적하던 주인공은 무시무시한 뱀들이 우글거리는 사원이나 해골로 가득 찬 무덤에서 보물을 찾아내곤 했다. 하지만 마지막엔 대부분 보물을 잃어버리기 십상이었다. 최후의 순간에, 파라오의 끔찍한 저주에서 살아남기 바로 직전에 보물을 잃게 되는 것이었다. 하지만 그런 모험은 영화 또는 소설에서나 일어나는 일이지 현실은 아니었다.

하지만 장난이 아니라면? 도대체 누가 이런 쪽지를 보낸 것일까? 이집트에 막 도착해 짐을 푼 (이제는 거의 어른이라고 할 수 있지만) 청소년에게 관심을 가질 만한 사람이 도대체 누굴까? 네모는 이 도시에 아는 사람이 아무도 없었다. 카이로에는 쪽지를 받기 전날 가스파르 형의 친구, 아니 애인인 레아 누나와 함께 도착했다. 레아 누나는 무용 안무가이다.

얼마 전 일이었다. 어느 날 저녁 샌프란시스코에서 레아 누나와 함께 이집트에 다시 가자고 뜻을 모았다.* 대부분의 사람들은 어떤 꿈이 있어도, 아니면 어떤 계획을 세우고서도 금세 잊어버리곤 한다. 하지만 레아 누나는 안무가로서 자신의 계획을 실현하려고, 몇 년 전부터 이집트 발레를 연구하며 차근차근 준비해 왔다.

"무덤의 벽이나 피라미드에 그려진 고대 이집트 여인들에게선 이 세상 어디에서도 찾아볼 수 없는 아름다움과 기품이 넘쳐흘러."

레아 누나는 그런 말을 몇 번이나 되풀이했다. 결국 자기를 후원

---

* 『네모의 미국 여행』(사계절출판사, 2006) 참고

하는 사람들을 설득해 첫 작품을 이 곳 이집트에서 무대에 올리게 되었다. 그리고 네모를 여기까지 데려왔다.

네모에게 이번 여행은 특별했다. 지난번 이집트에 왔을 때 나일 강 연안에 있는 고분 마을에서 만나 친구가 된 할아버지 교수님을 다시 만날 수 있는 기회이기 때문이다.[*] 그동안 두 사람은 계속해서 편지를 주고받았다. 몇천 년 전에 죽은 파라오들이 묻혀 있는 사막에서 평생을 살아온 사람과의 특별한 만남이었다. 최근에 교수님은 이런 편지를 보내왔다.

난 이제 너무 늙은 것 같구나. 내가 보고 싶다면 되도록 빨리 와 주렴.

네모는 사카라에 있는 교수님 댁에 들렀다가 교수님을 따라 룩소르까지 가 볼 계획이었다. 그 뒤 이집트 최남단에서 레아 누나와 다시 만날 것이다. 레아 누나는 그 곳 아부심벨의 유명한 신전 앞에서 발레 공연을 한다고 했다.

만약 진정한 이집트 보물을 원한다면 내일 오후 다섯 시, 알아즈하르 사원 뒤편에 있는 모하메드 카페로 나와라. ……

혹시 함정은 아닐까? 외국인을 노리는 사기꾼들이 쳐 놓은 덫이라면? 이집트로 출발하기 전 파니 할머니는 네모한테 제발 아무나

---

*『네모의 책』(사계절출판사, 2000) 참고

덜컥 믿지 말라고 당부에 당부를 거듭하셨다. 하지만 누가 누구인지 어떻게 알겠는가! 이럴 때 가스파르 형이 곁에 있다면 좋을 텐데……. 그러나 가스파르 형은 함께 여행할 형편이 아니었다. 형은 늘 다른 일로 바빴다. 그리고…… 네모는 되도록 그 생각만큼은 하지 않으려고 무던히 애를 썼다. 생각하면 마음만 아리니까. 한 사람이 끔찍이도 보고 싶었던 것이다. 린다, 네모의 '여자 친구'. 그런데 린다가 진짜 여자 친구이긴 할까?

미국 여행 이후로 린다를 다시 만난 적은 없었다. 그래도 린다에게 이메일은 꾸준히 보냈다. 전화보다 요금도 훨씬 싸고 덜 부담스러우니까. 내용은 언제나 애정을 조금만 담아서 프랑스어나 영어로 썼다. 처음에는 아주 흔한 표현인 '사랑을 담아서'라든가 '보고 싶다' 같은 말로 끝을 맺곤 했다. 네모는 '너를 사랑해'라는 말을 백 번 넘게 써 보았지만, 번번이 그 위험한 문장을 지워 버리고 말았다. 그 말은 도저히 쓸 수가 없었다. 왜 그렇게 소심했을까? 도대체 뭐가 무서워서 그랬을까? 깍쟁이 린다는 위험 부담이 전혀 없는 내용만 똑같은 형식에 담아서 신중하게 답장을 보냈다.

중간에 소식이 끊기지만 않았어도……. 네모가 최근에 보낸 이메일에 린다는 답장을 하지 않았다. 아무런 소식도 없었다. 린다에게 전화를 해 보고 싶어 죽을 지경이었지만 선뜻 그러지도 못했다. 네모는 아픈 마음으로, 그 일에 너무 마음 쓰지 않겠다고 다짐하면서 이집트로 향했던 것이다.

승리는 늘 호기심 차지였다. 네모는 온갖 것들이 잔뜩 쌓여 있는 박물관을 뒤로하고 철문을 지나 밖으로 나왔다. 호주머니 속에서 다시 한 번 쪽지를 만지작거려 보았다. 하지만 이미 결정은 내렸다. 네모는 약속 장소로 갈 생각이었다. 그 뒤에는 도대체 어떤 일이 일어날까? 어쨌든 누군가에게 납치를 당하거나 목숨을 잃지는 않을 것이다. 나름대로 신중하게 처신할 테니까. 지도첩을 손에 쥐고 네모는 나무 그늘에 가려진 미로 같은 길로 접어들었다.

카이로는 첫눈엔 소란스럽고 무질서한데다 정신없는 도시처럼 보였다. 도로에는 시끄럽고 불쾌한 소리를 내는 찌그러진 자동차들이 꼬리에 꼬리를 물고 늘어서 있었다. 자동차들은 쉬지 않고 경적을 울려 대면서 옆 차선 차들 틈으로 슬그머니 끼어들곤 했다. 카이로의 도로 교통 법칙은 한 문장으로 간추릴 수 있을 것 같았다. '빈틈이 조금만 있다면 어디든지 지나갈 수 있다.' 아무도 차선을 지키지 않았고 심지어 신호등도 무시했다. (게다가 신호등은 대부분 깜박거리고 있었다. 쓸모 있게 쓰이기는 애당초 포기한 듯이.)

모두가 그렇게 지나다니고 있었다. 부딪히지 않으려고 애쓰면서, 꼭 세탁기 속에서 굴러다니는 빨래처럼. 하지만 네모도 이 사실만큼은 인정하지 않을 수 없었다. 그래도 도로가 막히지 않고 차들의 흐름이 순조롭다는 것, 유럽이라면 운전자들이 빠져나오지 못하고 꼼짝없이 길에 갇혀 버릴 상황에서도 어떻게 해서든지 길을 트는 재주가 있다는 것을 말이다. 갓길에는 바퀴도, 유리창도, 엔진도 없는, 적어도 몇 년은 그렇게 있었던 것 같은 폐차들이 버려져 있었다. 도로 위의 광적인 경주에서 밀려난 패자들 같았다.

네모 앞에 베일로 얼굴을 가린 여자가 지나갔다. 머리에는 커다란 곡물 바구니를 이고 등에는 아기를 업은 채 차도로 들어서서, 미친 듯이 질주하는 자동차들 사이를 이리저리 피해 가고 있었다. 그래도 이따금 손을 들어 운전자들에게 지나간다는 신호를 보내기도 했다. 여인은 곧 맞은편 보도에 도착했다. 이집트 사람들은 차도를 그렇게 건너다녔다.

차도 옆길은 이보다는 좀 여유로웠다. 고집불통 당나귀가 끄는 수레나 망가진 자전거, 몹시 요란한 소리를 내는 오토바이처럼 털털거리는 것들이 지나다니고 있었다. 특히 짐을 잔뜩 진 행인들의 행렬이 끝없이 이어졌다. 겉보기에 무질서하기 이를 데 없는 이러한 광경에서 네모는 마음을 사로잡는 어떤 매력을, 일종의 자유로움을 느꼈다. 네모는 두루 보고 무언가 발견하려는 갈망을 품은 채 이런 곳에 있다는 것이 행복했다. 이집트라는 나라는 지구가 아닌 또 다른 행성이었다.

알아즈하르 사원? 그 곳을 모르는 사람은 없었다. 그냥 물어보기만 하면 되었다.

공기 중에는 입맛을 끌어당기는 향신료 냄새가 떠다니고 있었다. 계피 향이라고 해야 할까? 그보다는 사프란* 향 같았다. 갑자기 도시가 이전과는 다르게 느껴지기 시작했다. 남자들 한 무리가 몰려가고 있는 사원 앞을 지나고 나서 네모는 아주 좁은 골목길로 접어들었다. 너무 좁아서 행인 둘이 마주 지나가기도 버거운 미로처럼 꾸불꾸불한 길이었다. 네모는 눈을 크게 뜨고 주위를 찬찬히 둘러

* 사프란 : 붓꽃과 구근식물. 꽃의 암술만 따서 말린 것이 바로 사프란 향료이다. 향신료나 차의 재료로 쓰인다.

보았다. 흙을 다져서 만든 통로는 군데군데 진흙탕이었고, 문도 창문도 없는 구멍가게들이 길가에 늘어서 있었다. 시장이었다.

여기서는 길 한복판에서 빵을 구워 냈다. 나무로 불을 때 달군 불판 위에서 익히는 동그랗게 부푼 빵이었다. 한 가게의 커다란 파라솔 아래로는 고깃덩어리들이 갈고리 끝에 매달려 있었고, 그 한가운데 층층이 쌓여 있는 닭장 안에서 비쩍 마른 닭들이 빽빽거리고 있었다. 이 가게에 있는 것들이라곤 죄다 흙먼지를 뽀얗게 뒤집어쓴, 비틀어지거나 못생긴 채소들뿐이었다. 다음 가게는 통조림 천국이었다. 천장까지 깡통들이 빼곡히 쌓여 있었다.

네모는 대추야자 아래를 지나다가 다 부서져 가는 짐수레에 부딪혀서 하마터면 수레에 실려 있던 양동이를 엎을 뻔했다. 그 양동이 속엔…… 웩, 양 머리가 잔뜩 들어 있었다! 핏빛으로 물든 양 머리 수십 개가 튀어나온 눈을 부릅뜨고 네모를 노려보는 것 같았다.

"구두 닦으세요! 구두 닦으세요!"

어린 구두닦이가 작은 나무통을 들고서 네모의 티셔츠를 잡아당기며 애원했다. 네모는 그 아이를 떼어 내면서도 마음이 여간 불편한 게 아니었다. 그렇다고 농구화를 닦아 달라고 맡길 수도 없는 노릇이었다.

서양인의 외모가 사람들의 눈길을 끌어 상술의 대상이 되는 게 틀림없었다. 짊어지고 있는 알루미늄 사모바르*의 무게 때문에 등을 구부린 상인은 네모에게 차를 한 잔 팔려고 했고, 세 가지 치즈

---

* 사모바르 : 러시아식 주전자로, 가운데에 있는 관에 숯불을 넣어 물을 끓인다.

가 볼품없는 모양새로 들어앉아 있는 플라스틱 양동이 앞에서 반쯤 몸을 숙이고 있던 아주머니는 네모가 지나가는 걸 보고 얼른 농담을 건네며 말을 붙였다. 이발사 한 사람만 관심이 없는 듯했다. 그는 먼지 더미 속에 책상다리를 하고 앉아서 역시 책상다리로 제법 의젓하게 앉아 눈을 감고 있는 노인의 수염을 깎느라 바빴다. 중간에 멈출 수 없는 일들도 있는 법이니까. 네모는 남자들끼리 손이나 새끼손가락을 잡고 산책하는 모습을 눈여겨보았다.

향신료 냄새가 끈질기게 코끝을 간질였다. 네모는 마치 고대 세계로 시간 여행을 하고 있는 것만 같았다.

"얘! 혹시 미라를 찾니?"

머리에 터번을 두른 수염 난 아저씨가 영어로 물었다. 그 아저씨는 흔들의자에 앉아서 네모를 아주 흥미롭다는 듯이 바라보고 있었다. 미라를 찾느냐고? 그게 도대체 무슨 뜻일까? 아저씨는 계속 말을 걸었다.

"너 영국인이니? 아니면 미국인? 프랑스인?"

조금 우스꽝스러운 영어 억양 때문에 '프랑스인'이 French가 아닌 Flench처럼 들렸다. 네모는 영어로 무뚝뚝하게 대답했다.

"아니요. 미라엔 관심 없어요."

"너, 프랑스인이구나. 난 프랑스어도 할 줄 안단다."

아, 이게 무슨 망신이람! 아저씨는 네모의 영어 억양만 듣고서 프랑스인이라는 걸 바로 알아맞힌 것이다. 영어 공부를 한참은 더 해야 했다. 린다는…… 아니다, 린다 생각은 하지 말자.

"미라를 찾고 있는 거니?"

아저씨는 프랑스어로 다시 물었다.

"저……."

"들어와라!"

턱수염 아저씨는 네모가 생각할 겨를도 없이 말했다. 네모는 딱히 거절할 수가 없었다.

목재로 지은 가게는 아주 조그맸다. 벽에는 누렇게 바랜 카이로 시가 사진들이 덕지덕지 붙어 있었고, 그 옆으로 닳아 빠진 고물 가위 수십 개가 걸려 있었다. 계산대로 쓰고 있는 판자 옆에는 절구가 하나 놓여 있었다. 분명히 가위나 칼을 갈거나 고치는 가게였다. 아저씨는 파니 할머니에게 들은 적이 있는 '칼 가는 사람'이었다. (할머니는 옛날에는 칼 가는 사람들이 온갖 연장들을 조그만 차에 가득 싣고 "칼 갈아! 칼 갈아!" 하고 목청껏 소리 지르면서 길거리를 돌아다녔다는 이야기를 자주 하셨다.)

턱수염 아저씨는 가게 맨 안쪽 벽지 뒤에 감추어진 문을 열었다. 네모는 왠지 불안한 마음으로 아저씨를 따라 들어갔다. 문은 살짝 열어 두었다. 혹시 좋지 않은 일이라도 벌어지면 바로 뛰쳐나갈 수 있도록. 안으로 들어서자마자 역겨운 냄새가 확 풍겨 왔다. 그 순간 네모는 본능적으로 한 발짝 뒤로 물러났다. 꼭 무슨…… 고기 썩는 냄새 같았다. 창문도 없는 방에 조명이라곤 줄에 매달려 흔들리고 있는 어둠침침한 전구 하나가 고작이었다. 선반 위에는 작고 흰 꾸러미들이 있었다. 아저씨는 네모에게 가까이 오라고 손짓하고는 짧게 말했다.

"미라야."

미라라니? 네모는 이해할 수 없었다. 하지만 역한 냄새만큼은 아주 뚜렷하게 느낄 수 있었다. 네모는 더 이상 참지 못하고 코를 틀어막았다.

"맞아, 미라……, 고양이……, 무슨 말인지 알겠니?"

네모는 도무지 어떻게 이해해야 할지 엄두가 나지 않았다. 잠깐! 고양이……, 고양이라고? 아저씨가 분명히 '고양이'라고 말했지?

턱수염 아저씨는 무슨 이런 바보 같은 아이가 다 있냐는 듯이 네모의 얼굴을 빤히 쳐다보았다. 그러고는 꾸러미를 하나 집어서 네모 앞에 있는 탁자 위에 놓았다. 그리고…….

아니야! 어떻게 그런 일이……. 네모는 온몸이 뻣뻣하게 굳었다. 자기 앞에 놓여 있는 것을 보고 싶지 않았다. 하지만 무심한 턱수염 아저씨는 아무렇지 않게 베띠를 풀기 시작했다. 베띠에 감겨 있는 꾸러미였으니까.

네모는 외마디 비명을 지르며 뒤로 물러섰다. 그건 정말로 고양이였다. 적어도 고양이 몸의 일부였다. 람세스 2세처럼 바짝 말라 쭈글쭈글한 주름 때문에 간신히 알아볼 수 있는 고양이, 게다가 아주 고약한 냄새를 풍기는 미라가 된 고양이였다.

신이 난 아저씨는 네모를 바라보며 아주 자랑스럽게 떠벌리기 시작했다.

"기름이랑 향료를 써서 내가 직접 만든 거야. 옛날이랑 똑같은 방법으로 말이야. 갖고 싶니?"

네모는 진정하려고 안간힘을 썼다. 고대 이집트 사람들이 몇몇 동물을 미라로 만들었다는 사실은 배워서 알고 있었다. 특히 고양이는 죽은 자에게 제2의 삶을 가져다준다고 해서 성스러운 동물로 여겼다고 했다. 하지만 지금 그런 것을 다시 만들 줄이야……

"관광객을 위한 거야. 관광객은 미라를 좋아하니까. 난 관광객을 위해 미라를 만들지. 비싸지도 않아."

아저씨의 설명이었다.

아, 이제 보니 아저씨는 고약한 냄새를 풍기는 고양이 미라를 네모한테 팔고 싶은 것이었다.

"값도 싸단다. 1000리브르. 진짜 미라를 사는 데 그 정도면 절대 비싼 게 아니지."

네모는 자기도 모르게 인상을 썼다. 그깟 헝겊으로 친친 감은 꾸러미를 파는 것도 모자라 바가지까지 씌우려 하다니……. 물론 정신 나간 외국인들 중에는 그따위 물건을 터무니없이 비싼 값에 사들이는 사람도 분명히 있을 것이다.

"그럼 파피루스 보여 줄까? 위조품이 아니라 진품이야. 진짜 파피루스!"

네모가 혐오스러운 표정을 짓자 눈치 빠른 아저씨가 얼른 말했다.

"진품이야, 정말 오래된 거지. 파라오들의 파피루스, 그러니까 값이 꽤 나가지. 친구들 선물로 좀 사 가지 그러니?"

아저씨도 네모가 그렇게 허접스러운 물건들을 사들일 만큼 돈이 넉넉지 않다는 걸 알아챈 듯했다. 그래서인지 장황하게 설명을 늘어놓기 시작했다. 이집트에서는 아직도 보물이나 귀중품들, 파피루스 조각 같은 것들— '진품, 그래그래, 진짜 진품!'—이 발견되고 있으며, 혹시 친구들 중에 애호가가 있으면 자기가 그 물건들을 구해 줄 수 있다는 것, 그리고 거래는 당연히 비밀에 붙일 것이라는 말을 계속 되풀이했다.

아저씨가 보여 준 파피루스 역시 방부 처리된 고양이들보다 더 오래된 것이 아니었다. 하지만 한 가지만은 확실했다. 아저씨가 진짜 사기꾼이란 사실!

네모는 애써 바보 시늉을 하며 고개를 가로저었다. 아저씨는 한숨을 내쉬고는 더 이상 강요하지 않았다. 문을 막 나서려는 순간 등 뒤에서 위협적인 목소리가 들려왔다.

"넌 어떻게 한 마디도 안 하냐? 어떻게 아무 말 없이 그렇게 입을 꾹 다물고 있냔 말이야?"

"아니에요."

그 곳에서 별 탈 없이 빠져나오게 된 것만도 다행이라 여기며 네모가 대답했다.

어찌나 빨리 도망쳐 나왔는지 하마터면 진흙탕에서 미끄러질 뻔했다.

고양이 미라를 만들어 파는 그 끔찍한 아저씨 때문에 네모는 정신이 하나도 없었다. 한참을 헤맨 끝에 쪽지에 쓰인 약속 장소인 모하메드 카페를 간신히 찾아냈다. 네모는 일단 두 집 사이에 있는 컴컴한 통로를 지나, 창밖으로 널어 둔 양탄자를 살짝 걷어 올리고 또 다른 골목길로 접어들었다. 몇 바퀴를 빙빙 돌고, 몇 번씩 되묻고, 몇 차례 설명을 듣고 나서야 드디어 카페 앞에 도착했다. 아니, 오히려 카페처럼 생긴 곳이라고 해야 더 맞을 것 같았다. 색칠한 궤짝

세 개가 탁자 대신 놓여 있고, 칠이 군데군데 떨어져 나간 장식장은 고작 찻잔 몇 개와 갈색이 도는 액체가 담긴 플라스틱 통이 차지하고 있을 뿐이었다. 그 액체는 차일까, 콜라일까?

네모는 짐짓 종업원의 시선에 관심 없는 체하며 의자를 하나 골라 앉아 차를 주문했다. 터번을 두른 남자 종업원은 익살스럽게 생겼으며 뚱뚱했다. 차는 뜨거웠지만 맛있었다.

네모는 이따금씩 슬쩍슬쩍 행인들을 훔쳐보았다. 이런 자리를 마련한 사람은 도대체 누굴까? 맞은편 골목에서 조금 전부터 네모를 힐끔거리고 있는 명랑해 보이는 저 소년일까? 잠두콩이 담긴 커다란 광주리를 머리에 인 채 자전거를 타고 오는 저 남자일까? 아니면 갈라베야* 차림에 터번을 딱 맞게 두르고 지팡이를 휘두르며 족장임을 과시하듯 의젓하게 걷고 있는 저 사람? 그 뒤에 베일로 얼굴을 가린 여자 둘이 무거운 짐을 지고 몇 걸음 떨어져서 걷고 있었다. 네모는 이집트에서는 남자와 여자가 평등하지 않다는 것을 알고 있었다. 각자 주어진 자리를 지켜야 했다.

그렇게 얼마나 기다렸을까? 아마 두 시간도 넘었을 것이다. 어쨌든 아무도 약속 장소에 나타나지 않았다. 네모는 그 쪽지를 열 번은 더 읽었다. 날짜도, 시간도 정확히 맞았다. 결국 비밀스러운 약속은 속임수에 지나지 않았던 것이다. 아니면 실수였거나.

네모가 기자의 피라미드에 도착했을 때에는 벌써 해가 뉘엿뉘엿

---

* 갈라베야 : 이집트를 비롯한 북아프리카 이슬람권 나라들의 민속 의상이다. 가운처럼 앞이 트였으며, 길이가 땅에 끌릴 정도로 길다.

이집트의 3대 피라미드

이집트에서 가장 큰 피라미드 세 개는 **카이로에서 10여 킬로미터 떨어진 사막**에, 마치 고대 이집트의 영광을 말해 주려는 듯 높이 솟아 있다. 기자 고원 위에 세워진 이것들은 4500여 년 전에 살았던 왕인 **쿠푸, 카프레, 멘카우레**의 무덤이다. 쿠푸 왕의 무덤이 가장 웅대하며, 세계 7대 불가사의에 꼽힌다. 이 무덤을 밀리미터까지 정확하게 측정해 봤더니, 높이가 140미터이며, 짓는 데 들어간 돌만 해도 600만 톤에 이르렀다. 쿠푸 왕의 아들인 카프레 왕의 무덤은 쿠푸 왕의 것과 높이는 거의 비슷하지만 폭이 좀 더 작다. 카프레 왕의 아들인 멘카우레 왕의 무덤은 높이가 65미터밖에 안 된다.

오늘날 **피라미드의 비밀은 거의 다 풀렸다.** 피라미드가 왕의 미라를 보호하려고 만든 무덤이고 태양을 향한 영혼의 상승을 상징한다는 것을 이제 누구나 알고 있다. 피라미드는 카오스로부터 세상이 출현하는 것을 상징하기도 한다. 피라미드는 단순히 무덤이기만 한 것이 아니었다. 사원과 신전이었고, 장례 신관들의 숙소였으며, 죽은 자들의 도시에서 중심을 이루는 복합 단지였다.

한편, **피라미드를 세운 사람들은 '노예'가 아니었다.** 이집트인들 모두가 피라미드 건설에 참여했다. 건축가, 관리, 석공, 조각가, 선원, 신관, 농부……. 연장은 미개한 수준이었으며, 채석장에서 간신히 캐 낸 2~3톤이나 되는 거대한 돌덩어리들은 작은 어선으로 날랐다. 사람들은 나일 강이 범람했을 때 돌덩어리들을 실은 어선을 띄우고 물살에 떠내려가게 하여, 피라미드를 짓고 있는 기자로 날랐다. 이렇게 옮겨진 돌덩어리들을 일꾼들이 잘라 낸 뒤 비탈길을 이용해 조금씩 조금씩 나르고 쌓아 피라미드를 세웠다. 피라미드의 겉은 하얀 석회와 화강암으로 마무리했다. 기자에 피라미드를 세운 뒤에는 많은 파라오들이 자신의 무덤을 테베 산의 기슭에 만들도록 했다. 테베 산 정상이 피라미드를 연상시켰기 때문이다. 파라오가 아닌 백성들도 자신의 무덤을 작은 피라미드 형태로 짓곤 했다. **태양신의 보호를 받기 위해서**였다.

넘어가고 있었다. 거기서 레아 누나를 다시 만나기로 했었다. 네모는 택시를 타고 카이로 시내를 빠져나왔다. 라디오에서 흘러나오는 노래를 큰 소리로 따라 부르던 택시 운전사는 제 흥에 겨워 차를 미친 듯이 몰았다.

밤에 보는 거대한 피라미드 세 개는 더더욱 신비로웠다. 쿠푸, 카프레, 멘카우레……. 피라미드는 그것을 세우고 그 속에 묻힌 파라오의 이름으로 불렸다. 네모는 피라미드 가장자리를 빙 돌아 레아 누나가 일러 준 작은 출입구에 다다랐다. 출입증을 보여 줘 가며 경비원들과 한참 실랑이를 벌이고 나서야 안으로 들어갈 수 있었다.

모랫길을 비척거리며 걸어 작은 피라미드 모퉁이에 이르렀을 때 눈앞에 거대한 머리 하나가 나타났다. 스핑크스였다. 어둠 속에서 천천히 모습을 드러낸 스핑크스가 네모에게 미소를 지었다. 정말 그랬다. 스핑크스는 꼭 네모를 보고 웃는 것만 같았다. 어쨌든 지금 막 표정을 바꾼 것처럼 보였다.

가까이 다가가면서 네모는 스핑크스 상이 빛을 받아 생기를 띠었던 것임을 알아차렸다. 재즈와 동양음악이 듣기 좋게 어우러진 선율이 사막에 울려 퍼졌으며, 사람들의 그림자가 모습을 드러내지 않으려는 거인들처럼 피라미드 위에 어른거렸다. 레아 누나는 무용팀과 한창 연습을 하고 있었다.

10여 명의 무용수들이 박자에 맞춰 빙글빙글 춤을 추었다. 색깔이 화려한 고대풍 튜닉이나 속살이 비치는 얇은 드레스를 입은 모습이 마치 어깨를 드러낸 부조 속 왕비들 같았다. 무용수들은 정말이지 믿어지지 않는 자세를 하고 있었다. 옆에서 머리와 다리가 보이게끔 몸을 꼬면서 상체는 그대로 정면을 유지하고 눈은 관객을, 정확히 말하면 프레스코화와 히에로글리프를 바라보고 있었다.

네모는 고대의 여신들에게 생기를 불어넣으면서 신비롭고 우아하게 춤추고 있는 여인들을 넋을 잃고 바라보았다. 하지만 아쉽게도 연습은 금세 끝났다. 보초를 서고 있던 군인 셋이 요란하게 박수를 쳤다. 춤에 감동을 받은 모양이었다.

네모는 어여쁜 무용수들과 인사를 나누고 있는 레아 누나에게 다가갔다.

"얘! 너, 괜찮니? 무슨 생각을 그렇게 골똘히 하는 거야? 무슨 일 있어?"

레아 누나가 걱정스러운 얼굴로 물었다.

레아 누나는 항상 자기가 기획한 발레를 공연했다. 누나는 다른 무용수들과 똑같은 튜닉을 입고 있었고, 연습이 끝나자 그들처럼 커다란 모포로 몸을 감쌌다. 땀을 흘리고 난 뒤라 자칫 감기에 걸릴 수 있기 때문이다. 누나는 정말로 기운이 넘치는 사람이다. 무척 솔직하고 진지한데다 가녀린 몸매에 완벽한 달걀형 얼굴이 아주 예쁘다. 레아 누나를 보면 린다 생각이 난다. 하지만 안 된다. 린다 생각은 하지 말자.

"정말 대단해요! 굉장히 피곤하겠지만."

"피곤이라는 말은 내 사전엔 없어."

레아 누나가 짐짓 화난 척 대답했다.

"춤을 춘다는 건, 날마다 몇 시간이 되었든 자기 몸을 단련하고 혹사하면서 고문하는 일이야. 숨 돌릴 겨를도 없이. 춤이란 그것에 도달하지 못할까 봐 순간순간 불안에 사로잡히는 것이고, 전전긍긍하는 거라고. 두려워서 숨이 멎을 것 같고, 무대에 들어서기 전에 딱 죽고 싶은 거야."

"그게 아니라, 에이 참!"

네모가 마땅히 대꾸할 말이 없을 때 즐겨 쓰는 표현이다.

레아 누나는 내친 김에 계속 말했다.

"하지만 가끔은 춤을 추다가 천국에 온 것 같을 때가 있어. 무어라 형언할 순 없지만, 하늘로 날아올라 높은 꼭대기에 도달한 것 같은 순간. 무대에 서기 전에 흘리는 땀과 눈물을 견딜 수 있는 것도 다 그런 느낌 덕분이야. 알겠니? 그러니까 피곤하지 않느냐는 따위의 말은 그만 해. 춤은 정말이지 무한하고 위험하고 두려운 일이지. 아주 멋지고 특별하고 놀랍고 대단하기도 하고. 하지만 피곤한 일은 아니야!"

레아 누나도 자기가 지나쳤다 싶었는지 웃음을 터뜨렸다.

"그게 아니라, 에이 참! 암튼 피곤한 건 바로 나라고요."

네모가 뽀로통하게 말했다.

"그래, 피곤해 보여."

좀 더 부드러워진 레아 누나가 말했다.

"네모야. 내일이면 우린 헤어지잖아. 넌 사카라로 교수님을 만나러 갈 테고, 난 남쪽으로 이동할 테니까. 며칠 뒤에나 다시 만나겠지. 사막과 물을 지나 수단의 국경선에서 말이야. 너도 곧 알게 되겠지만 거긴 아마 여기보다 훨씬 재밌을 거야. 그런데 너 정말 조심해야 한다, 알았지? 이집트는 놀랄 만한 것들로 가득 찬 나라잖아.

네모, 너도 알지?"

"알아요."

네모가 하품을 하면서 대답했다.

그 날 있었던 모험 이야기를 꺼낼 용기는 나지 않았다. 람세스 2세의 미라 얘기도, 수수께끼 같은 쪽지 얘기도, 고양이 미라를 만들어 파는 아저씨 얘기도, 아무도 나오지 않았던 약속 장소 얘기도, 아무 얘기도 할 수 없었다. 레아 누나 말이 옳았다. 이집트는 놀랄 만한 것들로 가득 찬 나라이다.

2. 그림자들의 무대

"자, 자, 어쨌든 꿈에서 빨리 깨어나야 한다고요. 교수님은 이집트에 아직도 찾아낼 보물들이 많이 남아 있다고 말씀하셨죠? 그건 물론 무덤, 신전, 미라 같은 것들일 테고요? 하지만 교수님, 상상력이 너무 풍부하신 건 아닌가요?"

훤히 풀어 헤친 갈색 셔츠 사이로 털이 무성한 가슴을 드러내고 있는 남자—의심할 여지없이 이 남자는 원숭이의 후손일 것이다—가 단호하면서도 무례한 목소리로 말했다. 네모는 이런 부류의 사람은 딱 질색이다. 저 잘난 맛에 화려한 말들을 거침없이 쏟아 내 자신의 무지를 감추는 자칭 '만물박사'에 속하는 사람이었다. 친구 수니타의 말마따나 '겉멋만 잔뜩 든 꼴불견'인 것이다.

그러자 교수님이 점잖게 대답했다.

"아, 당신처럼 회의적인 태도는 옳지 않습니다. 여기 있는 모든 사람들이 말할 수 있을 겁니다. 아직 우리는 찾아낼 것의 4분의 1도 못 찾았다고 말입니다. 아직 4분의 1도 채 찾지 못한 거지요."

"하지만 어쨌든 모든 걸 파헤치고 구석구석 관리해 목록을 만들지 않았나요?"

원숭이 후손임이 분명한 남자가 되받았다.

"아닙니다. 파라오들이 통치한 이집트는 거의 4000년 동안 지속되었습니다. 한 문명으로서 아주 긴 기간이지요. 그러니 사막 아래에는 아직도 셀 수 없이 많은 유물들이 잠들어 있답니다."

교수님은 숨 가쁘게 말을 이어 갔다. 대담 때문에 신경이 날카로워지고 피곤해졌다는 것이 금방 눈에 띄었다.

"자, 들어 보십시오. 두 달 전에 우리는 대재상의 무덤을 발견했답니다. 거기엔 그 누구의 손길도 닿지 않은 미라도 있었습니다. 미라는 조세르 왕의 피라미드 바로 뒤에 있었어요. 당신도 알다시피 발견은 중단되지 않고 계속되고 있습니다. 물론입니다. 무덤 발견이야말로 우리 탐험가들 모두의 꿈이지요. 하지만 그건 무척 희귀한 일입니다. 너무 늦어 버린 경우도 있고요……."

교수님은 슬프고 지쳐 보였다.

"미안합니다. 이제 좀 쉬어야겠군요."

잘난 체하던 원숭이 후손도 대담이 끝났음을 이해한 것 같았다. 그는 자리에서 일어나서 들릴 듯 말 듯 고마움을 표하는 말을 웅얼거리고는 자기 아내—부인은 대담 내내 한 마디도 하지 않았다—를 강아지 다루듯 데리고 나갔다.

"정말 웃기는 사람이네요. 누구예요?"

네모가 물었다.

"전혀 모르겠는데."

교수님은 안락의자 등받이에 편히 몸을 기대며 한숨을 쉬었다.

"자기 소개도 안 했어. 내 주소를 누가 가르쳐 주었는지 알고 싶을 뿐이야. 자기가 이집트에 대해 모든 걸 알고 있다고 큰소리치는 관광객들 중 한 명이 틀림없어. 피라미드를 둘러보고 나니까 나도 한번 만나 보고 싶어졌겠지. 너도 알잖니? 가이드들 중에 내 얘기를 하고 다니는 사람들이 있다는 거. 일종의 호기심 같은 거지."

"알아요. '파라오 연구에 일생을 바친 유명한 이집트학 학자'. 그런 명성이 늘 좋은 것도 아닌가 봐요."

교수님은 살짝 미소를 지었다. 많이 변하고 많이 지쳐 보였다. 네모는 곁눈질로 교수님을 살펴보았다. 그렇다. 등도 전보다 더 굽었고, 사막의 뜨거운 햇볕에 그을린 얼굴도 주름투성이였다. 그리고 미라의 피부처럼 거칠어진 손이 이제는 가볍게 떨리기까지 했다.

"너도 변했어."

한동안 생각에 잠겨 있던 교수님이 한 마디 던졌다.

이번에는 네모가 웃었다. 네모는 태도도, 파란 눈과 갈색 머리도 그대로였고, 치켜세운 머리를 줄곧 뒤로 쓸어 넘기는 버릇까지 하나도 변한 게 없었다. 하지만 나일 강 쪽으로 삐죽 튀어나온 언덕 위에 매달린 듯 서 있는 작은 집을 보았을 때, 그 집이 자신의 기억보다 작다는 데 놀랐다. 주변에 있는 모든 것들이 몇 년 전 처음 왔을 때보다 작아 보였다. 네모는 이제 키가 교수님보다 머리 하나만큼 더 커서 문도 더 낮아 보이고, 방바닥에 놓인 방석 위에 앉을 때도 긴 다리를 어떻게 접어야 할지 난감했다.

주황색 원피스를 입은 아프리카 소녀가 미끄러지듯 살며시 방으로 들어왔다. 소녀는 말할 수 없이 아름다운 얼굴에 몸매도 완벽했다. 꼭 여신이 들어서는 것만 같았다.

네모는 어찌할 바를 모르며 소녀가 교수님에게 다가가는 모습을 물끄러미 바라보았다. 소녀는 말 한 마디 없이 항아리의 물을 넓적한 그릇에 따르더니 교수님에게 내밀었다. 교수님은 손가락 사이사이까지 꼼꼼히 씻은 뒤 깨끗한 천으로 물기를 닦아 냈다.

"아미나, 고맙다."

소녀는 천천히 방을 나갔다.

"걱정하지 마. 목욕탕도 있긴 하니까."

교수님은 어리둥절해하는 네모를 재미있다는 듯이 바라보며 말했다.

"이집트에 처음 도착했을 때의 습관이 아직 남아 있어서 그래. 그 땐 수돗물도 전기도 없던 시절이지. 아, 그래, 맞아. 지금도 텔레비전은 없지. 하지만 내가 그 물건을 갖고 뭘 하겠니?"

"예……."

네모는 딱히 뭐라고 대답해야 할지 몰랐다.

"세상에서 가장 아름다운 곳에 살고 있는 사람한테 텔레비전 같은 게 무슨 소용이 있겠니? 그런 것들은 하나도 필요 없단다. 다행스럽게도 아미나가 순하고 참을성이 많아서 내 까다로운 버릇을 잘 참아 주고 있지."

순하고 참을성이 많다……. 들어서는 순간 공간 전체를 압도해 버리는 린다와는 전혀 다른 느낌이었다. 아니다. 린다 생각은 하지 말자.

네모는 어느새 벽에 걸려 있는 그림에 빠져들었다. 교수님은 재능이 뛰어난 화가이기도 했다. 푸른빛이 도는 거대한 계곡물을 배경으로 기자의 3대 피라미드를 그린 수채화였다.

"내가 기자의 어마어마한 피라미드들을 처음 봤을 때의 느낌을 표현한 거란다. 그 때 나일 강의 물이 불어나고 있었어. 아주 오래 전 일이지. 정말 환상적이었단다. 계곡 전체가 엄청나게 큰 파란 거울 같았어. 그 거울에는 언덕 위 작은 마을들이 비치었지."

교수님의 설명이었다.

"그럼 대형 댐이 세워지기 전이었나요?"

교수님은 고개를 끄덕였다.

"그래, 5000년 전과 달라진 게 하나도 없을 때였지. 이집트 전체가 범람의 리듬에 맞춰 살아가고 있었으니까. 나일 강은 여름이 끝나 갈 무렵이면 잠에서 깨어나 계곡을 뒤덮어 버렸어. 사람들은 기다리기만 하면 됐지. 10월에 넘쳐흐르던 강물이 다시 잦아들면 농부들은 서둘러 신선한 진흙 위에 씨를 뿌리곤 했어. 그러고 나서 8일쯤 지나면 싹이 돋아 평야는 사막의 경계선까지 온통 푸르러진단다. 이듬해 여름에도 모든 게 똑같이 다시 시작되고, 이 곳 사람들은 항상 그렇게 살아왔어."

늙은 교수님이 자주 휴식을 취하는 안락의자 바로 위에 보기 좋게 매달린 액자 하나가 네모의 관심을 끌었다. 네모는 가까이 다가가 보았다.

이집트 여인의 모습을 담은 훌륭한 그림이었다. 고대 프레스코화를 교수님이 펜으로 세심하게 다시 그린 것이었다. 여인—아니면 여신일지도 모른다—은 몸에 딱 붙는 긴 옷을 입고 허리를 꼿꼿하게 세우고 서 있었다. 매끄러운 머리칼은 어깨에서 굼실거렸고, 눈은 길게 선을 그려 치장했다. 전통대로 여인의 상체와 눈은 정면을 바라보는 모습으로, 나머지는 옆모습으로 그렸다. 네모도 고대 이집트의 예술가들이 다양한 시점을 조합하는 기법으로 그림을 그렸다는 사실을 배워서 알고 있었다. 이는 화가 자신이 보는 면뿐만 아니라 그리는 대상의 전면을 다 보여 주기 위해서였다고 한다.

어떻게 보면 그들은 그 옛날에 벌써 현대미술을 창조해 냈던 것이다.

이집트의 여인상

교수님의 소묘는 단 몇 개의 선으로 이루어져 있었지만, 그 선이 어찌나 우아하고 순수하고 감동적인지 네모는 도저히 눈을 뗄 수가 없었다. 길고 가녀린 육체에 세상의 모든 아름다움과 우아함, 거기다 여인의 신비까지 담겨 있었다. 고전적이고도 현대적인 느낌 말이다.

"이건 누구예요?"

네모가 물었다.

잠깐 졸고 있던 교수님은 소스라치게 놀랐다. 네모가 여인 그림 앞에 서 있는 걸 본 교수님의 얼굴이 갑자기 하얗게 굳었다.

"아무것도 아니야……. 그냥 이집트 여인이지……."

뭔가 이상했다. 교수님 말투에서 약간 주저하는 기색이 묻어났다. 불안해할 일이라도 있는 것일까? 아니면 단순히 그림 때문에 그렇게 당황한 것일까? 그냥 물러설 네모가 아니었다.

"프레스코화를 본떠 그린 거예요?"

"뭐, 어떻게 보면 그렇지…… 예쁘지?"

교수님의 목소리가 떨리고 있었다. 더 이상 밀어붙이지 않는 게 나을 듯싶었다. 잠시 침묵이 흘렀다. 갑자기 교수님이 혼잣말처럼 조용히 중얼거렸다.

"그 때 거의 되찾을 뻔했는데……. 이제는 너무 늦었어."

"무슨 말씀을 하시는 거예요?"

네모가 다시 질문을 해 보았다.

늙은 교수님은 기억 속에서 어떤 장면을 지우려는 듯 손으로 얼굴을 가렸다.

"아니야, 그것에 대해선 아무 할 말이 없단다. 누구에게나 비밀은 있는 법이지. 고대인들이 말했던 것처럼 '어제는 나의 것이고, 나는 내일을 알고 있어.' 더 이상 묻지 말아 다오. 부탁이야."

교수님의 말은 기도문 같았다. 네모는 조금 머쓱하여 잠자코 있었다. 교수님은 번번이 굉장한 발견을 할 뻔하다가 거기서 그치고 말았다. 들으나마나 또 새로운 무덤을 말씀하시는 거겠지? 하지만 발견에 실패했을 테고, 교수님은 아직도 그 실패 때문에 마음이 아픈 것이겠지.

네모와 교수님은 테라스로 나갔다. 사막 끝자락 절벽 위에 세워진 교수님의 집은 계곡 쪽으로 삐죽 나와 있었다. 아래쪽으로 강을 따라 늘어서 있는 야자나무와 녹색 띠처럼 생긴 농경지가 보였다. 그것이 바로 이집트 전체였다. 사막 한가운데로 숨어드는 긴 뱀!

교수님은 어느새 삼베 모자를 쓰고 네모를 잡아당겼다.

"자, 이제 나는 작업장으로 돌아가야 한단다."

사카라 고원에 도착했을 때 네모는 어마어마하게 커다란 계단식 좌석이 있는 조세르 왕의 피라미드를 알아보았다.

"저게 바로 계단식 피라미드란다. 인류가 돌로 만든 가장 오래된 건축물이지."

교수님이 상기시켜 주었다.

"저도 알아요. 하지만 저렇게 크다는 건 까맣게 잊고 있었어요."

네모가 말했다.

"기원전 2600년경 임호테프라는 위대한 건축가가 먼저 첫 번째 마스타바를 구상했지. 마스타바란 한 변이 60미터나 되는 거대한 직사각형 무덤이란다. 지하 30미터쯤 되는 지점에 만든 파라오의 널방˚으로 이어지는 구멍을 덮으려고 만든 거였어. 하지만 그것만으로는 저렇게까지 웅대하지 않아. 그 위에 또 한 층을 올렸지. 그리고 또 한 층을……. 마치 하늘을 향해 올라가는 계단처럼 여섯 개의 단으로 이루어진 계단을 만들게 된 거야. 그것이 최초의 피라미드야. 이후에는 경사면이 고른 피라미드를 세웠지."

햇볕이 열기를 뿜어 대며 하얗게 부서지고 있었다. 검은 선글라

* 널방 : 고대에 만들어진 무덤 안에 있는, 관을 들여놓는 방.

44

스도 챙 달린 모자도 아무 소용이 없었다. 네모는 린다와, 린다가 어디든 가지고 다니던 자외선 차단 크림이 생각났다.

교수님은 자주 멈춰 서서 피라미드로 통하는 열주*식 복도에 재건축 중인 기둥들을 살펴보았다. 아랍어로 어떤 일꾼과 이야기를 나누기도 했고, 일을 죄다 망쳐 놓는 '망할 놈의 낙타들' 때문에 분개하기도 했다. 밝은 색 긴 옷을 입고 머리에 터번을 두른 일꾼들은 교수님을 둘러싸고서 '무디르'** 라고 불렀다.

네모는 감탄하는 눈빛으로 교수님을 바라보았다. 이집트에 빠져 있는 이집트학 학자들은 유적을 찾아내는 데 만족하지 않았다. 더 나아가 찾아낸 유적과 유물을 보수하고 다시 짓고 있었다. 그들은 나름의 방식대로 파라오의 과업을 계승하고 있었던 것이다.

"그동안 발견을 많이 하셨나요?"

네모가 물었다.

교수님 얼굴에 늘 배어 있던 어린아이처럼 순수한 웃음이 다시 나타났다.

"너도 잘 알잖니? 고고학자의 인생에서 모험과 발견은 그리 많지가 않다는 걸. 그저 계속해서 연구하고 또 연구하고……."

교수님은 목소리를 낮추었다.

"사실 연구를 거듭하면서 전혀 다른 것들을 발견하게 되지. 아름다움, 신비, 영원에 대한 감각 같은……. 난 그것을 한 번도 지겹다고 느껴 본 적이 없단다."

* 열주 : 줄지어 늘어선 기둥.
** 무디르 : 책임자 또는 우두머리.

하늘로 향하는 계단

최초의 피라미드

피라미드를 처음 만든 사람은 임호테프이다. 그는 조세르
왕이 통치하던 시대(기원전 2670년경)에 재상을 지냈던
건축가이자 대신관이다. 이집트의 초기 매장 형태는
미라를 마스타바 밑에 묻는 것이었다. 그런데 사카라에서
임호테프는 미라가 묻힌 마스타바 위에 다시 돌 더미를
쌓아 계단식 건축물을 만들었다. 돌 더미가 여섯 층으로
된 거대한 건축물인데, 죽은 자의 영혼이 하늘로 올라가
태양신 라와 하나가 되도록 설계한 것이다. 이것이 바로
이집트 최초의 피라미드이다.

조세르 왕의 피라미드

굴절 피라미드의 탄생

기원전 2613년경 스네프루 왕은 경사면이 계단으로
울퉁불퉁하지 않은 '진짜' 피라미드를 꿈꾸기 시작했다.
그런 피라미드를 만드는 건 간단한 일이 아니었다. 그래서
기존의 계단식 피라미드를 재활용하여, 계단의 움푹 팬
부분을 메움으로써 경사면이 비교적 고른 피라미드를
완성했다. 그런데 다슈르에서는 기존의 계단식 피라미드를
다시 쓰지 않고 새로운 피라미드를 만들어 보려 했다.
하지만 작업 도중에 붕괴할 위험이 있어 윗부분의 경사
각도를 조정해야 했다. 그 결과 윗부분이 조금 휜 굴절
피라미드가 만들어졌다. 이것이 스네프루 왕의
첫 번째 피라미드이다.

스네프루 왕의
첫 번째 피라미드

'진짜' 피라미드의 완성

굴절 피라미드를 세운 뒤, 마침내 경사면이 고른 피라미드
(다슈르의 북쪽 피라미드)를 만드는 데 성공했다. 이것은
높이가 약 100미터, 경사 각도가 약 43도이다.

스네프루 왕의
두 번째 피라미드

일꾼 하나가 박하차를 쟁반에 올려 가져왔다. 그것 역시 마술의 일부였다. 사막 한복판에서도 항상 차를 대접하는 사람이 있다는 것 말이다. 네모는 아랍 식당에서 본 대로 찻주전자를 아주 높이 들어서 차를 따랐다.

교수님이 계속 말을 이어 나갔다.

"내가 여기 처음 도착했을 때, 사람들은 그 옛날 조세르의 피라미드를 둘러싸고 있던 거대한 성벽을 아직 찾지 못한 상태였어. 사원들과 신전들도 말이야. 피라미드 자체도 미처 탐사하지 못하고 있었지."

"피라미드를 어떻게 '탐사'하는데요?"

"이집트에 있는 무덤들과 피라미드들 대부분이 고대에 이미 약탈당한 상태란다. 우리는 도굴꾼들이 파 놓은 지하실을 발견하곤 했지. 그런 무덤들을 차례차례 방문하게 되었단다."

기억에 빠져들면서 기분이 좋아진 교수님은 열주식 복도 가장자리를 두르고 있는 커다란 돌덩어리들 중 그늘진 곳을 골라 자리 잡고 앉았다. 네모도 교수님을 따라 했다.

"피라미드 내부에는 찜통 속처럼 열기가 퍼져 있었어. 우리는 늘 둘씩 출발했지. 무너져 내릴 위험이 있는 좁은 통로를 따라서 말이다. 꼭 높은 산 위에 올라가 있는 것만 같았어. 갑작스러운 몸짓이나 날카로운 소리만으로도 산사태가 일어날 수 있는 위태로운 상황이었지."

네모는 모험 장면을 상상해 보았다. 탐험가인 교수님이 지하 통로로 미끄러져 내려가는 모습을……

"어느 날 우리는 좁고 긴 복도를 따라 걷고 있었단다. 나선형 계단을 지나서 드디어 한가운데 있던 구멍을 발견했지. 수직으로 28미터까지 내려가는 구멍 말이야!"

교수님의 숨이 점점 가빠졌다. 하지만 이야기를 멈추고 싶지는 않은 것 같았다.

"아래엔 화강암으로 된 널방이 있었어. 비어 있었지. 그런데 금이 가 있더라고. 난 그 틈으로 기어들어갔지. 모래가 나왔어. 촛불을 비추고 더듬어 보았지만 아무것도 없었어. 도굴꾼들이 모조리 훔쳐 갔던 거야. 그래도 계속 더듬어 보았더니 가늘고 길쭉한 무언가가 손에 닿았어. 난 그것을 뒤집어 보기도 하고 다시 엎어 보기도 하면서 그 형태를 유심히 살폈어. 이상한 돌기 같은 게 느껴지더구나. 그게 뭐였는지 아니?"

"조각상이었나요?"

"아니, 다리였어."

"진짜 사람 다리요?"

"그래. 조세르 왕의 다리였지. 파라오의 미라에서 남아 있는 거라곤 그 다리뿐이었어. 분명히 옛날에 도둑들이 훔쳐 가다가 떨어뜨렸겠지."

네모는 얼굴을 찌푸렸다.

한쪽 다리. 그 때 교수님은 무슨 버섯이라도 딴 것처럼 사람 다리 하나를 움켜쥐었던 것이다. 만약 네모가 그런 상황에 처했다면 끔찍한 공포에 비명을 질렀을 것이다.

교수님은 차를 한 모금 마셨다. 찻잔을 든 손이 살짝 떨렸다. 네모는 교수님이 피곤해하는 것 같아 혀끝에 맴돌던 질문을 꾹 삼켰다. 이번에는 자기가 직접 과거를 찾아 땅속 깊은 곳으로 들어가는 상상을 하면서 끈기 있게 기다렸다. 교수님은 이집트에서는 모든 것, 거의 모든 것이 세상에 드러나길 기다리고 있다고 말했었다. 이집트, 갖가지 모험이 숨어 있는 왕국……

"그런데 피라미드는요, 그냥 거대한 무덤일 뿐인가요?"

조금 뒤 네모가 물었다.

"그렇지 않단다. 무덤으로서의 피라미드는 일종의 체*처럼 여겨졌지. 죽은 자가 죽은 자들의 세계로 들어가서 영원한 제2의 생을 살게 해 주는 통로 같은 거지. '아니다. 너는 죽어서 떠나는 것이 아니다. 너는 살아서 떠나는 것이다.'라는 글귀가 조세르의 석관 발치에 새겨져 있단다. 하지만 내세로 들어가려면 죽은 자는 일단 몇 가지 시험에 통과해야만 하지."

"통과 시험요? 대학 입학 시험 같은 거요?"

"바로 그거야. 사람들은 무덤 속에 미라를 넣으면서 무덤 벽면 또는 파피루스에 암송할 문구, 기도문, 따라야 할 조언 등을 새기거나 적어 두었어. 그것이 바로 피라미드 문서, 다시 말해 '사자(死者)의 서(書)'란다. 죽은 자가 내세로 들어갈 때 치르는 시험에 통과하도록 안내해 주었던 거지."

"그 시험에 통과하면 어떻게 되는 거죠?"

"죽은 자의 '카', 그러니까 그의 영적인 분신이 저세상에서 살 수

---

* 체 : 가루를 곱게 치거나 액체를 거르는 기구.

있게 되지. 태양신과 하나가 되고 하늘의 운행에 참여하는 거야."

잠시 이야기가 끊겼다. 그동안 이집트의 모든 죽은 자들을 품고 있는 태양이 서서히 기울어 갔다. 하지만 햇볕은 여전히 머리 위에 무겁게 내리꽂혔고, 그 열기 때문에 두통이 생길 지경이었다.

"네모야, 잘 보렴. 매일 밤 그렇듯이 곧 태양이 땅속으로 사라질 거야. 오시리스의 위험한 세계 속으로 말이야. 하지만 태양은 거기서 악의 힘과 맞서 싸우고 다시 부활해야 해. 그리고 아침이 되면 환생해서 이집트에 다시 생명을 주는 거지."

"정말 힘든 일이네요!"

"이집트 사람들의 사고방식 중에서 정말 매력적인 것이 바로 이거야. 어떤 것도 영원히 승리할 수는 없다! 순환에 양분을 주기 위해 항상 싸워야 하고, 세상이 돌아가게 하기 위해 항상 일해야 하는 거지."

"만약 죽은 자가 그 시험에서 떨어지면 어떻게 되죠? 내세로 들어가는 시험에 낙방하게 되면 말이에요."

네모가 짓궂게 물어보았다. 교수님은 미소를 지었다.

"그러면 최악의 일들이 일어나게 된단다. 혼돈과 무, 진짜 죽음을 맞게 되는 거야. 이집트 사람들은 밤의 위험한 시간들을 특히 두려워했어. 그 시간 동안 세상은 가공할 만한 혼돈 속으로 다시 빠져들 위험이 있으니까 말이야. 이집트 사람들에게는 그 어떤 것도 완성이란 없었지."

"그렇게 두려움에 떨면서 살았다니, 이집트 사람들도 되게 웃기네요."

"난 그렇게 생각하지 않는단다. 사실 그들은 인생의 종말을 거부한 거야. 죽음에 맞서 싸우는 일이 일상적인 관심사였어. 사람들은 죽은 자의 육체를 온전히 유지하려고 노력했어. '카'가 다시 태어나려면 육체가 필요하니까. 또 사람들은 죽은 자에게 선물을 바치고, 죽은 자의 이름을 불러 주며, 무덤 속의 제단에서 제사를 올리기도 했지. 죽은 자가 저승에서 살아남으려면 산 자의 기억 속에 남아 있어야 했으니까."

죽음……. 이집트에는 사방에 죽음이 있었다. 신전에도, 무덤에도, 피라미드에도……. 부조에도, 그림에도, 조각에도……. 죽음을 준비하는 데 인생을 써 버리는 이상한 이집트 사람들……. 하지만 네모는 이 모든 게 음산하지 않다는 사실을 똑똑히 확인했다. 오히려 프레스코화에서는 향연과 축제, 아름다운 멋쟁이들을 볼 수 있을 뿐이었다.

"살아 있음을 가능한 한 맘껏 즐겨라. 일단 네가 오시리스의 길로 떠나게 되면 아무것도 알 수 없으리니……."

교수님이 눈을 지그시 감고 글귀를 암송했다.

관광객 한 무리가 교수님과 네모 쪽으로 서둘러 걸음을 옮기고 있었다. 교수님은 그들을 피하려고 얼른 자리에서 일어났지만 이젠 몸놀림이 영 민첩하지 못했다. 꽃무늬 정장을 입은 아주머니 둘이 마치 꿀단지에 몰려드는 벌들처럼 허겁지겁 다가오더니 애교 섞인 목소리로 말했다.

"어머머, 교수님. 교수님을 이렇게 뵙게 되다니 정말정말 영광인

거 있죠. 저희랑 사진 한 장만 찍어 주세요, 네? 딱 한 장만요!"

아주머니들은 대뜸 늙은 교수님의 팔짱을 한 쪽씩 끼더니 함박웃음을 지으며 함께 온 관광객들 앞에서 자세를 잡았다. 사진기가 찰칵 소리를 냈다. 아주머니들은 시시덕거리며 멀어졌다.

"교수님을 만졌어. 교수님을 만져 봤다고!"

교수님은 무슨 기념물 취급을 받았다.

"하루하루가 늘 이런 식이란다. 다 좋은 사람들이지. 그런데 자기들은 휴가 중이지만 나는 근무 중이란 사실을 이해하지 못해. 내게는 시간이 아주 중요한데 말이다. 고대인들은 이미 오래전에 이렇게 말했지. '물은 북쪽으로 흐르고, 바람은 남쪽으로 불고, 인간은 자신의 시간을 향해 간다.'"

교수님은 좀 상투적인 말을 해 놓고는 민망한지 멋쩍게 미소를 지었다.

"네모야, 해가 기우는구나. 곧 조세르의 '카'가 나올 거야. 자신의 그림자 행렬을 이끌고 말이야. 파라오는 자기가 살아 있을 때 했던 것처럼 헤브세드*, 그러니까 50년이나 된 자기 대관식을 기념하는 축제를 열 거야."

교수님은 팔을 뻗어 허공을 쓰다듬듯 피라미드와 울타리 벽과 제단, 그리고 사카라 고원의 다른 모든 기념물들을 아우르며 말했다.

"네모야, 여기 있는 것들은 모두 껍데기에 지나지 않아. 가면들, 그림자들의 무대일 뿐이지. 우리가 보고 있는 것은 실제로 존재하

* 헤브세드 : 왕이 재위 연장을 인정받으려고 벌인 왕위 갱신제이다. 왕의 조각상을 만들고 그것을 땅에 묻는 의식을 행했는데, 이는 묵은 자신을 장사 지내고 새롭게 태어나 왕위를 계승한다는 의미였다.

는 게 아니란다."

네모는 걱정스럽게 교수님을 쳐다보았다. 교수님 마음이 불안한 걸까? 나이 때문일까? 아니면 피곤해서일까? 이렇게 돌로 된 어마어마한 건축물이 실제가 아니라고?

교수님은 못마땅해하는 목소리로 말을 이었다.

"제단은 육중한 돌덩어리로 만든 장식일 뿐이야. 그리고 열네 개의 문도 모두 가짜지."

"어째서요?"

"아주 간단해. '카'가 돌을 지나가기 때문이야. '카'에게는 가짜 문이라는 상징이 필요하거든. 일종의 장례 복합 단지인 피라미드 주변 건물들은 모두 허상이야. 껍데기, 겉모습일 뿐이지."

"영화 세트처럼요!"

"그래, 하지만 아주 튼튼한 돌로 영원을 위한 세트를 세운 거야. 밤이 되면 '카'는 50주년 의식을 거행하지. 그리고 아침에는 태양신 '라'와 하나가 되려고 피라미드 꼭대기, 여섯 번째 층까지 기어올라간단다. 네모야, 이 말은 꼭 기억해 두렴. 이집트에서는 때때로 어떤 것이 실제이고, 어떤 것이 허상인지를 가려내기가 정말 어렵다는 것을!"

사카라 고원 입구에서는 또 다른 영화 한 편이 상영되고 있었다. 삼각대 위에 비디오카메라를 올려놓고 커다란 조명 두 개로 주변을 밝혀 두었다. 튜닉과 헐렁한 바지를 입어 동양적인 분위기가 풍기는 여자가 조명 아래에서 두 모래 더미 사이를 왔다 갔다 하고 있었다. 한쪽 모래 더미는 꽤 컸으며, 다른 한쪽은 10여 미터 떨어진 곳에 있었는데 좀 더 작았다. 여자는 큰 더미에서 모래를 퍼 양동이 두 개를 가득 채운 다음 작은 더미로 가져가 쏟아 붓는 동작을 차분하게 되풀이하고 있었다.

모래를 계속 옮겨 붓던 여자가 네모의 부축을 받으며 문 쪽으로 걸어 나오는 교수님을 보고 손을 흔들었다.

"저 여자는 밤늦게까지 저러고 있을 거야."

교수님이 말했다.

저 모래 더미 하나를 다 없애려면 시간이 얼마나 걸릴까? 네모는 머릿속으로 재빨리 계산해 보았다. 30초에 2.5킬로그램짜리 양동이 두 개라고 치면 한 시간에 600킬로그램을 옮기게 되는 것이다. 다섯 시간이면 3톤의 모래를 옮길 수 있다. 잠시도 쉬지 않는다면 말이다.

"피라미드를 만들고 있는 건가요?"

터져 나오려는 웃음을 간신히 참아 가며 네모가 속삭였다.

교수님이 목소리를 낮추어 대답했다.

"저 사람은 예술가야. 살아 있는 예술 작품을 만들고 있는 중이라고 설명하더군. 시간과 인내, 반복에 대한 명상…… 이해할 수 있겠니?"

네모는 손으로 얼굴을 가려야만 했다. 햇볕이 사람을 돌게 만들 지경이었다. 그 곳이 이집트만 아니었어도…….

"이 곳 이집트는 시간 개념이 남다르단다. 아마 그것을 보여 주고 싶었던 모양이야. 뭐 순전히 내 생각이다만!"

교수님은 기분이 좋은 것처럼 보이려고 애썼지만 정말로 이젠 기운이 다 빠진 것 같았다. 교수님과 네모는 모래 언덕을 만드는 예술가를 뒤로하고 집을 향해 천천히 걸어 내려갔다.

아미나가 시원한 음식을 준비해 놓았다. 차가운 물에서 박하향이 은은하게 풍겼다. 해는 사막 저편으로 기울고 있었고, 계곡 전체가 침묵에 휩싸였다. 교수님은 음식에 거의 손도 대지 않고 자리에서 일어났다. 나가면서 네모가 보고 있는 줄도 모르고 이집트 여인의 그림 앞에 한참 서 있었다.

"교수님이 왜 저 그림에 저렇게 애착을 느끼시는 거죠?"

네모는 교수님이 나가자마자 아미나에게 물었다.

"저도 모르겠어요. 교수님에게 아주 중요한 그림이라는 것밖엔. 워낙 그 이야긴 꺼내지 않으려고 하세요. 항상 '거의 다시 찾을 뻔했는데……'라고만 말씀하세요. 하지만 저는 그게 무슨 말인지 모르겠어요. 눈가에 눈물을 글썽이며 저렇게 그림 앞에 서 계시는 모습을 가끔 뵈어요. 뭔가 슬프신 모양이에요."

진지하게 대답하는 아미나의 목소리는 마치 노래라도 부르는 것처럼 높낮이가 있었다.

아미나 역시 슬퍼 보였다. 교수님은 대체 무엇을 발견하려다 눈앞에서 놓쳐 버린 걸까? 그 아리따운 이집트 여인의 무덤이었을까? 왜 한사코 그것에 대해 말하길 꺼리는 걸까?

옆방에서 음악 소리가 들렸다. 모차르트의 「신포니아 콘체르탄테」 아다지오였다. 린다처럼 네모도 가끔은 클래식 음악을 즐겼다.

소녀 같은 감성을 지녔다고 해서 부끄러울 건 없지 않을까? 지금 들려오는 음악은 그동안 네모가 들어 보았던 곡 중에서 가장 감미롭고 감동적이었다. 교수님은 아직 잠들지 않은 것 같았다.

네모는 테라스로 나가서 고개를 젖혔다. 밤하늘에 총총히 박혀 있는 별들이 보였다. 사막의 하늘은 세상에서 가장 아름답다고들 말한다. 그건 거짓말이 아니었다. 화성도 보일지 모른다. 린다가 가고 싶어하는 행성.

네모는 눈을 감았다. 그래, 지금이다. 지금은 린다를 생각해도 될 것 같다.

3. 죽은 자들의 나라

오시리스의 비밀을 알고 있는 자는 산 자들의 세계에서 살아남으리
니……. 밤이 되면 카르나크의 아몬 대신전으로 가라. 소리와 빛의
시간에 관광객과 함께 안으로 들어가라.

또다시 시작이었다. 누런 종이에 정성들여 쓴 글씨, 냉소적이고
비밀스러운 어조……. 카이로에서와 모든 게 똑같았다. 하지만 이
번엔 지시도 여러 개였고 경로도 좀 더 복잡했다. 야자나무와 기둥,
조각상과 오벨리스크 등이 등장했다. 네모를 새로운 약속 장소로
이끄는 지표들이었다.

네모는 쪽지를 이리저리 훑어보았다. 룩소르에 도착하자마자 자
기 앞으로 배달된 이 쪽지를 영문도 모르고 받았다. 도대체 누가 자
기를 이 도시에서 저 도시로 이렇게 따라다닐 수 있을까? 자기한테
무엇을 바라는 걸까? 카이로에 있는 레아 누나에게 전화를 한 번
걸기는 했다. 하지만 누나는 전화를 받자마자 무용과 시간의 흐름

에 대한 설명만 장황하게 늘어놓았다. 누나는 다른 세계에 살고 있었다. 발레와 창조의 고통, 발의 통증만이 존재하는 세계에 말이다. 결국 네모는 레아 누나에게 아무 말도 하지 못했다. 정말이지 머릿속이 너무나 복잡했다.

솔직히 말하면, 사실 네모는 이번 쪽지 때문에 마음이 불안해졌다. 교수님과 의논해 볼까? 그건 일찌감치 포기했다. 사카라에서 룩소르까지의 긴 여정은 늙은 교수님에게 아무래도 무리였다. 그런 교수님에게 걱정거리를 하나 더 얹어 줄 수는 없는 노릇이었다. 더구나 교수님은 지금 작은 방에서 쉬고 있었다. 간만의 휴식을 방해하고 싶지 않았다.

네모와 교수님은 말가타의 별장에 머물고 있었다. 그 옛날 파라오 아멘호테프 3세의 땅이었던 것이 이제는 프랑스 탐험가들을 위한 숙소 노릇을 하고 있었다. 흙칠을 한 바람벽이 둘러싸고 있는 오아시스 주변으로 야자나무 숲이 우거져 있었다. 테베 산 위로 장관이 펼쳐져 있었다. 두 사람은 지금 고대 이집트의 중심부에 들어와 있는 것이었다. 옛날에는 룩소르를 테베라고 했다. 파라오 나라의 수도 '테베'.

나일 강 동쪽 연안에는 '현대적인' 도시가 들어서 있었다. 상점들과 조그만 갈색 집들, 그리고 강을 따라 이어지는 중앙 도로에 야자나무와 식민지 양식의 고급 호텔들이 줄지어 있었다. 사륜마차가 웅장한 카르나크 신전으로 관광객들을 실어 날랐다. 산 자들의 세계이다.

하지만 지금 네모가 있는 나일 강 서쪽 연안은 죽은 자들의 세계이다. '수백만 년의 신전'*들과, 파라오의 무덤들이 파묻혀 있는 왕들의 계곡과 왕비들의 계곡이 자리하고 있는 고대 테베의 네크로폴리스**가 펼쳐져 있다. 옛날에 이쪽에는 사원과 무덤을 짓는 사람들, 목수들, 미장이들, 도장공들, 실내장식가들, 조각가들이 살고 있었다. 이제는 그들 뒤를 이어 고고학 발굴 지역을 지키는 경비원들, 당나귀를 모는 사람들, 기념품 상인들, 세계 각지에서 몰려든 이집트학 학자들이 살고 있다.

죽은 자들의 세계는 굉장히 더웠다. 그래서인지 사람들은 모두 잠깐씩이라도 낮잠에 빠져들었다. 이 곳에서는 낮잠이 중요한 일과 중 하나였다. 나머지 시간에 사람들은 보통 들떠 있어서, 말할 때 목소리나 몸짓이 컸다. 하지만 낮잠 자는 시간만큼은 그 모든 것이 정지되었다. 움직이는 사람이 아무도 없었다. 영상의 정지였다.

네모는 자기 방 앞에 나 있는 오솔길의 종려나무 그늘에서 몸을 쭈그린 채 반쯤 졸고 있는 농부를 보았다. 아니, 소리를 들었다고 해야 할까? 살찐 고양이가 코 고는 듯한 그르렁거리는 소리가 들려왔으니까 말이다. 그러고 보니 동물들마저 낮잠의 규칙을 따르는 것 같았다. 굶주린 강아지 한 마리가 벽에 몸을 기대고 길게 누워 늘어지게 자고 있었다. 네모도 낮잠을 자 보려고 노력했다. 하지만 한낮에 잠을 잔다는 건 정말이지 어려운 일이었다. 네모는 활발하게 움직이는 걸 좋아했으니까.

---

* 수백만 년의 신전 : 왕이 의식을 주관하는 성소를 뜻한다. 이곳에서는 살아 있는 왕뿐만 아니라 서거한 뒤에도 지역 신의 형상으로 신격화된 왕을 위한 제사를 지냈다.
** 네크로폴리스 : 죽은 자들의 도시, 즉 공동묘지를 뜻하는 라틴어.

"아무것도 하지 않는 것도 배워야 해. 자기 자신을 고요하게 가라앉히는 법을!"

언젠가 우체국에서 너무 오래 기다리느라 지쳐 조바심을 내던 네모에게 인도의 수행법을 많이 익힌 친구 수니타가 이렇게 말했다.

"아무것도 하지 않는 것을 배워?"

"그래, 그걸 터득해야 해."

수니타는 네모의 가장 친한 친구이다. 조용하고 차분하고 침착하고…… 린다와는 정반대이다. 네모는 그 때 수니타의 말을 별 생각 없이 들었다.

"네 안에 있는 고요함을 찾아내는 거야. 마음을 비우려고 노력해야 해. 먼저 천천히 숨을 쉬어 봐. 평소에는 전혀 눈여겨보지 못했던 것들이 보일 거야. 어떤 물건일 수도 있고, 별로 중요하지 않은 사소한 것, 벽에 난 틈 같은 것일 수도 있어. 네 생각이 흘러가는 대로 그냥 내버려 둬. 예를 들어 배를 타고 있다고 상상하는 거야. 돛을 올린 뒤 바다는 점점 고요해지지. 네 안에서 시간이 흘러가도록 그냥 두는 거야."

네모는 명상을 통해 평온함을 찾는 친구에게 깊은 인상을 받기는 했다. 교수님 역시 가끔 그와 비슷한 명상을 한다.

"단 하루도 영원처럼 중요할 수 있단다. 단 한 시간도 미래를 위해서는 충분하지."

좋은 말이다……. 하지만 네모는 그런 말이 자기와는 먼 이야기처럼 들렸다. 시간에 대한 사색은 자기랑은 맞지 않는 일이었다. 낮잠만 해도 그렇다. 네모는 아기 적부터 침대에 눕히기만 하면 울곤

했단다. 네모에게는 잠자는 것이 오히려 귀찮은 일이었다. 인간은 왜 전원이 끊긴 것처럼 규칙적으로 몸을 정지해야만 할까? 그 얼마나 시간이 아까운 일인가!

네모는 어쨌든 다시 한 번 해 보기로 했다. 눈을 감고 한 지점에 집중했다. 몸집이 큰 벌레 한 마리가 벽을 따라 기어가고 있었다. 네모는 눈으로 그 벌레를 뒤쫓았다. 한 번 더. 마음을 비우자. 고요함을 느끼자. 생각의 흐름에 나를 맡기자……. 이번에는 닭 목을 한 람세스 2세의 모습이 떠올랐다. 옛날에는 그 미라가 바로 옆 왕들의 계곡, 자기 무덤 속에 있었다. 이 곳에서 얼마나 많은 이야기들이 만들어졌던가. 얼마나 많은 모험이 펼쳐졌던가. 얼마나 많은 발굴이 이루어졌던가.

네모는 왕들의 계곡에 관한 책을 몇 권이나 읽었다. 사람들이 파라오의 무덤들을 발굴해 낸 곳이 바로 왕들의 계곡이다. 고고학자 하워드 카터가 투탕카멘의 보물들을 찾아낸 곳도, 겨우 몇 년 전에 한 미국인 탐험가가 주차장 밑을 파헤쳐서 람세스 2세의 자녀들 무덤을 발견한 곳도 바로 여기다. 람세스 2세의 자녀들 무덤은 120여 개에 이르는 지하 방이 한쪽 방향으로 죽 이어져 있는, 계곡을 통틀어 가장 큰 무덤이다!

이집트학 학자들이 실제로 겪은 일들은 소설이나 영화에서 지어낸 이야기들보다 훨씬 더 믿기 어려운 것들이다. 네모는 시어도어 데이비스의 실패담을 기억하고 있다. 그는 뉴욕 출신의 부유한 사업가였는데, 20세기 초에 이집트로 와서 고고학에 몸을 바쳤다. 해마다 경탄할 만한 유물들을 발굴해 미국 박물관으로 보내던 어느 날 파묻혀 있던 계단을 하나 발견했는데, 그것이 새로운 무덤으로 이어져 있었다. 며칠을 파낸 끝에 긴 복도에 이르렀다. 그 복도는 고대 이후 사람의 손길이 단 한 번도 닿은 적 없는 거대한 방으로 이어졌다. 수많은 소형 입상들, 금박을 입힌 나무 관, 귀한 진주로 상감* 되어 있는 관에 이르기까지 모두가 고스란히 묻혀 있었다.

데이비스의 발굴 소식은 삽시간에 룩소르 곳곳으로 퍼져 나갔다. 마을 사람들은 무릎 높이까지 쌓여 있다는 어마어마한 금 더미에 대해 수군거렸다. 결국 데이비스는 무덤 속 유물들이 약탈되는 걸 막으려면 서둘러 그것들을 모두 챙기는 수밖에 없다고 생각했다. 무덤에는 아직 금박을 입힌 나무 관 속에 누워 있는 신비로운 미라도 있었다. 그런데 조심조심 옮기던 도중 관이 미라와 함께 순식간에 먼지로 변해 버렸다. 금박을 입힌 나무 관은 공기에 닿으면 그렇게 가루가 되고 만다. 금빛 구름먼지는 데이비스와 인부들의 얼굴과 머리를 뒤덮으며 그 멋진 무덤 안으로 퍼져 나갔다. 그렇게 보물이 먼지로 사라져 버렸다.

고고학자들이 즐겨 하는 이런 이야기들은 수십 가지가 넘는다. 교수님이 찾았던 무덤도 아마 이 근처에 있지 않을까? 엎어지면 코 닿을 거리에. 그 안에 보물도 들어 있었을까?

린다와 함께하지 못하는 게 참 아쉬웠다. 그 귀여운 아이는 지금 이 순간 무엇을 하고 있을까? 린다도 방학 중일까? 아마 캘리포니아의 어느 해변에 가 있겠지……. 네모는 가슴이 쓰라렸다. 아니

---

*상감 : 금속, 도자기, 목재 등의 표면에 여러 가지 무늬를 새겨서 그 속에 금, 은, 보석 따위를 박아 넣는 공예 기법.

다. 린다 생각은 이제 하지 말자.

'마음을 비워라……. 고요함에 귀를 기울여라……'

이 정도면 됐다. 네모는 확실하게 명상이 부자연스러웠다. 그리고 낮잠도 정말 마음에 들지 않았다. 이만큼 노력했으면 됐다.

네모는 일어나서 모래 빛깔이 나는 커다란 모자를 썼다. 모자 덕분에 나이도 좀 들어 보였고 꼭 무슨 탐험가 같았다. 네모는 검은 선글라스까지 쓰고는 종이쪽지를 손에 쥐고 한 바퀴 둘러보러 나갔다. 정확히 무엇을 어떻게 할지는 나중에 정하면 된다. 지금은 네모 교수가 시찰을 나가시는 것이다.

네모는 말가타 별랑의 문을 지나 높은 벽에서 떨어져 있는, 사탕수수 밭 사이로 난 먼지 이는 길로 접어들었다. 산들바람이 공기를 맑게 해 주어서인지 정신이 맑아지는 것 같았다. 나뭇잎 부석거리는 소리 말고는 아무 소리도 들리지 않았다. 낙타 한 마리도 보이지 않았다. 이집트는 잠들어 있었다.

"코브라 옆에는 가지 마라!"

숙소의 요리사 아저씨가 웃으면서 소리쳤다. 콧수염을 기른 아저씨는 몸집이 엄청 큰 이집트 사람이었다. 무슨 일이든 프랑스 요리사 모자에 명예를 걸곤 했다. 하지만 요리는 늘 완벽한 이집트식으로 내놓았다. 네모가 무척이나 좋아하는 환상적인 팔라펠*을 곁들여서 말이다. 프랑스는 요리만큼은 세계 최고라고 하지 않던가. 하지만 그 말이 과연 이집트에서도 통할까?

---

* 팔라펠 : 채소를 넣어 만든 서남아시아식 샌드위치.

코브라⋯⋯. 사막 가장자리 한쪽 구석에 코브라가 들끓는다고 했다. 지난주에 요리사 아저씨가 바로 코앞에서 공격 자세를 취하고 있는 50미터나 되는 기다란 뱀이랑 마주쳤다는 얘기는 여기 사람이라면 모르는 이가 없었다. 아저씨는 있는 힘을 다해 부엌으로 뛰어들어가 고기 자르는 커다란 칼로 무장을 하고 단번에 코브라의 머리를 잘랐다고 했다. 그 때부터 요리사 아저씨는 여느 때보다 좀 더 자주 그 멋진 콧수염을 쓰다듬곤 했다. 사람들이 자랑스럽게 여기는 것들은 저마다 다른 것 같았다.

몇 분이나 걸었을까? 네모는 마을에 다다랐다. 지나오는 길에 만난 동물이라곤 나무 울타리 뒤에서 꾸물거리고 있던 비쩍 마른 물소 한 마리뿐이었다. 진흙 벽돌로 지은 키 작은 집들이 집짓기 조립 장난감처럼 다닥다닥 붙어 있었다. 아이들 한 무리가 산더미처럼 쌓아 놓은 밀짚의 그늘에 앉아 있었다. 모두 맨발이었고, 대부분 머리에 터번이나 실로 뜬 작은 모자를 쓰고 있었다. 어떤 아이들은 전통 의상인 갈라베야를, 또 어떤 아이들은 바지를 입고 있었다. 아이들은 네모가 지나가는 모습을 호기심 어린 눈으로 바라보았다. 저 외국인은 무엇 하러 여기에 온 것일까?

그 때 다른 아이들보다 대담한 한 소년이 네모에게 손을 흔들며 앞으로 나섰다.

"헬로! 헬로! 잉글리시?"

"헬로!"

네모가 대답했다.

소년은 네모가 영어로 답하자 영국인인 줄 알고는, 자기 친구들이 있는 곳으로 의기양양하게 돌아갔다.

"야, 영국인이야, 영국인!"

다른 아이들도 낯선 방문객을 둘러쌌다. 검은 눈동자가 얼굴 반이나 차지하는 듯한 조그만 여자 아이가 네모 옆으로 미끄러지듯이 다가오더니 말은 한 마디도 못 하고 뚫어져라 쳐다보기만 했다. 네모는 그 여자 아이 옆에 쪼그려 앉아 천천히 말을 걸었다.

"헬로! 아이 엠 네모!"

그러자 여자 아이가 잠시 멈칫하더니 속삭였다.

"헬로, 네모!"

복잡할 게 하나도 없었다. 여자 아이의 구릿빛 피부가 뿌듯함에 발그레 물들었다. 자기도 영어로 말했다는 것이다!

"비틀?"

아이들 중 한 명이 물었다.

네모도 '비틀스' 덕분에 이 단어를 알고 있었다. 1960년대 가장 유명했던 음악 그룹의 이름이 말장난이었다는 것을 어디선가 읽은 적이 있었다. 리듬을 뜻하는 'beat'와 풍뎅이를 뜻하는 'beetle'을 합쳐서 'beatles'라는 새로운 단어를 만들어 냈던 것이다.

아이들이 네모에게 불쑥 내민 것은 바로 흙으로 구운 파란색 풍뎅이였다. 이집트 사람들이 전통적으로 행운의 상징이라고 믿는 것이었다.

"진품이에요!"

한 소년이 토를 달았다.

진품? 네모는 미소를 지으면서 아래 눈꺼풀을 집게손가락으로 끌어 내렸다. 마치 '내 눈은 못 속일걸?' 하는 듯이.

"맞아요, 맞아요, 진품이에요!"

그야말로 관광객들에게 하는 대사였다. 장사꾼들은 자기가 팔려는 물건이 옛날 것이라고 믿게 하려고 갖은 애를 다 쓴다. 하지만 진짜와 가짜를 어떻게 구별할 수 있을까? 이 어린아이들이 풍뎅이로 가득 찬 새로운 무덤을 발견했을 리는 만무했다.

"진품?"

네모는 못 믿겠다는 듯이 되물었다.

아이들은 서로 쳐다보면서 아랍어로 한참 떠들었다.

"네, 진품이에요! 셰익스피어에게 물어보세요."

이 아이는 프랑스어나 영어 단어를 몇 개 정도 알고 있는 모양이었다.

"셰익스피어?"

네모가 어리둥절해하며 물었다. 가짜 풍뎅이랑 영국 작가가 무슨 관계가 있단 말인가?

"네, 셰익스피어요. 사느냐, 죽느냐, 그것이 문제로다!"

아이는 '셰익스피어'를 연거푸 외치면서 마을 한가운데를 가리켰다.

아예 교황을 들먹이는 게 더 낫지 않을까? 녀석들은 그냥 아무 말이나 생각나는 대로 자껄이는 듯했다. 그 중 한 아이가 네모를 잡아끌고 이상하게 생긴 집으로 향했다. 네모는 그 집 앞에서 잠깐 머뭇거리다가 슬그머니 몸을 뒤로 뺐다. 관광객들을 속이기 위한 함정이 틀림없었다.

네모는 애정의 표시로 여자 아이의 뺨을 한 번 어루만지고는 '안녕'이라는 손짓을 해 보이며 길을 되돌아 나왔다. 남자 아이 몇 명이 계속 '사느냐, 죽느냐'를 읊어 대면서 한동안 뒤따라왔지만 결국엔 포기했다.

벌써 하루가 끝나 가고 있었다. 이집트의 태양은 일찍 저문다. 네모는 나일 강과 부두로 이어진 길을 계속 걸었다. 이제 어떻게 해야 할까? 두 번째 약속 장소로 가야 할까? 카이로에서처럼 아무도 나오지 않는다면 또다시 바보가 되는 것이다. 그래, 두 번씩이나 놀림을 당할 수는 없다. 네모는 가지 않겠다고 마음먹었다.

하지만 45분 뒤 네모는 나일 강을 밤낮으로 가로지르는 기괴하게 생긴 돛단배 위에 있었다. 갈라베야를 입은 이집트 남자들과 검정 베일을 쓴 여자들이 빼곡히 타고 있었다. 룩소르와 카르나크 신전으로 가는 길이었다. 그 다음에는? 네모에겐 아직 생각을 바꿀 기회가 있었다.

네모는 막 떠들어 댈 태세인 어린아이들이 꽉 들어찬 위쪽 갑판을 피해 아래쪽 갑판 난간에 등을 기댔다. 햇볕을 피하려는 노인들과 여자들, 아이들이 몰려 있었다. 배 한가운데에는 커다랗고 둥근 쟁반에 대추야자 열매나 호두, 조각 케이크 등을 차려 놓고 파는 작은 바가 있었다.

맞은편에 자리 잡고 있던 여자 아이 둘이 네모를 슬금슬금 훔쳐보고 있었다. 둘 다 파란색 긴 치마에 밝은 색 셔츠를 입고 하얀 스카프를 머리에 두르고 있었다. 수업이 끝난 중학생들이었다. 키가 좀 더 큰 아이가 네모 쪽으로 몸을 돌렸다. 한쪽 눈동자가 흐릿했다. 마치 제 색깔을 잃은 것처럼.

　이집트 사람들, 특히 젊은이들은 나일 강을 따라 나타나는 박테리아나 바이러스에 감염돼 있는 경우가 많았다. 때로는 시력까지 잃기도 했다. 이 곳에서는 제대로 치료를 받아 양쪽 눈과 이를 모두 성하게 지닐 수 있는 것도 특권이었다. 네모는 지금까지 자기가 얼마나 좋은 보금자리에서 잘 보호받고 편안하게 살아왔는지 새삼 느꼈다. 사람들은 아직도 최소한의 생활 조건조차 제대로 보장받지 못하는 인류가 많다는 사실을 너무 자주 잊어버린다. 그렇다. 지구는 두 개로 갈라져 있는 것이다.

　그래도 네모는 나무 판들이 저마다 삐걱거리는 이 낡은 배에 타고 있다는 사실이 만족스러웠다. 관광객을 위한 화려하고 번쩍거리는 요트가 아니라 룩소르 주민들이 타고 있는 이 배에 말이다.

　죽은 자들의 세계, 즉 나일 강 서쪽 연안에서 산 자들의 세계인 나일 강 동쪽 연안으로 건너가는 데는 넉넉잡아 10분이면 되었다. 네모는 부두에 유람선이 몇 척 정박해 있는 것을 보았다. 모두 불이 꺼져 있었다. 관광객 수는 평소보다 많지 않았다. 지난 몇 해 동안 일어난 아랍권의 테러 사건 때문에 이집트에 오는 외국인 수가 많이 줄었기 때문이다.

　부두에서 카르나크 신전까지는 나일 강을 따라 2킬로미터 정도 더 가야 했다. 걸어서 가기엔 시간이 너무 촉박했다. 네모는 사륜마차를 타기로 했다.

　…… 소리와 빛의 시간에 관광객과 함께 안으로 들어가라.

벌써 어둑어둑해졌다. 약속 시간이 다가온 것이다. 포석 위로 말 발굽 소리가 또각또각 크게 울렸다. 터번을 두른 마부 할아버지가 이따금 채찍을 휘둘러 말을 재촉했다. 채찍질을 심하게 하지는 않았다. 네모는 이런 운송 수단이 참 정겹게 느껴졌다. 마차가 달리는 속도에 맞추어서 보고 싶은 것을 맘껏 볼 수 있어 좋았다. 피로도 느껴지지 않았다.

갑자기 말이 요동을 치더니 걸음을 늦추었다. 비틀거리는 것 같았다. 마부 할아버지는 고삐를 거칠게 잡아당겨 말을 세운 뒤 마차에서 내렸다. 무릎을 짚고 서서 걱정스러운 표정으로 잿빛 말의 다리를 살펴보았다. 마부 할아버지는 잠시 생각하더니 한쪽 발굽을 자세히 들여다보고는 아랍어로 뭐라고 중얼거렸다. 말발굽이 문제인 것 같았다. 한마디로 '마차 타이어에 펑크'가 난 셈이었다. 그야말로 고전적인 고장이었다.

마부 할아버지는 좌석 밑에서 연장 몇 개를 꺼내 바로 수리에 들어갔다. 정말이지 가관이었다!

"그러면 카르나크는요?"

네모가 손목시계를 가리키면서 소리를 질렀다.

할아버지는 웃으면서 하늘을 향해 두 손을 치켜들었다. 세계 어디에서나 통하는 몸짓이었다. '일이 이렇게 되었으니, 나도 어쩔 수 없잖아!'

약속을 놓칠 것만 같았다. 네모는 할 수 없이 마차에서 뛰어내려 마부 할아버지에게 2리브르를 건네고는 사원을 향해 달렸다.

다행히도 네모는 아직 몇몇 사람들이 사원 입구 금속 탐지기 앞

이집트의 신화

이집트의 사막 한가운데로 흐르는 나일 강. 이 강이 없었다면
생명도 없었을 것이다. 이렇게 귀중한 나일 강은 어디에서 흘러온
것일까? 그리고 왜 해마다 범람할까? 고대 이집트인들에게
나일 강은 풀리지 않는 수수께끼였다. 이집트인들이 이집트의
탄생을 물의 기적으로 설명하려 했던 것은 어찌 보면 당연하지
않을까?

모든 것의 원천인 대양

이집트에는 지역에 따라 여러 신화가 존재하지만, 세상이 액체 형태의 카오스에서 탄생했다는
내용을 똑같이 담고 있다. 헬리오폴리스(카이로 북동쪽의 고대 종교 도시. 고대 그리스어로 '태양의
폴리스'라는 뜻)의 신관들은 태초에 움직이지 않는 검은 대양만 존재했다고 보았다. 그것이 바로
'눈 신'이다. 여기에서 태양신 아툼이 탄생하고, 최초의 땅이 생겨났다. 그리고 최초의 땅에서
이집트가 세워졌다. 아툼 신은 자기 자신을 자양분으로 삼아 첫 번째로 한 쌍의 신을 창조했다.
바로 슈와 테프누트였다. 슈와 테프누트는 게브와 누트를 낳았고, 게브와 누트는 세트와 네프티스,
이시스와 오시리스를 낳았다. 신화에 따르면, 이 중 하늘과 대지의 아들인 오시리스 신이 이집트의
첫 번째 왕이 되었다. 처음에는 신, 인간, 짐승이 대지 위에서 함께 살아갔다. 하지만 인간이
봉기를 일으키자 신들은 대지를 떠나 하늘로 올라가 버렸다. 그 때부터 태양—'라'라고 불리는
신—은 낮 동안 하늘에서, 밤 동안은 땅속에서 운행을 계속하게 되었다.

이시스와 오시리스

죽음에 대한 이야기……. 오시리스는 자기 동생 세트에게 살해당했다. 세트는 질투심에
사로잡혀서 오시리스의 사지를 잘라 사방에 뿌렸다. 하지만 절개와 지조가 남달랐던 이시스는
오시리스의 육신을 하나하나 거두어 다시 붙이고 온전하게 만들어서 생명을 불어넣었다. 그러고는
함께 아들을 낳았다. 그가 바로 호루스 신이다. 호루스는 자라서 작은아버지인 세트를 무찌르고
이집트의 왕위에 오른다. 이집트 파라오들은 남매지간이자 부부인 이시스와 오시리스를 흉내
내어 남매지간이나 부녀지간에 혼인을 했다. 이는 인간에게 금지된 일이었는데도 말이다.
자기 자신을 오시리스와 호루스의 자손이라고 여긴 파라오들은 이집트 민족과 함께, '마트'라고
일컫는 세상의 질서와 균형을 보존해야 했다. 해마다 일어나는 나일 강의 범람과 아침마다
떠오르는 태양은 마트에 달려 있었다. 마트가 흐트러지면 세상은 다시 카오스, 즉 자신의 기원으로
되돌아가게 되어 있었다. 이는 이집트인들이 가장 두려워하는 것이다.

에 줄을 서고 있을 때 도착했다. 오! 안전 점검이여, 영원하라! 네모는 매표소로 쓰이는 가건물에서 입장권을 사고는 얼른 금속 탐지기 앞으로 가 가방을 열었다. 그리고 짐짓 느긋한 태도로 관광객 무리를 따라갔다. 숫양 머리 스핑크스들이 양옆으로 길게 늘어서 있는 큰길이었다. 아몬라의 대신전인 카르나크는 이집트에서 가장 웅장한 유적들이 모여 있는 곳이었다. 이 곳에 서면 인간은 신들의 거대함에 눌려 아주 왜소해진다.

무장한 군인들이 거의 사방에서 감시를 하고 있었다. 그다지 공격적으로 보이진 않았지만, 그래도 어쨌든 군인이니까······. 네모가 관광객 무리에서 빠져나간 것을 안다면 무슨 일이 벌어질까? 과연 그들에게 어떻게 설명해야 할까? 얼굴도 모르는 신비의 인물이 보물을 보여 주겠다며 약속을 잡았다고 하면 믿기나 할까?

그런 질문들을 던지고 있기엔 시간이 빠듯했다. 관광객들 뒤를 따라가던 네모는 첫 번째 탑문을 지나 널따란 사각형 뜰 안으로 들어섰다. 사람들은 저만치 떨어져서 옛날에 신관들만 출입할 수 있었던 성소 쪽으로 걸어가고 있었다. 거대한 석상 두 개가 입구를 지키고 있었다. 가이드가 성벽을 따라 관광객들을 안내하면서 오른쪽으로 돌아갔다. 해가 저물고 있었다. 네모는 다시 한 번 쪽지를 쭉 훑어보았다.

계단식 좌석으로 이어지는 계단 아래까지 무리를 따라오라.

계단······, 좀 더 가면 계단식 좌석이 있다는 얘기였다. 저기! 바

세상의 균형을 유지하기

이집트 사람들에게 세상이란 어떤 것인가? 거대한 사막 한가운데로 나일 강이 흐르고
해마다 범람이 일어난다. 하늘에는 신비로운 태양이 먼 사막에서 떠올라 나일 강 위를 날아서
반대쪽으로 사라져 간다. 밤이 지나면 태양은 땅 밑에서의 운행을 끝내고, 처음 나타났던
그 곳에서 다시 나타난다. 이집트 사람들은 어김없이 떴다 지는 태양, 때가 되면 범람하는
나일 강이 이루는 '순환의 세계'에서만 살아왔다. 그러니 아침마다 다시 태어나는 태양신,
지하 세계에 살고 있는 죽은 자들의 신, 그리고 순환과 영생에 대해 이야기하는 그들의 신앙이
조금도 새삼스럽지 않다.
그런데 이 세계는 연약하다. 이집트 사람들은 자신도 오시리스의 육신처럼 흩어져 버리지 않을까,
세상의 기원인 카오스로 되돌아가지 않을까 늘 노심초사한다. 그래서 세상의 질서와 균형인 마트
를 보존하기 위해 정의를 존중하고 언제나 신들을 받들며 신전을 지었다. 그들에게 신전 건축은
곧 신들의 완벽한 세계를 땅 위에 재현하는 것이었다.

아몬라 신에게 바친 기념비적인 신전 '카르나크'는 신왕국 시대에 이집트 종교의 중심지가
되었다. 이집트의 신전은 아무리 작은 크기라 해도 일반적으로 카르나크 신전과 똑같이 설계한다.
나일 강을 향해 나 있는 출입문, 늘어선 석상들, 첫 번째 탑문(성벽 내에 있는 문), 정원 등의 순서로
배치한다. 일반인들은 그 이상은 들어갈 수 없다. 오직 신관만 다주실(기둥들의 방)과 성소에 들어갈
수 있다. 성소는 항상 어둠 속에 잠겨 있다. 단 햇살의 정확한 축이 그 곳을 비추는 얼마간은
예외이다. 바로 그 곳이 성상이 놓이는 장소이며, 신의 에너지가 모이는 지상의 장이다.

사람들은 신이 좀 더 현실 속에 내려와 있도록 성상을 인간처럼 돌보았다. 성상을
씻기고, 옷을 입히고, 화장시키고, 향수를 뿌리고, 식사 시간마다 음식을 대접하고, 거처를
청소했다. 사람들이 성상을 볼 수 있는 유일한 기회인 축제가 열리면 성상을 신성한 배에 싣고
강을 돌아보기도 했다. 의례를 행할 때마다 신관들은 그에 해당하는 기도문을 암송했다. 꼭
'신앙이 있어야만' 훌륭한 신관이 될 수 있었던 것은 아니다. 신관은 자기 의무를 제대로 알고
정확하게 수행하는 것이 중요했다. 그는 이집트 최고의 신관인 파라오의 대리인일 뿐이었다.

신전에는 오벨리스크, 신성한 호수, 장제전, 거처 등 여러 가지 부속 건축물들이 있었다.
그리고 좀 더 떨어진 곳에는 밭, 짐승의 무리, 가게, 광, 공장 등이 있는 신의 땅이 있었다.
또한 **'수백만 년의 신전'**들도 있었다. 이 곳은 파라오가 살아 있을 때부터 그에게 제를 올렸던
곳으로, 왕권의 경제적인 중심지였다.

로 지금이었다. 사람들 눈에 띄지 않게 그쪽으로 방향을 바꿔야 했다. 가슴이 마구 뛰었지만 더 망설이지 않고 왼쪽으로 빠졌다.

야자나무 한 그루를 찾아라. 그 나무 왼쪽으로 걷다가 성벽을 따라 난 작은 길로 네가 왔던 방향으로 가라. 서둘러라. 조명에 불이 들어올 것이다. 네 그림자가 들키지 않도록 조심해라! 벽에 바짝 붙어서 조용히 간이식당을 따라 걸어라.

지금까지는 하나도 빠뜨리지 않고 시키는 대로 다 했다. 네모는 간이식당의 나무 탁자들을 보았다. 발소리를 내지 않으려고 애를 썼다.

100미터쯤 떨어진 곳에 있는 오른쪽 통로로 들어가라.

시간이 되었다. 성벽을 따라 조명에 불이 들어왔다. 군악이 울려 퍼지면서 공연의 시작을 알렸다. 네모는 주변을 둘러보았다. 돌 더미와 조각상들이 뒤얽혀 있는 미로 한가운데였다. 손전등을 꺼내서 쪽지를 다시 한 번 읽어 보았다.

원주 왼쪽으로 돌아라. 조심해라. 수직 통로가 하나 있다! 수직 통로를 오른쪽으로 돌아라. 네 앞에 있는 길로 쭉 걸어가라. 오벨리스크 앞에 이르게 되면, 왼쪽에 있는 큰 중심로를 따라가라. 또 다른 성벽 안으로 들어가게 될 것이다. 왼쪽으로 돌아서 큰 벽이 나올 때까지 걸어라.

왼쪽, 오른쪽, 똑바로 가서, 다시 왼쪽, 왼쪽……. 네모는 문득 걸음을 멈추었다. 제자리걸음을 하고 있었던 것이다! 네모가 틀린 걸까? 아니면 누군가 네모를 놀리기로 작정하고 카르나크의 폐허 여기저기를 돌아다니게 만든 것일까? 그렇다면 누가? 처음으로 돌아가기엔 이미 늦었다. 계속하는 편이 그나마 나을 것 같았다.

큰 문을 지나서 오른쪽으로 돌아라.

맞았다. 쪽지에 나와 있는 표지들은 모두 찾아냈다. 하지만 네모는 또다시 성벽 앞에 서 있었다. 모든 게 헛수고였단 말인가! 여전히 네모는 계단식 좌석이 있는 쪽으로 관광객의 무리를 따라갔던 맨 처음 그 길에 있었다. 불안하기도 했고 짜증도 났지만 계속할 수밖에 없었다.

작은 문을 지나서 두 계단 내려가라. 그러면 커다란 다주실로 들어가게 될 것이다.

이렇게 힘들일 필요도 없는 일이었다. 다주실이 어딘지 네모는 이미 알고 있었다. 중앙 입구를 통하면 곧바로 들어갈 수 있는 곳이었다. 바오밥나무처럼 거대하고 밤하늘을 찌를 듯이 높이 솟은 어마어마한 기둥들이 숲을 이루고 있는 곳에서 예전에 가스파르 형과 숨바꼭질을 하다가 함께 길을 잃은 적이 있었다. 가스파르 형이 지금 파리에 있다는 것을 몰랐다면 네모는 분명 자기를 골탕 먹이고 있는 사람이 가스파르 형이라고 믿었을 것이다. 그 때 네모 때문에 겁먹은 걸 복수하려고 말이다.

조심해라! 벽을 따라 걸어라. 세 번째 기둥을 지나 오른쪽으로 돌아라. 기둥 다섯 개를 지나서 왼쪽 대각선 방향으로 기둥을 셋까지 세면서 걸어가라.

셋……, 다섯……, 왼쪽 대각선 방향으로……. 그런데 도대체 어떤 기둥을 세라는 걸까? 왼쪽에 서 있는 것? 아니면 오른쪽에 서 있는 것? 예전 숨바꼭질했을 때처럼 또 길을 잃을 것만 같았다. 신전은 지금쯤 문을 닫았을 테고, 네모는 출구를 찾지 못할지도 모른다. 어쨌든 계속해 보자! 네모는 기운을 내서 중얼거렸다.

머리 없는 사람 조각상을 돌아라.

네모는 '머리 없는 사람? 바로 나네.' 하고 생각했다.

다시 기둥 두 개를 지나서 위를 바라보아라. 오리 조각이 보일 것이다. 그럼 도착한 것이다!

네모는 멈추어 서서 고개를 젖혀 보았다. 바로 거기였다. 머리 위로 높이 3미터 정도 되는 기둥에 새겨진 오리가 보였다. 오리는 의젓한 자세로 태양의 시표면을 받치고 있었다.

하지만 약속 장소에는 아무도 없었다. 경비원도 없었다. 그렇다면 혹시…… 바로 옆, 기둥을 둘러싸고 있는 돌 가장자리에 쭈그리고 앉아 얼굴을 가린 검은 베일을 매만지고 있는 늙은 이집트 여인은……. 네모는 주변을 주의 깊게 살펴보았다. 여전히 다른 사람은 보이지 않았다. 이집트 여인은 꼼짝도 하지 않았다. 저 여자는 여기서 무엇을 하고 있었던 걸까? 네모는 그 여자를 쳐다보았다. 여자는 고개를 좀 더 숙였다. 네모는 뒤돌아섰다. 그리고 신경을 곤두세운 채 기다렸다. 이집트 여인은 이제 헐떡거리며 숨을 몰아쉬고 있었다. 네모는 귀를 기울였다. 킥킥거리는 웃음소리 같기도 했다. 그렇다. 그 여자는 킥킥거리고 있었다. 네모는 다시 그녀를 바라보았다. 이제는 정말로 미친 듯이 웃어 댔다. 아주 오랫동안 참았던 웃음이 터진 것만 같았다. 이집트 여인…… 그녀의 허리가 반으로 접혔다.

"하이, 니이이이이이이모!"

딸꾹질까지 해 대며 그 여자가 말했다.

이 목소리는……? 아냐, 그럴 리가 없었다. 하지만 그랬다! 바로 린다였다!

4. 엔다이브 클럽

세상에! 그건 정말 말 그대로 떠다니는 궁전이었다! 네모는 믿기 어려울 만큼 거대한 선실로 이어지는 반짝반짝 윤이 나는 계단을 내려왔다. 네모의 눈동자는 우아한 내장재에서 널따란 가죽 안락의자로, 마호가니 탁자에서 주름진 갓에 매달린 등으로, 수채화에서 돋을무늬 천으로 짠 새틴 커튼으로 옮겨 갔다. 짙은 색 목재로 만든 높은 의자와 어우러진 바가 있었고, 하얀 피아노 옆으로 제복을 차려입은 종업원 두 명이 주방을 향해 차려 자세로 서 있었다. 이건 영화나 추리소설 같은 데나 나올 법한 백만장자의 배였다. 범죄만 일어나지 않을 뿐이었다.

좀 별나 보이는 나이 든 아주머니가 눈에 띄었다. 아주머니는 한 입 베어 먹고 싶은 케이크를 보는 듯한 눈길로 네모를 바라보았다. 네모에게 손을 내밀면서 아주머니는 비밀스런 눈짓을 보냈다. 마치 "정말 깜짝 놀랄 일이었지?" 하는 것 같았다. 몸을 움직일 때마다 아주머니의 팔찌가 방울처럼 딸랑거렸고, 거기에 박자를 맞추듯 진주 목걸이가 찰랑거렸다.

"우리 고모님이셔, 해링턴 부인!"

린다가 지나치게 예의를 갖춰 말했다.

네모는 거의 들릴 듯 말 듯 "만나 뵙게 되어 반갑습니다."하고 우물거리며 고개를 숙였다. 자칫하면 해링턴 부인과 입맞춤을 할 뻔했다.

린다는 고양이처럼 몸을 동그랗게 웅크리고서 커다란 흔들의자에 파묻혀 있었다. 꽤 만족스러워 보였다. 자기가 해낸 일이 무척 자랑스러운 모양이었다.

린다……. 믿어지지도 않고 예상하지도 못한 일이었다. 린다가 여기, 바로 자기 옆에, 룩소르에 있다니! 전날 저녁 린다가 눈앞에 나타났을 때부터 네모는 린다의 존재를 믿을 수가 없었다. 미국을 신나게 여행하던 날들이 떠올랐다. 그 때 린다가 네모에게 이렇게 말했다.

"난 항상 더 재미있게 살려고 노력해!"

그렇다면 이번에도 성공이었다.

풍성한 머리칼, 긴 다리, 커다란 갈색 눈, 매력적인 말투, 사람을 녹여 버리는 웃음소리……. 모든 게 그대로였다. 린다는 하나도 변한 게 없었다. 햇빛이 눈동자에 장난을 쳐 대는지 린다가 눈을 깜박거렸다. 린다는 스스로 아주 흡족해하는 것 같았다. 왼쪽에 앉아 있는 고모의 손을 잡으면서 말했다.

"파멜라 고모는 해마다 여기서 겨울을 보내셔. 이집트를 아주 사랑하시지. 추운 건 질색하시거든."

"올해엔 린다도 함께 오게 됐어. 그게 다 자네 덕분이지, 귀여운 네모 군!"

파멜라 고모가 말을 받았다.

네모는 그제야 모두 이해가 됐다. '파멜라 고모님', 그러니까 파멜라 해링턴 부인은 몇몇 친구들과 함께 개인용 호화 유람선을 빌려서 해마다 유람을 했다. 네모가 이집트에 간다는 사실을 안 린다가 그것을 이용해서 장난을 쳤던 것이다. 린다는 가스파르 형에게 전화를 걸어 네모의 여정을 알아냈다. 그리고 카이로의 주소를 물어본 뒤 첫 번째 쪽지를 보냈다. 그런데 예정보다 조금 일찍 룩소르로 가게 되었다. 파멜라 고모가 혼잡스런 수도 카이로를 썩 좋아하지 않았기 때문이다. 그래서 린다는 첫 번째 약속 장소였던 모하메드 카페에 나오지 못했고, 두 번째 약속을 카르나크 신전으로 정했던 것이다.

린다가 다시 말했다.

"교수님에게 전화를 걸었어. 교수님이 너에게 두 번째 편지를 보내 주셨지. 편지 쓰는 것도 도와주셨어. 너도 알잖아. 그 기둥들이며 조각들, 얼마나 복잡한지!"

네모는 감탄해야 할지 화를 내야 할지 알 수가 없었다.

"그러니까 모두 알고 있었다는 거잖아. 교수님까지도! 그런데 뭣때문에 그렇게 한 거야? 그냥 나한테 전화를 해도 되는데."

"오, 아니야, 그렇게 하면 재미없잖아!"

파멜라 고모가 감탄한 듯 조카를 쳐다보면서 웃기 시작했다.

"당연하지. 재미도 없고, 낭만적이지도 않지! 네모야, 난 자식이 없어서 린다가 내 친자식 같아. 린다랑 함께 있으면 평범한 게 하나도 없고, 삶이 곧 축제가 되지!"

린다는 일어나서 고모가 앉아 있는 안락의자 뒤로 다가갔다. 고모 목에 살며시 팔을 두르고는 뺨에 자기 뺨을 비비면서 말했다.

"고모, 알아요? 가족들은 내가 고모를 감시하길 바란다고요. 하지만……."

파멜라 고모는 린다를 토닥이며 말했다.

"그래, 알아, 알아. 가족들은 네가 나를 감시하길 바라지. 그렇지 않으면 네 아빠가 널 내게 보내기나 했겠니? 하지만 너랑 함께 있으면 난 걱정할 게 없단다. We will have a ball!"

"우린 실컷 놀 수 있을 거라는 뜻이야."

린다가 통역해 주었다.

"한 마디로 축제지!"

고모가 윙크하며 덧붙였다.

"프랑스어를 아주 잘하시네요."

네모는 뻔한 인사말 같다는 생각을 하면서 말했다. 하지만 파멜라 고모는 그 말이 듣기 좋았나 보다.

"내 두 번째 남편, 그 가여운 폴 앙리가 프랑스 사람이었거든. 아, 우리 둘이 얼마나 행복한 날들을 보냈는지 몰라. 파리, 몬테카를로, 솔로뉴에서의 사냥……. 난 사냥을 아주 싫어했지만. 세상에, 그 피하며……. 정말 야만스럽잖아. 다행히 폴 앙리는 내게 사냥을 강요하진 않았지. 우리는 함께 오래도록 산책을 하곤 했어. 건강이 그렇게 나빠지지만 않았어도……."

파멜라 고모는 오렌지 주스를 한 모금 마셨다. 팔찌 소리가 요란했다.

"네모야, 난 이렇게 늙으면서부터 즐거운 일만 하기로 마음먹었단다."

늙었다고? 고모의 투명한 진줏빛 피부에는 주름 하나 없었다. 화장도 화려하지 않았고 스프레이를 뿌려 곱게 틀어 올린 붉은 머리 또한 아주 단정했다. 연세가 얼마나 되었을까? 어쨌든 우아함이 돋보였다. 고모는 차이나 칼라가 달린 비단 원피스를 입고 굽이 높은 구두를 신고 있었는데, 갑판 위에서는 절대로 편할 것 같지 않았다.

파멜라 고모는 이야기를 이어 나갔다. 어느새 자기 인생사가 시작되고 있었다.

"그 가여운 폴 앙리가 죽고 나서 나는 별로 알려지지 않은 화장품 회사를 하나 인수했단다. 그리고 몇 년 만에 그것을 진짜 보석으로 만들었지. 주식도 상장하고……. '파멜라의 비밀', 어때? 정말 멋진 이름이지? 조직을 조금만 개편했을 뿐이야. 질서 같은 걸 갖추었단 말이야."

"폴 앙리 고모부가 고모에게 정말 큰 유산을 남기고 떠나셨어."

"정말 큰 유산."

네모는 작은 목소리로 다시 한 번 말해 보았다. 왜냐하면 린다도 '앙증맞은 진짜 보석'을 좋아했기 때문이다.

린다는 팔꿈치로 네모의 옆구리를 쿡쿡 찔렀다. 이상했다, 못 본 지 몇 달이나 되었는데도 늘 함께 있었던 것처럼 느껴진다는 게.

그 때 갑자기 요란한 소리가 나면서 바닥이 울렸다. 간간이 욕설도 들려왔다. 웬 아저씨 하나가 눈을 껌뻑이며 머리를 만지면서 안쪽 계단에서 나타났다.

"또 계단에서 발을 헛디뎠어요. 이 불빛, 이 불빛 때문이란 말이야. 도대체 난 적응이 안 돼."

파멜라 고모가 그 아저씨를 다정한 눈길로 바라보았다.

"이쪽으로 오세요, 이리로요. 아서 씨, 하루를 어떻게 보냈는지 이야기 좀 해 보세요."

"나일 강에 한 번 빠진 적이 있는 아저씨야. 악어에게 거의 잡아먹힐 뻔하셨대."

조금 떨어져서 린다가 설명해 주었다.

"아서 씨는 고고학자셔. 그리고 우리 모두 열정적인 이집트학 학자들이기도 하지."

고모가 네모를 보며 말했다. 고모는 아저씨를 뒤따라 들어오는 나이가 꽤 지긋한 다른 아저씨 두 명을 손으로 가리키면서 말을 이었다.

"내 사랑하는 험프리가 죽고 난 뒤로는……."

린다는 네모의 귀에 대고 속삭였다.

"고모의 세 번째 남편이야. 5년 전에 돌아가셨어. 고모는 그 고모부의 재산도 모두 물려받으셨어."

"즐기기엔 인생이 너무 짧다는 생각이 들었어. 그래서 '파멜라의 비밀'을 되팔고 이집트 연구에 앞으로 남은 인생을 바치기로 마음먹었지."

파멜라 고모의 말이었다.

아서 아저씨는 우스꽝스럽게 얼굴을 찡그리면서 머리를 쓰다듬었다.

"오, 아서. 당신은 줄곧 선실에만 틀어박혀 지내네요. 오래된 당신 서류에 파묻혀서 말이에요. 외출을 너무 안 하는 거 아니에요?"

고모는 마치 어린아이에게 말하는 투로 아저씨에게 말을 건넸다.

네모는 아서라는 아저씨가 정말로 컴컴한 굴에서 막 나온 사람처럼 창백한 얼굴로 눈살을 찌푸리고 있는 것을 보았다.

"저 아저씨, 엔다이브처럼 파리하지 않니?"

네모가 린다에게 속삭였다.

"뭐처럼?"

"엔다이브. 지하에서 자라는 식물이야. 아주 하얗지. 아스파라거스나 버섯처럼 말이야."

아서 아저씨가 힘없는 목소리로 항의했다.

"파멜라, 참을성 있게 좀 기다려 봐요. 지도를 탐색하고 옛날 탐험가들의 경험을 배우는 건 아주 중요하다고요. 그렇게 해야 잃어버린 보물들의 흔적을 찾을 수 있는 겁니다."

"하지만 이 나라 사람들을 직접 만나 보는 일도 중요해요. 도굴이나 밀매를 하는 사람들을 파악해야 한다고요. 아멜리아 에드워드를 기억하세요."

린다는 살며시 네모에게 설명해 주었다.

"고모의 우상이야. 19세기 할머니지. 굉장히 유명하고 아주 부유했던 여류 작가야."

"맞아."

귀가 무척이나 밝은 파멜라 고모가 말을 받았다.

"여성이지, 위대한 여성! 어느 날 무덤을 도굴한 밀매꾼들이 그녀에게 파피루스와 미라를 사지 않겠냐고 제안했어."

"진짜 미라요?"

미라라는 말에 솔깃해진 네모가 물었다.

"물론 진짜 미라지. 그 사람들이 미라를 가짜로 만들어서 팔 리는 없잖니?"

네모는 카이로에서 고양이 미라를 만들어 팔던 아저씨가 떠올랐다. 하지만 사람들에게 얘기하지는 않았다.

"그런데 세상에! 아멜리아보다 돈이 훨씬 많은 여자 둘이 나타나서 그 파피루스와 미라를 사 버렸단다. 그냥 그렇게 되었어. 그런데 1주일 뒤 미라에서 악취가 너무 심하게 나니까 그 바보 같은 영국 여자들이 그걸 글쎄 나일 강에 내다 버렸다지 뭐니. 배 위에서 획 던진 거야. 미라를 나일 강에 버리다니, 세상에, 상상이나 되니?"

"말도 안 돼요."

린다가 두 손을 맞잡으면서 소리 질렀다.

"오, 귀여운 린다야, 습기 때문이야. 너도 알잖니, 습기. 그 미라는 300만 년 동안 한 번도 습기에 노출된 적이 없었던 게 틀림없어. 어쨌든 그건 나의 꿈이란다. 파피루스, 아니면 진짜 유물 한 점, 아니면 미라 한 구⋯⋯. 아! 내 이름이 붙은 미라가 박물관 전시장에 진열되어 있다고 생각해 보렴. 파멜라 해링턴 부인 컬렉션!"

네모는 큰맘 먹고 말을 꺼냈다.

"오늘날에도 미라를 구할 수 있다고 믿으세요? 그러니까 제 말은…… 미라가…… 아니면 적어도 무덤이라도……."

파멜라 고모는 새콤한 사탕을 입에 문 것처럼 다시 입맛이 도는 듯한 표정을 지었다.

"바로 그것 때문에 우리가 여기 온 거란다. 무덤을 발굴한다는 건 정말로 특별한 일이지. 하지만 아직도 발견해야 할 것이 많아. 이집트의 비밀은 아직 다 밝혀지지 않았지."

파멜라 고모의 말은 교수님의 말과 모든 점에서 비슷했다. 그렇다면 그게 정말일까?

아서 아저씨는 곁눈질로 주변을 살피면서 살짝 몸을 숙였다. 무슨 국가 기밀이라도 폭로하려는 사람처럼.

"요즘 룩소르의 암시장에 가면 몇 가지 좋은 물건들을 볼 수 있대요. 난 파피루스 한 조각만 있어도 만족할 텐데. 아주 작은 것이라도 괜찮아요, 아주 작은 것……."

네모는 깜짝 놀랐다. '엔다이브 클럽'은 보물찾기 놀이를 하고 있었던 것이다.

"보세요. 그건 정말로 환영할 일이에요. 바로 최근에 뭔가가 발견되었다는 말이잖아요. 그것도 아주 은밀하게……. 아! 이집트학, 그건 정말 바이러스나 전염병 같아서 한 번 걸리면 도저히 헤어날 수가 없어요. 난 이집트학에 대한 책을 아주 많이 읽었는데, 가장 멋진 발견은 보통 예상치 못한 방법으로 이루어진다더군요."

선실에 모인 사람들 모두 입을 다물었다. 어색한 침묵이 이어지면서 분위기가 조금 썰렁해졌다. 저마다 마음속으로 산속에 묻혀 있는 비밀 장소, 비밀 통로, 금을 입힌 석관 등을 상상하고 있는 듯했다.

네모가 침묵을 깨며 말했다.

"새로운 무덤이 발굴된 현장에 교수님이 계셨을지도 몰라요. 혹시 그것도 약탈당하지 않았을까요?"

파멜라 고모가 아는 체를 했다.

"무덤 도굴이 얼마나 오래 걸리는 일인데. 그건 아마 끝나지 않았을 거야."

"넌 그걸 어떻게 알아?"

린다가 네모를 쳐다보며 물었다.

네모는 주머니에서 작은 종이를 꺼냈다. 그건 이집트 여인의 그림이었다. 교수님의 마음을 그토록 사로잡고 있는 그림. 네모는 사카라에 있을 때 그것을 베껴 두었다.

"정말 예쁘게 생긴 여자네. 이름이 뭐야? 아주 귀여운데. 무덤에서 나온 거야?"

린다가 살짝 비꼬는 투로 말했다.

"글쎄, 잘 모르겠어. 교수님은 그냥 '거의 다시 찾을 뻔했는데…….' 하고만 말씀하셨어."

파멜라 고모가 눈을 반짝이며 남다른 관심을 보였다. 고모는 보석을 짤랑거리며 다가왔다.

"정말 아름답구나, 정말로. 그런데 자세가 왠지 좀 이상한걸. 이집트 여인 그림을 몇 개 본 적이 있거든. 무덤의 내벽과 사원엔 그런 그림들이 많으니까. 그런데 팔을 이렇게 하고 있는 건……."

그림 속 이집트 여인은 실제로 희한한 자세로 팔을 구부려 가슴께에 올리고 있었다. 네모 역시 지금까지 한 번도 본 적 없는 자세였다.

"아마 여신이겠지? 아니면 왕비나 하녀? 어떻게 알아낼 방법이 없을까? 뭔가 다른 실마리가 더 있어야 할 텐데……"

파멜라 고모가 말했다.

"교수님은 더 이상 아무 말씀도 안 하셨어요. 만약 제가 이 얘길 했다는 걸 알게 되면 화를 내실지도 몰라요."

네모가 설명했다.

"내게 좋은 생각이 있어."

린다가 소리쳤다.

"우리 둘이서 찾아보는 거야! 이 귀여운 여자를 말야. 어때?"

린다 역시 바이러스에 감염된 것일까? 네모는 이럴 때일수록 조심해야 한다고 생각했다. 이집트는 사람을 미치게 만드니까.

하지만 파멜라 고모는 오히려 감탄한 것 같았다.

"그래, 정말 좋은 생각이구나! 그 일은 너희가 맡으렴. 관광객보다는 이집트학 학자 노릇이 훨씬 재미있을 거야."

파멜라 고모가 계속해서 말했다.

"이제부터 외출을 좀 더 자주 해야겠어요. 여러분 의견은 어때요? '원주민'들을 만나야지요. 시장에 가서 어슬렁거리기도 하고 상인들이 파는 물건들도 잘 살펴봐야 할 것 같아요. 상인들의 관심만 끌 수 있다면 난 부유한 미국인 관광객 행세든 뭐든 기꺼이 하겠어요."

파멜라 고모는 틀어 올린 머리를 우아하게 가다듬으면서 자기가 한 말에 스스로 감탄하고 있었다. 사실 그런 거라면 파멜라 고모가 일부러 애쓰지 않고도 해낼 만했다.

"모든 것이 정말 신비로워. 정말 흥분된다고! 자, 모두 밖으로 나가요. 아까운 시간을 이렇게 배 위에서 보낼 수는 없잖아요. 이러고 있으면 아무 일도 일어나지 않을 거예요!"

네모와 린다도 함께 일어났다. 하지만 아서 아저씨와 그의 일행은 고모의 초대를 거절했다.

"파멜라, 당신은 언제나 기운이 넘치는군요. 하지만 산책은 당신도 알다시피……."

"난 검토해야 할 서류가 있답니다."

파멜라 고모가 웃음을 터뜨렸다.

"옛날에 어떤 탐험가들은 무덤에서 살기도 했다는 사실을 알아요? 말하자면 거기가 그들의 일터였던 거죠. 그렇게 한다면 여러분에게도 정말 좋을 텐데, 안타깝게도 여러분은 절대 밖으로 나가려하질 않네요."

세 명의 '엔다이브'는 인사를 하고 선실로 돌아갔다. 분명 책을 읽을 것이다.

"린다, 오늘 저녁 게임하기로 한 것 잊지 말아라! 널 믿는다!"

파멜라 고모가 말했다.

"게임?"

네모가 린다에게 물었다.

린다는 네모의 목을 끌어당기며 무슨 큰 비밀 이야기라도 들려주

듯 귀엣말로 속삭였다.

"고모는 게임을 하셔, 포커 게임! 가끔은 보석들까지 걸곤 하시지. 우리 아빠가 고모를 감시하길 바라는 이유도 다 그것 때문이야. 아빠가 걱정을 많이 하셔."

"유산 때문에?"

"그래, 바로 그거야. 험프리 고모부가 고모에게 남아메리카에 있는 구리 광산을 전부 남겨 주셨어. 그러니까 고모는 굉장한 부자야!"

린다가 눈을 찡긋하며 덧붙였다.

"하지만 난 상관 안 해, 유산 같은 건 말이야. 전혀 관심 없어."

계단 쪽에서 갑자기 우당탕 소리가 들리더니 뒤이어 끔찍한 욕설이 들려왔다. 아서 아저씨가 또 계단에서 넘어진 것이었다.

대단한 커플의 등장이었다! 린다는 헐렁한 튜닉과 알록달록한 긴 치마 속에 몸을 감추고 나타났다. 여행을 떠나기 전에 아메리카 원주민들의 가게라도 몽땅 턴 것 같았다. 린다는 파멜라 고모와 팔짱을 끼고 있었다. 파멜라 고모는 챙이 넓고 하늘거리는 모자를 쓰고 커다란 검은 선글라스에 하얀 장갑을 끼고 있었다. 태양이 무슨 페스트라도 되는 것처럼 두려운 모양이었다. 민감한 피부를 보호하려는 듯 연신 모자 끝을 끌어당겼다.

상인들은 저마다 물건을 권하며 간청을 했지만 파멜라 고모의 태도가 너무나도 '위풍당당해서', 고모가 고개만 한 번 저어도 그냥 물러나 야자나무 아래로 숨었다. 파멜라 고모랑은 농담도 할 수가 없었다.

세 사람이 부둣가에 도착했을 때 한 아이가 무리에서 떨어져 나와 네모에게 달려들었다.

"헬로! 헬로!"

네모는 그 아이가 말가타 옆 마을에서 셰익스피어 이야기를 했던 소년이란 걸 알아보았다.

"셰익스피어."

아이가 다시 한 번 말했다.

린다와 파멜라 고모는 어리둥절한 눈빛이었다. 네모는 이번엔 자기가 두 사람을 놀라게 한다는 것이 꽤 기분 좋았다. 왜냐하면 그 아이가 뭔가를 보여 주려 한다는 걸 순간 알아차렸기 때문이다. 실제로 스웨터와 바지를 입고 머리에 흰 천을 두른 아주 마른 청년이 그들에게 다가왔다.

"만나서 반가워요."

"네, 저도요. 전 네모라고 해요."

"알고 있어요. 난 사미르입니다. 하지만 사람들은 셰익스피어라는 별명으로 부르지요. 내가 영어를 할 줄 안다고 해서. 프랑스어도 한답니다."

모든 사정에 밝은 것처럼 보이는 이집트 청년이 대답했다. 그는 외국인의 억양도 전혀 없이 거의 완벽하게 영어와 프랑스어를 썼다. 눈동자가 어찌나 칠흑같이 검은지 동공과 홍채를 구별할 수 없을 정도였다. 품위 있고 조용한 셰익스피어는 파멜라 고모와 린다에게 드러내 놓고 관심의 눈길을 보냈다.

"셰익스피어? 이집트에서 이렇게 당신을 만나다니 정말 굉장한 일이네요."

파멜라 고모 목에서 웃음소리가 작게 새어 나왔다. 하지만 곧 진지한 목소리로 말했다.

"There's no trust, no faith, no honesty in men……."

"……All perjured, all forsworn, all naught, all dissemblers."

셰익스피어가 문장을 마저 완성시켰다. 그는 별명 값을 톡톡히 해냈다. 그리고는 프랑스어로 풀이해 주기까지 했다.

"남자들에겐 믿음이란 없구나. 오직 위증자와 거짓 맹세꾼, 건달, 거짓말쟁이들뿐이구나.『로미오와 줄리엣』 3막 2장."

파멜라 고모는 감탄하며 재빨리 그에게 손을 내밀었다.

"해링턴 여사님."

셰익스피어는 파멜라 고모에게는 깍듯이, 그리고 린다에게는 살짝 고개를 숙이고 나서 두 사람을 번갈아 바라보았다. 네모가 보기에도 '매력적인 남자'라는 생각이 들 수밖에 없는 미소를 지으면서 말이다.

"영국에 가 봤어요?"

셰익스피어에게서 눈을 떼지 못하던 린다가 더듬거리며 물었다.

"영어를 잘하기 위해서 꼭 영국에 갈 필요는 없답니다, 아가씨……."

"린다예요. 린다 해링턴."

린다가 얼굴을 붉히며 말했다.

셰익스피어가 점잖게 손짓하자 그를 둘러싸고 있던 아이들이 금세 저만치로 흩어졌다. 그는 사람들에게 존경을 받고 있는 것처럼 보였다.

"저는 카이로 대학교에서 영어와 프랑스어를 배웠습니다. 하지만 중간에 학교를 그만두었지요."

"왜요?"

린다가 재빨리 물었다.

파멜라 고모는 서두르고 싶은 눈치였다. 혹시 자기가 잠시 관심의 대상에서 밀려난 것이 거슬렸을까?

"좀 더 조용한 장소에 가서 천천히 이야기하는 게 낫지 않을까요? 게다가 여기는 너무 더우니까."

고모가 향기 나는 손수건으로 관자놀이를 톡톡 두드리면서 두 사람의 말을 끊었다.

"차분하게 서로 얘기를 나누기로 해요. '올드 윈터 팰리스' 바에서 모두에게 한잔 살게요!"

"모두? 지금요?"

방금 차를 마신 네모가 놀라 되물었다.

아무튼 모두 이 미지의 인물 때문에 불편해하는 기색은 전혀 없었다. 파멜라 고모는 왜 그를 초대한 걸까? 원주민들과 사귀어 보려고?

"왜? 안 될 이유라도 있니? 프랑스 사람들 말처럼, '용감한 사람들은 시간을 가리지 않는 법이지.' 어때요, 미스터 셰익스피어?"

"저야 영광이지요. 언제든 환영입니다."

셰익스피어가 파멜라 고모에게 팔을 내밀었다. 고모는 기꺼이 그의 팔을 잡았다. 다시금 주인공 자리를 차지한 것이다.

나일 강을 향한 발코니와 이중 돌계단이 있는 올드 윈터 팰리스는 식민 시대 궁전의 호화로움을 그대로 간직하고 있었다. 네 사람은 회전문을 지나 금속 탐지기 앞에 섰다. 파멜라 고모가 탐지기를 통과하는 순간 날카로운 소리가 울렸다. '보석으로 치장한 여자들이란!' 하고 네모는 생각했다. 안내원이 급히 달려 나와 연신 허리를 굽혀 가며 인사를 했다.

"어서 오세요, 해링턴 여사님!"

안내원은 안전 담당 직원을 무섭게 쏘아보았다. 그 직원은 척 보기에도 귀빈임이 틀림없는 그 고귀한 부인의 가방을 기어코 뒤지겠다고 고집을 부리는 중이었다. 그는 셰익스피어의 다리에 전자 탐지기를 휘두름으로써 앙갚음을 했다. 하지만 셰익스피어는 그를 경멸의 눈빛으로 훑어볼 뿐이었다.

'부랑자 같으니라고!'

직원은 이렇게 생각했을지도 모른다.

'종놈 주제에!'

셰익스피어의 싸늘한 눈빛이 이렇게 대답하는 듯했다.

"이 분은 제 손님이에요!"

파멜라 고모가 당당하게 밝혀 두었다. 그러고는 망설임 없이 자신의 기사를 데리고 브리지 게임을 하는 방과 당구를 치는 방을 지나 바로 들어갔다. 고모는 조율이 제대로 안 된 그랜드피아노로

제1막 두 땅의 결합

이집트의 역사는 **기원전 3700년 이전부터 시작**되었다. 이집트 문명은 중국 문명과 함께 인류 역사상 가장 오래되었다. 그것은 아마도 이집트인들이 매우 고립된 채로 살았기 때문이기도 하고(이집트는 거대한 사막 한가운데 나일 강을 둘러싸고 있는 좁은 오아시스였음), 자신들만의 신앙으로 통일되어 있었기 때문이기도 할 것이다. 그들은 자신들의 왕인 **파라오를 신들의 계승자로 여기며 어마어마한 권력을 부여**했다. 그리고 세상은 영원히 반복된다고 생각했다. 이는 태양이 날마다 떠오르고 지며, 나일 강의 범람이 매년 되풀이되는 현상에서 비롯된 것이다. 이집트인들은 이와 같은 세상의 질서와 균형이 깨지기 쉽다고 여겼고, 이것들을 보존하는 것이야말로 자신들의 임무라고 여겼다. 긴 세월에 걸친 이집트의 역사는 아직 다 밝혀지지 않았다. 연대마저 정확하지 않다. 이집트인들은 파라오가 바뀔 때마다 1년을 다시 매겼는데, 파라오가 190명도 더 되었으니 말이다!

선사시대

선사시대에 구석기인들은 이미 수렵과 낚시를 하고 나일 강 계곡에서 열매를 채취할 줄 알았다. 그 뒤 최초의 농경 민족들이 그 곳에 정착하여 마을과 도시를 형성했다. **이집트는 지형상 둘로 나누어져 있다.** 남쪽으로는 사막과 강줄기를 따라 생겨난 좁은 띠 모양의 녹지대가 전부인 상이집트가 있고, 북쪽으로는 나일 강 지류를 따라 푸르른 삼각주가 광활하게 펼쳐져 있는 하이집트가 있다. 두 지역 모두 나일 강에 의존하며 생활한다. 초기의 파라오들은 이 두 지역을 하나의 왕국으로 통일하려고 노력했다.

초기 왕조 시대

(기원전 3150년~기원전 2700년경)_ 제1왕조~제2왕조

이집트의 초기 왕조에 대해서는 알려진 사실이 그리 많지 않다. 기원전 3150년쯤에 통치했다는 **스콜피온 왕과 나르메르 왕**에 대한 이야기가 전해지긴 한다. 어쨌든 메네스 왕—어쩌면 나르메르 왕이었을지도 모른다—은 상이집트와 하이집트 전체를 통치했다. 그는 멤피스 시를 건설하고, 남쪽과 북쪽의 신에게 예배를 올렸다. 그리고 상이집트의 통치를 뜻하는 흰 왕관과 하이집트의 통치를 뜻하는 빨간 왕관을 같이 썼다. 이집트가 통일되자 **파라오 체제가 정비**되고, **히에로글리프가 통용**되었다. 하지만 통일을 유지하기란 어려웠다. 이집트는 파라오가 이집트 전체를 통치하던 '왕국'이라 일컫는 통일기가 있었는가 하면, 분열과 혼란, 위기, 쇄신이 이어졌던 중간기도 있었다.

다음 장에 계속……

「예스터데이」를 망쳐 놓고 있는 피아니스트에게 미소를 지어 보이며("All my trouble seemed so far away……." 린다는 이렇게 흥얼거리고 있었다), 붉은색 비단으로 된 안락의자에 앉았다. 무척 만족스러워 보였다.

"아, 이제야 좀 편안하구나."

파멜라 고모가 말했다.

고모가 메뉴를 들여다보며 고민하는 척하는 동안 사미르 셰익스피어는 알 수 없는 표정으로, 바를 이루고 있는 세 개의 살롱을 찬찬히 둘러보았다. 그의 검은 눈동자는 짙은 색 목재 실내장식, 붉은 벽지, 햇빛이 간신히 들어올 정도로 두꺼운 커튼이 달려 있는 높은 창문 등을 하나하나 살폈다.

한낮인데도 햇빛이 거의 차단되어 있어서 아랫부분이 자기로 된 램프를 밝혀 두었다. 꼭 비 오는 날 영국에 와 있는 기분이 들었다. 이 젊은 이집트 사람은 무슨 생각을 하고 있을까? 그는 똑바로 앉아서 입을 꾹 다물고 있었다. 다리 부분에 쇠시리* 장식을 한 작은 안락의자에 앉아 있는 그에게서 기품이 배어 나왔다.

린다가 네모에게 속삭였다.

"저 사람 꼭 왕자 같지 않니?"

"네가 옆에 있으니까 폼 잡는 왕자겠지."

네모가 뾰로통해져서 대답했다.

"날 바라볼 때 눈동자가 얼마나 반짝이던지!"

---

* 쇠시리 : 나무의 모서리 또는 표면을 도드라지거나 오목하게 깎아 모양을 내는 일.

제2막 피라미드의 시대

고왕국 시대 (기원전 2700년~기원전 2200년경)_ 제3왕조~제6왕조

이 시대는 피라미드를 건설한 왕들의 통치 기간으로, **파라오의 권력은 강대하고 이집트는 융성**했다. 조세르 왕은 자신의 무덤으로 쓰려고 사카라에 최초의 피라미드를 세웠다. 그리고 스네프루 왕은 경사면이 고른 피라미드를 건설하는 데 최초로 성공했다. 쿠푸 왕, 카프레 왕, 멘카우레 왕은 기자에 3대 피라미드를 남겼고, 우나스 왕은…… 제5왕조부터 모든 파라오들은 자기 자신을 '오시리스의 계승자', '라의 아들' 이라고 일컬으며 막강한 권력으로 이집트를 다스렸다.

제1 중간기 (기원전 2200년~기원전 2030년경)_ 제7왕조~제10왕조

통일된 이집트에서 수도 멤피스를 만들어 다스리던 통치자가 세력을 잃었다. 그 이유는 무엇일까? 흉년과 봉기, 외적의 침입 등이 원인이었다. **행복했던 통일의 시대는 막을 내리고**, 같은 시기에 왕이 여러 명 나와 각각 자기 영역을 통치하게 되었다. 테베, 헤라클레오폴리스 등……. **혼란의 도가니**였다! 귀족과 평민 모두 파라오처럼 죽음 뒤 제2의 생을 원하게 되었다. 그래서 그 때까지 왕만의 특권이었던 종교 의식을 따라 했다. 왕이 아닌 백성들이 미라를 널리 만들기 시작한 시기가 바로 이 때이다.

중왕국 시대 (기원전 2030년~기원전 1785년경)_ 제11왕조~제12왕조

이집트가 통일의 시대를 다시 맞았다! 테베 출신의 왕자였던 멘투호테프 2세가 다른 왕들이 통치하는 지역들을 정복해 상이집트와 하이집트를 통일했다. 2세기에 걸친 중왕국 시대에 대해서는 알려진 사실이 많지 않다. 하지만 그 때가 **화합의 시대**이자 **경이로운 예술을 창조한 시대**였다는 사실만은 분명하다. 당시의 조각품, 정치학과 의학에 관한 내용의 『시누헤 이야기』 같은 우화들이 오늘날까지 전해지고 있다.

제2 중간기 (기원전 1785년~기원전 1550년경)_ 제13왕조~제17왕조

이집트는 무척 아름답고, 나일 강의 주기적인 범람으로 일대의 땅들이 아주 비옥 했다. 이러한 점들이 아시아에 살던 여러 민족들을 유혹했다. 제2 중간기에 이집트는 소아시아에 터를 잡고 살던 **힉소스족의 침략으로 또다시 붕괴**된다. 이집트 민족이 강하게 저항했지만…….

다음 장에 계속……

"찻주전자를 볼 때도 똑같이 반짝이던걸!"

그 때 진짜로 바 주인이 찻그릇을 내왔다. 하지만 파멜라 고모는 손을 저었다.

"아니, 아니, 차는 싫어요. 이제 질렸어. 좋은 스카치위스키로, 얼음과 함께. 알았죠?"

"전 과일 주스 주세요, 얼음은 빼고."

음식에 관한 한 언제나 까다로운 린다가 주문을 했다.

"자, 그럼 셰익스피어 씨, 룩소르에서는 무슨 일을 하나요?"

이 만남에 아주 만족한 듯한 파멜라 고모가 물었다.

"부인은 무슨 일을 하시나요?"

당황하는 기색도 없이 그가 되물었다.

파멜라 고모 목에서 또 웃음소리가 조그맣게 흘러나왔다. 고모는 누군가가 자기에게 저항하는 걸 좋아했다. 물론 지나치지 않을 정도에서만.

"나요? 난 물론 미국인 관광객이죠. 하지만 그게 다는 아니에요. 난 이집트학에 매료되어 있으니까."

"저는 일을 합니다. 하지만 그게 다는 아니지요."

셰익스피어가 재치 있게 되받았다.

"전에는 카이로 대학교에서 역사와 언어학을 공부했습니다. 하지만 어머니가 돌아가셔서 여기 룩소르로 돌아와야 했죠. 제가 가족을 부양하고 있어요."

그는 이런 이야기를 농담처럼 했다. 하지만 슬픔이 느껴졌다. 그는 파멜라 고모를 뚫어지게 쳐다보았다.

제3막 파라오들의 영광

(기원전 1550년~기원전 1070년경)_제18왕조~제20왕조

신왕국 시대

테베의 지배

이집트가 다시 통일되었다. 힉소스족을 몰아내고 상이집트와 하이집트를 통일해 이집트를 혼란에서 구원한 사람은 '아하메스 왕'이었다. 이집트의 새 수도는 테베가 되었다. 신왕국 시대에는 왕들이 죽으면 테베의 맞은편, 즉 나일 강 서쪽 연안에 매장했다. 바로 그 곳이 죽은 자들의 세계로, 오늘날 왕들의 계곡과 왕비들의 계곡이 있는 곳이다. 그리고 이 시대에 '수백만 년의 신전'이 건설되었다. 왕들은 직접 통솔하는 군사력을 십분 활용했다. 아멘호테프 1세는 아시아까지 진출해 전쟁을 치렀고, 투트모세 1세는 누비아와 팔레스타인, 시리아를 점령했다. 투트모세 3세가 통치하던 시기에 이집트는 강력한 왕국이 되어 역대 가장 넓은 영토를 차지했다. 아멘호테프 3세는 스스로를 '살아 있는 신'이라고 불렀는데, 이는 자신을 그저 '신의 아들'로만 여겼던 이전의 왕들과는 달리 죽기 전부터 자신을 신격화한 것이었다.

폭군 아크나톤

아멘호테프 3세의 아들인 아멘호테프 4세는 '테베의 신'인 아몬을 거부했다. 그는 너무 커진 신관들의 세력을 약화하고 이집트 종교의 원천으로 되돌아가길 원했다. 말하자면, 최초의 근본주의자였다…… 그리하여 아름다운 아내 네페르티티와 함께 아톤 신을 유일신으로 숭배했다. 그는 자기 자신을 가리켜 '아톤을 기쁘게 하는 자'라는 뜻의 '아크나톤'이라 일컫고, 수도를 텔엘아마르나로 옮겼다. 아몬의 성상들은 모두 파괴되었으며, 조각상의 얼굴은 난타를 당했다. 종교적인 위기였다. 자기들의 작은 지역 신을 숭배했던 이집트인들은 이처럼 다양한 신들의 재현을 힘으로 파괴하려는 강압적인 개혁을 절대로 받아들이지 않았다. 네모의 말처럼 '도착적인' 아크나톤의 통치는 16년밖에 지속되지 못했다. 신관들은 마침내 권위를 되찾았다.

람세스 가문

아크나톤의 뒤를 이어 왕위에 오른 이는 어린 소년 투탕카멘인데, 그는 열여덟 살에 생을 마감했다. (독살이었을까?) 이후 왕들은 이집트의 질서를 회복한다. 세티 1세는 히타이트족과 전쟁을 재개했으며, 마침내 그의 아들 람세스 2세가 왕국의 평화를 일구었다. 람세스 2세는 이집트 전역에 엄청난 신전들을 세우면서 무려 67년 동안 이집트를 통치했다…… 하지만 람세스 3세 이후 모든 것이 엉망이 되었다. 부패가 만연하고 기근과 봉기, 심지어 파업까지 일어났다. 백성들은 고대 왕들의 무덤까지 도굴했으며, 테베에서는 아몬의 대신관들이 권력을 찬탈했다.

다 음 장 에 계 속……

"이집트에서 무엇을 찾고 싶으신가요? 부인이 아는 이집트는 더 이상 존재하지 않습니다. 이미 약탈당하고 초토화되고……."

"초토화? 여전히 완벽한걸요!"

린다가 끼어들었다.

셰익스피어는 좀 비뚤어진 듯한 미소를 지었다.

"보스턴 박물관이나 뉴욕의 메트로폴리탄 미술관에 가 본 적이 없나 봐?"

그는 네모 쪽으로 몸을 돌렸다.

"그리고 너는? 콩코르드 광장에 있는 오벨리스크를 봤겠지? 이집트 사람들이 프랑스에 준 선물 말이야. '이집트 컬렉션!' 난 책에서 읽었어. 영국, 프랑스, 미국, 독일, 이탈리아. 전 세계가 이 곳에 와서 유물들을 약탈해 갔지. 이집트의 보물들 말이야. 그러는 동안 이집트 사람들은 기아로 허덕였어!"

네모는 죄책감이 느껴졌다. 자기 역시 가난한 나라에서 으스대며 돌아다니는 거만한 서양인들 중 하나가 아니었던가! 네모는 자기와 이집트 사람들과의 관계가 단순할 수 없다는 사실을 깨달았다. 파멜라 고모는 죄책감 따윈 전혀 느끼지 않았다.

"셰익스피어 씨, 당신 말은 옳지 않아요. 당신은 최초의 약탈자가 이집트인들이었단 사실을 잊고 있어요. 바로 이집트인들이 그 옛날부터 미라를 훔쳐 내고 피라미드에서 돌을 빼내 집 짓는 재료로 사용했답니다."

"물론 저도 압니다. 하지만 그런 경우엔 적어도 유물들이 우리나라 안에 남아 있지요. 외국인들에게 모욕당하지는 않은 겁니다. 저

제4막 한 문명의 종말

제3 중간기 (기원전 1070년~기원전 525년경)_제21왕조~제25왕조

이집트의 형세가 나빠졌다. 이집트는 더 이상 주변국에게 공포의 대상이 되지 못했다. 아시리아, 바빌로니아, 페르시아, 마케도니아 등이 막강한 국력을 키우고 있었기 때문이다. 이집트는 북쪽은 여러 왕들이, 남쪽은 대신관들이 통치하던 시기를 거쳐 제25왕조 때 누비아 출신의 왕들에 의해서 다시 통일되었다. 하지만 곧 아시리아의 침략을 받고 정복되었다. **아몬 신과 고대 이집트의 보배인 테베는 황폐화되고 말았다.**

말기 왕조 시대 (기원전 525년~기원전 30년경)_제26왕조~제30왕조, 이후 그리스 로마 시대

삼각주의 사이스 출신인 제26왕조의 왕들이 이집트의 재통일을 이루어 냈다. 하지만 **혼란은 다시 시작되었다!** 이번에는 왕국의 지배권이 페르시아에 두 번이나 넘어갔다.
기원전 332년 마케도니아의 알렉산드로스 대왕이 페르시아를 몰아냈을 때 이집트인들은 그를 구세주라고 반겼다. 그만큼 페르시아에 대한 이집트인들의 증오가 깊었다. **그리스인 알렉산드로스는 자신을 '아몬의 아들'이라 일컬으며 이집트의 왕이 되었다!** 그는 알렉산드리아를 건설하고 끝없이 동방을 정복했다.
알렉산드로스가 죽자, 이집트는 프톨레마이오스 왕조의 지배를 받게 되었다. 프톨레마이오스 왕조도 신정 일치의 후계자가 되고 싶어했다. 그들은 신전을 바꾸고 이집트식 의례와 그리스식 행정을 병행했다. 도서관과 등대로 유명한 알렉산드리아는 문화와 예술의 중심지가 되었다. 그러나 이집트는 **로마의 지배를 받게 되었다.** 프톨레마이오스 왕조 최후의 여왕 클레오파트라 7세는 로마인 안토니우스와 결혼함으로써 정치적, 인간적 유대를 키워 갔다. 하지만 로마의 패권을 차지한 아우구스투스가 이집트에 와서 안토니우스를 굴복시키자, 안토니우스는 기원전 30년에 클레오파트라와 함께 자살했다. 이후 이집트는 로마의 속국이 말았다.

로마인들은 이집트를 6세기 동안이나 통치했다. 로마인들은 풍요로운 땅 이집트를 곡식의 창고이자 동방 진출의 군사적 기지로 삼았다. 로마 제국이 점점 기독교화되면서 이집트에서는 왕과 신을 조각한 상들의 얼굴이 부서지고 머리가 잘려 나갔다.
639년, 새로운 대혼란이 일어났다. **이집트가 아랍인들의 손에 넘어갔다!** 이집트는 이슬람교 국가가 되었다. 고대에 숭배했던 신들, 미라를 만들던 장례 의식, 히에로글리프의 의미는 모두 망각 속으로 사라져 가고 신전들은 사막의 모래에 묻혀 버렸다.
안녕, 미라여! 안녕, 파라오여!

는 이집트의 유물이 고향인 이 나라로 다시 돌아오고 우리나라가 자긍심을 되찾길 바랍니다."

흥분한 그는 눈썹을 찌푸리고 눈빛을 번득이면서 말했다.

린다는 셰익스피어의 말에 푹 빠져 그를 바라보고 있었다.

"당신 말이 맞아요. 외국의 박물관들이 이집트 유물들을 전부 다 되돌려 주어야 해요. 전부 다."

린다가 말했다.

네모는 화가 치밀었다. 린다는 도대체 왜 자꾸 끼어드는 것일까?

"넌 이해하는구나. 이집트학, 그것 역시 약탈의 학문이지요."

셰익스피어가 강렬한 눈빛으로 린다를 바라보며 말을 이었다.

기분이 상한 네모가 끼어들었다.

"좀 과장하는 거 아니에요? 고고학자들은 파라오의 보물들을 보호하기도 한다고요. 게다가 복원하기도 하죠."

"물론이지!"

파멜라 고모가 거들었다.

"하워드 카터를 생각해 봐요. 1922년부터 투탕카멘의 보물들을 모두 카이로 박물관에 한 조각 한 조각 옮겨 놨잖아요."

셰익스피어는 입을 비죽거리며 말했다.

"투탕카멘이 박제된 새처럼 박물관에 있는 걸 좋아할지 모르겠네요."

"내가 장담하건대 투탕카멘도 도둑들이 침입할 수 없는 안전한 박물관에 있는 걸 더 좋아할 거예요. 게다가 오는 사람들마다 그의 이름을 부르면서 영생을 빌잖아요."

젊은 이집트인은 그 말은 옳다는 듯 웃음을 지었다.

"부인, 당신은 이집트를 정말 사랑하시는군요. 고대 종교까지 이해하고 계신 걸 보면 말입니다."

그제야 대화가 활기를 띠었다. 네모는 그게 재미로 나누는 대화인지 논쟁인지 분간이 잘되지 않았다. 하지만 셰익스피어와 파멜라 고모 모두 만족스럽게 웃고 있었다. 꼭 제대로 된 적수를 만난 테니스 선수들 같았다. 아니면 포커 게이머?

"당신은 아직 젊군요. 세상을 바꾸길 원하잖아요. 브라보! 진정한 믿음만 있다면 모든 게 가능하죠. 나는 아주 가난한 집에서 태어났어요. 그런데 이것 보세요. 나는 내가 원하는 대로 인생을 바꿀 줄 알았던 거죠."

셰익스피어는 파멜라 고모에게 손을 내밀고는 몸을 숙이며 가슴 가까이 다가갔다. 고모에게 매혹된 것처럼 보였다. 파멜라 고모도 아주 즐거워 보였다.

"여기 룩소르에선 아직도 무덤 발굴이 한창이라던데요."

밝은 목소리로 린다가 말했다.

네모는 하마터면 소리를 지를 뻔했다. 왜 자꾸 그에게 말을 거난 말이다.

"사람들은 못 하는 말이 없죠."

셰익스피어가 얼버무렸다.

"물론 그렇긴 하죠. 그런데 그것에 대해 들은 말이 없나요?"

고모가 좀 더 밀어붙였다.

셰익스피어는 그 방면에 정통한 사람처럼 보였지만 아무 말도 하지 않았다. 파멜라 고모가 좀 더 확실하게 못을 박아 두었다.

"나는 진품이라는 게 보장만 된다면 언제든지 물건을 살 준비가 되어 있답니다. 값도 제대로 치를 생각이고. 어디서 났는지에 대해서는 물론 비밀에 부칠 거예요. 무슨 뜻인지 알겠지요?"

"잘 알겠습니다."

셰익스피어는 다시 한 번 야릇한 미소를 지었다.

고모가 계속해서 말했다.

"내 꿈은 미라를 찾는 거예요. 과학과 역사를 위해서 말이에요. 알겠어요?"

셰익스피어가 고개를 끄덕였다.

파멜라 고모는 단어 하나하나에 힘을 주어 말했다.

"잘 들어요. 만일 내가 아주 작은 것이라도 뭔가를 발견한다면 난 그걸 절대로 미국으로 가져가지 않을 거예요. 이집트에 기증하겠어요. 알아들었죠? 이집트에 말이에요."

"네, 알겠습니다."

셰익스피어가 대답했다.

그 이야긴 더 이상 하고 싶지 않은 눈치였다.

"내일은 다 함께 왕들의 계곡에 가 보는 게 어때요? 파멜라 고모, 같이 가실 거죠?"

린다가 또 끼어들었다.

"나까지? 난 싫어, 애. 거기라면 이미 훤히 알고 있어. 네모가 따라다니며 잘 보호해 줄 테니 난 필요 없지 않겠니? 그보다는 룩소르의 시장을 둘러보고 싶은데……. 셰익스피어 씨, 나와 같이 가

줄래요?"

"아침에는 안 됩니다. 하지만 오늘 저녁엔 원하신다면……."

"아, 이를 어쩌나, 오늘 저녁에는 이미 약속이 있는데! 그럼, 혹시 포커를 함께 할래요?"

셰익스피어는 파멜라 고모에게 매력적인 미소를 지어 보이며 고개를 끄덕였다. 네모 눈에는 꼭 삼류 영화배우의 웃음 같았지만.

"잘됐네요. 그럼 갑시다. 곧 밤이 될 거예요. 그럼 배에 가서 저녁을 먹고……."

파멜라 고모가 말했다.

고모는 벌써 자리에서 일어났지만 네모는 머뭇거렸다.

"저, 저는 그만 가 봐야 할 것 같아요. 말가타로 돌아가려고요. 교수님이 함께 저녁 식사하려고 기다리고 계실 거예요."

"서쪽 사람들의 집으로 돌아간다고?"

파멜라 고모를 따라 출구로 나가던 셰익스피어가 비꼬듯 말했다.

고대 이집트에서는 죽은 자들을 '서쪽 사람들'이라고 불렀다는 사실을 네모도 알고 있었다. 죽으면 나일 강 서쪽에 묻혔기 때문이다. 하지만 이 우스꽝스런 남자는 과연 무슨 뜻으로 그 말을 한 걸까? 뭐야, 여자들한테 관심을 끌려고 자기 지식을 뽐내는 건가?

"네모는 죽은 자들 쪽에 살고, 너는 산 자들 쪽에 살고 있구나."

린다를 바라보며 셰익스피어가 말했다.

두 남자 사이에서 린다는 애교스럽게 웃음 지었다.

"그게 인생이죠 뭐."

린다가 희한한 억양으로 칭얼대듯 말했다.

"정말 우습다."

좀 더 날카로운 대꾸를 찾아내지 못한 게 분해서 네모가 투덜거렸다. 그러고는 혼자서 부둣가 쪽으로 걸음을 옮겼다.

5. 파라오들의 은신처

'이집트는 나일 강의 선물이다, 이집트는 나일 강의 선물이다, 이집트는 나일 강의 선물이다……'

물살에 밀려 멀리서 흘러오고 있는 덤불 뭉치를 바라보는 네모의 머릿속엔 이 짧은 문장이 걷잡을 수 없이 연달아 맴돌았다. 이른 아침 강은 짙은 초록빛을 띠고 산들바람에 살랑살랑 물결치고 있었다. 불어오는 바람 덕에 날씨도 그리 덥지 않아서 기다리는 네모도 별로 힘들지 않았다.

이집트는 나일 강의 선물이다. 이 말이 머릿속에 박힌 건 분명 중학생 때 아니면 고등학교에 와서일 것이다. 네모는 이 말을 헤로도토스가 했다는 것이 기억났다. 고대의 역사가이자 여행가인 헤로도토스. 실제로는 이렇게 말했다고 한다. "삼각주는 나일 강의 선물이다." 하지만 그게 무슨 상관인가! 나일 강은 헤로도토스도, 다른 사람들도, 어느 누구도 아랑곳하지 않는다. 그저 흘러가고 있을 뿐이다. 나일 강은 멈추지 않고 계속 흘러 왔다. 나일 강은 네모가 거기 그렇게 자전거 두 대를 가지고 바보처럼 자갈밭에 붙박이로 서 있는 동안에도 무심히 흘러가고 있었다.

도대체 린다는 뭘 하고 있느라 여태 오지 않을까? 돛단배가 벌써 양쪽 연안 사이를 다섯 번이나 왔다 갔다 하면서, 작은 공책을 쥔 초등학생 무리와 검은 베일을 뒤집어쓴 여자들과 거만해 보이는 남자들을 쏟아 놓았다. 하지만 여전히 린다는 보이지 않았다. 어쨌든 끝은 있겠지!

자, 덤불 뭉치가 가까이 다가왔다. 그 꼭대기에 무언가가 있었다. 네모는 좀 더 유심히 바라보았다. 그렇다. 새였다. 왜가리, 아니면 적어도 그와 비슷한 어떤 새……. 그 새는 기발한 운송 수단을 찾아냈던 것이다.

'떠다니는 섬……'

네모는 웃으면서 생각했다.

왜가리는 긴 다리로 버티고 서 있었다. 뱃머리에 선 선장처럼 머리를 꼿꼿이 세우고. 기수를 북쪽으로 돌려라. 새는 의젓하고 무심하게 부두를 지나쳐 갔다. 그렇게 어디까지 흘러가려나? 카이로까지? 알렉산드리아까지? 바다까지?

"헤이, 프랑스인. 꿈꾸고 있는 거야?"

네모는 바로 알아보지 못했다. 웬 여자가 무지갯빛 베일을 어깨까지 아무렇게나 흘러내리게 하고서 곁에 다가와 있었다. 머리카락 몇 가닥이 삐져나와 있었다. 린다였다. 린다는 이 나라의 관습을 지키려고 베일로 머리까지 모두 가렸지만, 그런 차림으로는 오히려 사람들의 시선을 끌 수밖에 없었다. 아니나 다를까, 호기심에 들뜬 아이들이 우르르 몰려들어 린다를 '미스 뷰티'라고 불러 댔다. 어떤 아이들은 값비싸고 구하기 어려운 연필이나 외국 돈을 달라고 끈질기게 졸랐다. 아이들은 그걸 이집트 동전과 맞바꾸었다. 어떤 아이들은 파란 풍뎅이나 모조 보석을 내밀면서 팔려고 들었다.

린다는 자기를 찬미하는 어린아이들 틈에서 아주 자연스럽게 행동했다. 몇몇 아이들에겐 사인까지 해 주었다. 네모의 찌푸린 얼굴은 아랑곳하지 않고 그 중 한 아이를 네모에게 소개했다. 갈라베야를 입고 나이키 운동화를 신은 소년이었다. 린다 말로는 그 아이가 강을 건너오는 동안 잠시도 린다를 놔주지 않았는데, 린다에게 파멜라 고모가 관심 있어 할 만한 진짜 고대 꽃병 조각을 보여 주었다는 것이다.

"Yes, antique! True! 진짜 옛날 거라고요!"

두 사람의 대화를 듣고 있던 꼬마가 소리쳤다.

자, 여기서 또 한 번 '진짜'라는 말로 속임수를 쓰고 있었다. 누구를 바보로 아는 건가? 네모는 비웃으면서 거절했다. 자기가 그 정도로 순진하지 않다는 것을 똑똑히 보여 주기 위해서.

"혹시 막 발굴한 무덤에서 나온 걸지도 모르잖아?"

린다가 말했다.

"Yes, tomb! 무덤요!"

아이가 틀림없다는 듯이 목소리를 높였다.

슬슬 짜증이 나서 네모가 투덜거렸다.

"말도 안 되는 소리."

네모는 자전거 핸들을 쥐고 등을 돌렸다.

"마앗 살라마!"*

마지못해 네모를 따라가면서 린다가 아이들에게 말했다.

린다가 이제는 아랍어까지 했다! 린다는 똑똑해 보일 만한 기회를 놓치는 법이 없었다. 네모는 그런 게 신경에 거슬리기도 하고 대견하기도 했다. 어쨌든 정말 멋지고 귀여운 여자 애이다……. 하지만 더 이상 그런 것에 신경 쓸 겨를이 없었다. 린다는 어느새 자전거에 올라타 네모를 쳐다보며 재촉했다.

"갈 거야, 말 거야?"

찌는 듯한 더위에 황량하고 험준한 계곡을 자전거로 오른다는 게 어리석어 보일 수도 있다. 하지만 네모의 선택은 그리 바보스럽지 않다. 실제로 왕과 왕비의 무덤들을 모아 놓은 두 개의 네크로폴리스는 나일 강에서 그리 멀지 않은 곳에 있다. 옛날에는 장례를 걸어 다니며 치렀을 테니까. 5킬로미터에서 7킬로미터 되는 거리는 장소에 따라 자전거로 가기에 알맞다. 힘차게 페달을 밟으면 신선한 산들바람에 얼굴이 시원해진다. 게다가 린다가 자전거를 무지 좋아한다. 그러니까 네모의 선택은 바보스럽지 않다.

부둣가에서 출발하는 길은 딱 하나밖에 없었다. 곧고 평평한 길이 산까지 쭉 이어져 있었다. 네모와 린다는 먼저 마을을 가로지른 다음 무사히 철책을 넘었다. 린다의 미소는 어려운 일을 곧잘 해결해 주었다. 네모와 린다는 이어서 말가타에 이르는 길을 왼쪽으로 끼고 계속 앞으로 나아갔다.

---

* 마앗 살라마 : 아랍어로 '평화와 함께'라는 뜻. 헤어질 때 하는 인사이다.

"저기 봐!"

네모가 팔을 뻗으며 소리쳤다.

거대한 파라오 석상 두 개가 손을 무릎 위에 올려놓고 길가에 앉아 무심히 허공을 바라보고 있었다. 그것은 고대 신전의 유적인 멤논 거상이었다. 죽은 자들의 왕국 입구를 가리키려고 사막 경계에 세워 둔 보초병 같았다.

산기슭에서 길은 두 갈래로 갈라졌다. 왼쪽 길은 왕비들의 계곡으로, 오른쪽 길은 왕들의 계곡으로 이어지고 있었다. 네모와 린다는 나란히 오른쪽 길로 접어들었다.

둘은 똑같은 속도로 자전거를 달렸다. 린다의 알록달록한 베일이 바람에 나풀거렸다. 베일은 마치 하늘로 날아오르려고 하는 커다란 나비 같았다. 네모는 커다란 흰색 목도리 한쪽 끝을 목 주위로 늘어뜨려서 이집트식으로 솜씨 좋게 머리에 둘러썼다. 이집트 사람들은 언제 어디서나 이렇게 널찍한 목도리를 두르고 다닌다. 사막의 잡다한 세균을 막아 주는 목도리로, 모래 바람을 막아 주는 베일로, 그리고 햇볕을 막아 주는 터번으로 말이다. 신전 옆에서 일하고 있던 몇몇 일꾼들이 지나가는 네모와 린다를 보고는 연장을 놓고 반갑게 인사를 건넸다. 린다는 역시 그냥 지나치지 않고 관심을 끄는 행동을 했다. 팔을 허공에 길게 뻗어 춤추듯 우아하게 돌리는, 린다가 가장 즐겨 하는 몸짓이었다. 그러면서 아랍어로 인사를 했다.

"사바할 카이르!"

---

* 사바할 카이르 : 아랍어로 '좋은 아침'이라는 뜻이다.

마지막 몇 킬로미터는 그다지 영광스럽지 못했다. 좁은 길로 이어지는 길이 조금 오르막이었다. 게다가 점점 더 숨이 가빠져서 두 자전거 전사는 지쳐 갔다. 왕들의 계곡 입구에 도착했을 때는 이미 땀에 절어 탈진 상태였다.

통제 구역, 금속 탐지기, 가방 검색……. 계곡 길을 가로막고 있는 울타리를 건너는 건 쉬운 일이 아니었다. 파라오의 무덤이 생긴 이래 그렇게 철저하게 지켜진 적도 아마 없을 성싶었다. 네모와 린다는 좀 거만한 태도로 관광객들을 앞질렀다. 그리고 곧장 일반인들은 출입 금지인, 이집트학 학자들만 갈 수 있는 무덤으로 향했다. 그건 그저 평범한 무덤이 아니다. 바로 람세스 2세의 무덤이다. 이집트에서 가장 위대한 파라오, 람세스 2세 말이다!

입구에서 오른쪽으로 몇 미터 떨어진 곳에 비스듬한 판을 밟고 들어가야 하는 굴이 하나 열려 있었다. 네모와 린다는 굴로 들어가 아래쪽으로 내려갔다. 커다란 문이 닫혀 있었는데, 마치 무덤 입구 같아 보였다. 문에 'KV 7'이라는 글자가 새겨져 있었다.

"무덤엔 전부 숫자가 매겨져 있어. KV 7은 'King Valley 7'을 의미하지. 그게 바로 람세스 2세의 무덤이야."

마침내 지식을 뽐낼 수 있게 된 걸 아주 흡족해하면서 네모가 자랑스럽게 설명했다. 그러고는 문을 힘차게 몇 번 두드린 뒤 잠시 기다렸다.

"람세스 대왕님, 안에 계세요?"

린다가 농담을 했다.

문을 열어 준 사람은 크리스토프 르누아르 박사였다. 옷차림이

살아 있는 신 '람세스 2세'!

람세스 2세는 이집트 왕들 중에서 가장 유명하고, 이집트와 동일시되는 왕이다. 신이 되기를, 불멸하기를 원했던 람세스 2세. 그는 자신의 뜻을 이루었다!
이집트를 67년 간이나 통치한 람세스 2세는 10여 명의 아내와 100여 명의 자식을 두었다. 위대한 건축가이자 위대한 정복자였으며, 자신의 전설을 보존할 줄 알았던 훌륭한 홍보 전략가이기도 했다. 나일 강 곳곳에 그가 세운 장엄한 신전들은 신들의 영광과 자신의 영광을 이야기해 주고 있다. 그는 죽기 전에 스스로 살아 있는 신이 되었다.

기원전 1279년, 25세의 나이로 람세스 2세가 왕위에 올랐다. 그는 즉위하자마자 아버지인 세티 1세가 일으켰던 히타이트족(이집트의 숙적)과의 전쟁을 다시 시작했다. 재위 5년에 2만 명이나 되는 양쪽 군대가 카데시에서 전투를 벌였다. 람세스 2세는 용감하게 싸워 전멸의 위기를 면했으며, 히타이트족 왕과 함께 후퇴를 결정함으로써 전쟁을 무승부로 끝냈다. 그리고 재위 21년에 뛰어난 외교 능력을 발휘해 히타이트족 왕과 역사상 최초의 평화 협정을 맺었다.

종교적인 의무를 다한 람세스 2세! 그는 이집트에 두 세계가 공존한다는 것을 알았던 왕이다. 테베의 신인 아몬을 숭배하면서도 헬리오폴리스의 신인 라 또한 받들었다. 그리고 테베에는 라메세움 신전을, 누비아에는 아부심벨 신전을 세워 자신과 네페르타리 왕비를 신의 반열로 추대했다. 그리고 삼각주에 세운 수도인 피람세스를 확장했다.

람세스 2세가 92세의 나이로 서거했다. 그 때 이미 제19왕조는 기반이 탄탄하게 다져진 상태였다. 나일 강을 거슬러 테베까지 가는 장례 행렬을 어마어마하게 많은 백성들이 애도하며 뒤따랐다. 람세스 2세의 미라는 금과 보석, 부적으로 뒤덮였다. 그리고 순금, 도금한 목재 등으로 만든 겹겹의 관에 안치되어 왕들의 계곡에 묻혔다. 하지만 그의 무덤은 곧 도굴되고, 그의 미라는 벗겨지고 말았다. 이후에 신관들은 왕가의 미라들을 모아서 처음에는 세티 1세의 무덤에, 나중에는 산속의 비밀 장소에 은밀히 파묻었다.

이후 람세스 2세는 2800년 동안 평화와 침묵 속에 있었다. 1881년, 마침내 왕가의 비밀 장소가 발견되었다. 람세스 2세의 미라가 카이로로 다시 옮겨질 때 그 옛날처럼 이집트 사람들은 이송 행렬을 따르며 눈물을 흘렸다. 그의 미라는 박물관에서 습기로 고통받고 훼손되었다. 1976년 미라의 악성 세균들을 치료하려고 파리로 이송될 때, 람세스 2세의 미라는 국가원수의 대우를 받으며 비행기를 타고 피라미드 위를 날아올랐다. 사후 3190년이 지난 어느 날, 드디어 람세스 2세는 하늘을 운행하게 되었던 것이다. 그토록 되고 싶어했던 신처럼.

여느 고고학자들과 비슷했다. 청바지에 티셔츠를 입었고, 반드시 햇볕을 차단해야 했기 때문에 챙 있는 모자를 썼고, 목에 하얀색 목도리 또한 빠뜨리지 않았다. 르누아르 박사는 이 지역에서 가장 유명한 이집트학 학자들 중 한 명이었다.

"네모야, 안녕? 우리 말가타에서 한 번 본 적 있지? 그리고 이분은 미국인 소녀?"

"네, 린다예요. 만나서 정말 반갑습니다."

린다는 사교계에서는 천하무적이었다.

"어서 들어와. 네모 넌 몇 년 전에 와 봤지? 보면 알겠지만 그동안 우린 열심히 일했단다!"

람세스 2세의 무덤 내부는 푸근했다. 정말로 안락한 느낌이 들었다. 세 사람은 긴 복도를 따라 앞으로 나아갔다. 복도가 산 속으로 가파르게 나 있어서 길을 따라 깔아 둔 커다란 포석 위를 미끄러지지 않게 조심조심 걸어야 했다. 무덤 내벽 전체가 부조로 된 히에로글리프로 뒤덮여 있었다.

"'암두아트의 서', 그러니까 '저승 세계에 있는 것에 대한 문서'를 새긴 거란다."

르누아르 박사가 설명해 주었다.

교수님이 얘기하던 그 유명한 '내세 안내서'였다. 죽은 자가 내세로 들어갈 때 시험에 통과할 수 있도록 도와주는 책 말이다. 르누아르 박사는 벽에 새겨져 있는 글귀를 책 읽듯 죽 읽어 내려갔다.

"여기, 이건 태양신을 섬기던 사람들이 읊조렸던 글이야."

그걸 보면 고대 이집트인들이 섬겼던 태양신이 세 종류임을 알 수 있다. 떠오르는 아침 태양을 상징하는 풍뎅이 형상의 케프리, 충만한 낮 태양을 상징하는 라, 노쇠한 해질 녘 태양을 상징하는 아툼이 그것이다.

복도 한가운데에는 무덤이 물에 잠기지 않도록 빗물을 받으려고 파 놓은 배수 구멍이 하나 있었다. 무덤 구석구석 고대 이집트인들의 생각이 미치지 않은 곳이 없었다. 하지만 복도 양옆의 커다란 구멍은 여전히 갖가지 찌꺼기들로 막혀 있었다. 람세스 2세의 무덤에는 아직 사람들이 들어가 보지 못한 방들이 남아 있었다!

"무덤 탐사를 완전히 마치려면 적어도 몇 년은 더 걸릴 거야. 언젠간 일반인들에게 공개할 날도 오겠지."

무덤 입구

10미터

N

람세스 2세의 무덤

석관실

하지만 이집트학 학자들이 거기서 일한 지도 벌써 몇십 년이나 되었다. 이집트에서는 시간을 재는 기준도 다른 것 같았다.

50미터쯤 더 지나자 복도가 평평해지더니 갑자기 오른쪽으로 꺾어졌다. 이는 한 줄로 이어지는 파라오 무덤들 중에서 특이한 형태였다. 그 당시 인부들이 이 무덤을 파다가 암석이 너무 약해서 일직선으로 계속 나아갈 수 없었기 때문에 이렇게 만들어졌다.

"어머, 세상에!"

그 때까지 조용하던 린다가 탄성을 내질렀다. 뭔가가 있었다. 고딕 양식의 성당처럼 웅장한 방으로 들어섰던 것이다. 어마어마하게 큰 기둥들도 한눈에 들어왔다.

"바로 여기야. 이 석관실 한가운데에 람세스 2세가 누워 있었지. 사람들은 왕을 영원토록 이 곳에 모실 수 있다고 믿었던 거야……."

르누아르 박사가 설명했다.

지금은 거의 아무것도 남아 있지 않았다. 석관도 부장품도 없었고, 석관실 내벽까지 거의 다 벗겨져 있었다. 이렇게 거대한 무덤이 왜 그동안 버려져 있었던 걸까? 미라에게 무슨 일이 일어났던 걸까? 미라는 어떻게 해서 결국 카이로 박물관으로 옮겨졌을까?

"그건 정말 대단한 이야기란다. 람세스 2세는 92세에 서거했어. 기원전 1213년이지."

네모의 질문에 르누아르 박사가 답했다.

"그러면 지금부터 3000년 전이네요."

린다가 재빨리 셈을 했다.

"그렇지. 람세스 2세는 67년이나 거대한 제국을 통치했단다. 그런 왕의 장례식이 얼마나 호화찬란했을지 지금의 우리는 상상조차 하기 어렵지. 물론 못 할 것도 없겠지만 말야. 별다른 업적도 세우지 못하고 어린 나이에 죽은 투탕카멘의 굉장한 무덤 유물들을 생각해 보렴. 하물며 이집트의 가장 위대한 왕이었던 람세스 2세이니, 그 무덤 유물들이 얼마나 대단했겠니!"

르누아르 박사는 자기 이야기에 완전히 빠져서 크게 손짓을 해 가며 설명하고 있었다.

네모는 주변을 둘러보았다. 군데군데 히에로글리프가 남은 채 이제는 거의 누더기가 되어 버린 내벽과 기둥 조각들……. 네모는 조각되고 색칠된 모든 것들이 제 빛깔을 한껏 내뿜고 있는 모습을 상상해 보았다. 정교하게 다듬어 만든 가구, 금으로 된 침대, 하얀 대리석 조각 들의 모습도 떠올렸다. 그 모든 것의 한가운데에 파라오의 미라가 누워 있는 것이다. 베띠와 부적, 호화로운 장례 가면에 덮여 꼭 맞는 여러 겹의 관 속에서 말라붙은 채……. 닭 모가지 같은 목에 누런 피부, 붉은빛이 도는 금발을 여러 갈래로 묶고 어둠 속에서 영원히…….

"그 다음은요? 무슨 일이 일어났어요? 어떻게 전부 사라져 버린 거죠?"

린다가 조바심을 내며 물었다.

"세월이 흘렀지. 이집트의 운명도 기울기 시작했어. 나일 강의 물도 형편없이 줄었고, 외세의 침략에 시달리느라 백성들은 점점 가난해졌어. 다이르 알마디나에서는 신전과 무덤 건설 현장에서 일하던 장인들이 품삯도 받을 수 없는 지경이 됐지. 그러자 파업이 일어났어."

"파업요? 정말요?"

"그래. 아마 역사상 최초의 파업이었을 거야. 굶주림에 지친 일꾼들은 신전 앞에서 농성을 벌였지. 그 때까지 식료품과 물품으로 받아 왔던 자기들 품삯을 요구하면서 말이야."

"그러면 미라는요?"

머릿속으로 그 다음 일을 생각하고 있던 린다가 물었다.

"굶주림에 허덕이며 힘겹게 살아가던 사람들의 집 근처에는 화려한 사치품들로 가득 찬 무덤이 있었어……. 그러니까 결국 일어날 수밖에 없는 일이 일어났던 거지. 사람들은 계곡의 무덤들을 파헤치기 시작했어. 보물들을 훔치고, 미라에 딸린 보석을 챙기려고 미라를 싸고 있는 천까지 벗겼지."

"무섭지 않았을까요? 어쨌든 그건 파라오를 욕보이는 거잖아요."

네모가 놀라며 물었다.

"물론 그렇지. 파라오는 신처럼 떠받들던 존재니까. 하지만 그런 이유로 노략질을 멈추진 않았어. 그래서 대신관들이 근본적인 해결책을 생각해 냈지. 미라를 한데 모아서 숨겨 두는 거야. 그렇게 누더기를 걸치게 된 람세스 2세를 무덤에서 꺼내어 아마포로 지은 수의를 다시 입힌 뒤 수수한 나무 관에 다시 눕혔지. 람세스 2세의 미라는 처음 얼마 동안은 자기 아버지인 세티 1세의 무덤에 모셔졌어. 하지만 그 무덤 또한 약탈을 당했지. 그러자 신관들은 밤이 깊어지길 기다렸다가 네크로폴리스에서 멀리 떨어진 곳으로 다른 왕들의 미라와 함께 람세스 2세의 미라를 옮겼어. 그러고는 아무도 알 수 없는 산속 후미진 곳에 파묻어 버렸단다. 그 때가 기원전 987년이야. 람세스 2세는 다른 왕들과 함께 그 누구도 알지 못하는 은신처에 2800년 동안이나 묻혀 있었던 거지. 하지만……."

르누아르 박사는 말을 하다 말고 손목시계를 들여다보았다.

"그런데 내가 시간이 무한정 있는 게 아니라서……. 미안한데 다시 올라가 봐야겠다. 진짜 람세스와 약속이 있거든."

르누아르 박사는 두 손님의 미심쩍어하는 표정을 보면서 미소를 지었다.

"발굴 작업 감독관의 이름이야. 람세스는 이집트에선 흔한 이름이란다."

무덤에서 나오니 한낮의 햇빛에 눈이 부셨다. 산 주변이 온통 하얗게 보였다. 어떤 빛깔도 햇빛의 강렬함을 이겨 내지 못했다. 더위로 넋이 나간 듯한 관광객 몇몇이 파라오를 찾아 거닐고 있었다.

린다는 고양이처럼 눈을 비벼 댔다. 그러고는 다시 알록달록한 베일로 얼굴을 가리고 커다란 검정 선글라스를 꼈다. 꼭 무슨 연예계 스타 같았다.

"그런데 박사님, 그걸 다 어떻게 알아냈어요?"

네모가 다시 물었다.

르누아르 박사가 답했다.

"그야 간단하지. 신관들이 석관과 파피루스에 미라 하나하나의 이동을 꼼꼼하게 적어 놨거든. 그걸 통해서 역사를 재구성할 수 있었던 거지."

네모는 신성한 계곡을 바라보았다. 무덤 입구들이 겨우 몇 미터 간격으로 줄지어 있었다. 카이로 지구에 있는 거대한 피라미드와는 닮은 곳이 하나도 없었다. 신왕국 시대에 테베의 파라오들은 바위에 네모난 굴을 뚫어서 자기 무덤을 만들었을 뿐이다. 네모는 왜 이집트인들이 이렇게 황량하고 험준한 계곡에 파라오들의 무덤을 만들었는지 이해할 수 있었다. 모래와 돌 천지인 이 곳은 몇 세기가 흘러도 모든 것을 건조하게 보존해 줄 수 있기 때문이다.

르누아르 박사는 다시 한 번 시간을 확인하고는 손으로 햇빛을 가리면서 길을 둘러보았다. 하지만 람세스 감독관의 모습은 보이지 않았다.

"그러면, 파라오는요? 람세스 2세 말이에요. 어떻게 다시 찾아냈지요?"

다음 이야기를 듣고 싶은 린다가 대답을 재촉했다. 린다는 '람세스'란 단어에 귀여운 억양을 넣어 말했다.

르누아르 박사는 한숨을 쉬며 말했다.

"몇 세기가 흐르면서 왕들의 계곡은 사막의 모래에 묻혀 잠이 들었지. 왕들이 숨어 있는 곳을 다시 발견하게 된 건 겨우 19세기였단다."

"어떻게요? 고고학자들이 사방에 구멍을 파 보았나요?"

린다는 머릿속에 뭔가 떠오른 게 있으면 절대 망설이는 법 없이 말하는 아이라는 걸 네모는 이미 잘 알고 있었다.

"아니야. 흔한 일이었지만, 그 은밀한 장소를 발견한 건 이 지역 주민들이었어. 그들도 도굴을 했던 거지. 이집트학 학자들은 고대 유물들이 예술품 시장에서 비싼 값에 불법으로 거래되는 것을 주의 깊게 관찰했어. 몰래 사고파는 일들이 몇 달 동안이나 활발하게 벌어지고 있었거든. 그러니까 고고학자들이 밀매매 경로를 추적해서 도굴꾼들을 잡는 탐정 노릇을 했던 거지."

네모와 린다는 서로 바라보았다. 둘은 파멜라 고모와 아멜리아 에드워드, 부둣가의 아이들을 생각했다.

"1870년, 값진 골동품을 찾는 부유한 관광객으로 위장한 조사단

이 아흐메드 압둘 라술 집안의 형제 둘을 체포했어. 그들은 여기서 가까운 마을에 살면서 파피루스 진품을 팔아넘기고 있었지."

네모와 린다는 또다시 눈길을 주고받았다.

"두 사람 모두 감옥에 갇혔고 가혹한 고문을 받았단다. 발가락이 떨어져 나갔다고들 하더군. 결국 파피루스 진품을 어디에서 빼냈는지 사실대로 털어놓았지. 그 곳이 어딘지 궁금하지 않니?"

르누아르 박사가 산꼭대기를 가리켰다.

"바로 저기야. 앞으로 튀어나온 부분 위, 좁은 바위틈에 통로가 하나 보이지? 그리로 들어가면 수직 통로가 11미터 깊이까지 나 있어. 이집트학 학자들이 그 곳으로 내려가서 지하 회랑으로 이어지는 좁은 문을 발견했단다. 그 끝에 비밀의 방이 있었고, 바로 거기에 파라오들의 관이 믿을 수 없을 정도로 뒤엉킨 채 잔뜩 쌓여 있었지. 고대 이집트의 가장 위대한 파라오들의 미라가 말이야! 람세스 2세의 미라도 바로 거기에 섞여 있었어. 거의 벗겨진 채로."

네모는 놀랍다는 듯 짧게 휘파람을 불었다.

"어떻게 그런 일이!"

"미라들은 카이로로 옮겨졌어. 그런데 사람들이 람세스 2세의 미라를 감싸고 있던 수의를 풀자 미라의 한쪽 팔이 갑자기 오그라들더니 번쩍 들렸어."

깨진 약속을 잠시 잊은 르누아르 박사가 말을 이었다.

"아유……!"

린다는 몸을 떨었다.

"지금도 그 모습으로 있어요. 꼭 자기를 평화롭게 내버려 두라고 외치는 것 같아요."

네모가 덧붙였다.

세 사람은 잠시 말없이 계곡을 바라보았다. 침묵을 깬 사람은 역시 린다였다.

"아직 이 곳에 있는 무덤들을 다 발굴하진 못했겠지요? 그렇게 큰 건 아니더라도……."

르누아르 박사는 주저하지 않고 대답했다.

"이 계곡 일대는 대부분 탐사를 끝냈어. 하지만 아직 풀리지 않은 미스터리가 몇 가지 남아 있긴 하지. 예를 들면 람세스 8세의 무덤이 빠져 있다거나……. 우리는 아직 그걸 찾아내지 못했단다. 분명히 이 곳 왕들의 계곡 어딘가에 있을 텐데 말이야. 도대체 어디에 있는지……."

르누아르 박사는 다시 한 번 시계를 보았다.

"람세스 감독관은 오지 않으려나 보다. 이제 정말 가야겠다. 오고 싶을 땐 언제든지 찾아오너라. 오른쪽 두 번째 무덤이야. 알고 있지?"

르누아르 박사는 모자를 고쳐 쓰고는 빠른 걸음으로 멀어져 갔다. 다른 무덤, 다른 미라, 아니면 다른 람세스에게로.

"너도 들었지? 정말이지 믿을 수 없는 이야기야!"

르누아르 박사가 떠나자마자 린다가 큰 소리로 말했다.

"나 귀 안 먹었어. 박사님은 이 곳에 있는 무덤을 아직 다 찾아내지 못했다고 생각하셔."

"그래. 하지만 진품들 말이야. 오늘 아침에 그 아이도 '진품'에 대해 이야기했잖아. 너는 날 믿지 않으려고 했지만……."

린다를 믿지 않으려 했다고? 내가 린다를 믿지 않으려 했다고? 진품이랍시고 팔러 다니는 아이들이 사방에 널려 있다. 하지만 우린 더 이상 탐험과 발굴의 시대인 19세기에 살고 있지 않소. 진품을 발견하기란 흔치 않다는 말이다.

"그 아이가 무덤에 대해 얘기했단 말이야. 람세스 2세의 무덤처럼 이 계곡 어딘가에도 틀림없이 도굴된 무덤이 있을 거야. 충분히 있을 수 있는 일이라고."

린다가 몹시 흥분하며 말했다.

"사람들은 아무 말이나 한다고. 물건을 팔려고 무슨 말이든 하는 거야. 넌 사람들 말은 뭐든 믿는구나."

네모는 하자마자 후회할 말을 해 버렸다. 린다처럼 자존심이 강한 여자와 이야기할 땐 절대로 상대방을 문제 삼아 비난을 해서는 안 된다. 그런데 이미 늦었다. 린다 눈에서 레이저광선이 나오는 것 같았다.

"그래? 그러는 넌, 너는 아무것도 믿지 않잖아!"

린다는 홱 돌아서더니 아무 말 없이 네모를 남겨 두고 가 버렸다.

한낮의 열기가 더욱 뜨거워졌다. 보초 세 명이 경비 초소 그늘에서 반쯤 졸고 있었다. 얼굴이 무릎에 닿을 지경이었고, 자동소총 칼라시니코프는 뒤쪽 벽에 세워 놓았다. 네모 생각에 누구라도 마음만 먹으면 집어 갈 수 있을 것 같았다. 관광객 두 명이 길을 올라오고 있었는데, 걸음이 어찌나 느린지 꼭 슬로모션으로 움직이는 것만 같았다. 네모 역시 따분했다. 네모는 린다가 그늘에 앉아 돌벽에 머리를 기대고 있는 모습을 보았다. 린다는 배낭에서 작은 책을 한 권 꺼내 훑어보았다. 말도 안 돼. 린다는 책을 읽으려는 게 아니었을 것이다!

"너 뭐 하는 거야? 이런 한증막 같은 데서 계속 있을 순 없잖아. 안 가?"

네모가 말했다.

"Just a sec! 잠깐. 지금 책 읽고 있잖아."

린다는 입을 꼭 다물고 네모에게 책 표지를 보여 줬다. 『고대 이집트』였다.

"지금은 독서할 만한 시간이 아냐. 나 배고파. 안 갈 거야?"

"있잖아, 프레스코화에 그려진 여인들은 항상 뭔가를 하고 있잖아. 우리의 이집트 여인은 뭘 하고 있었지?"

린다는 마치 아무 말도 듣지 못한 사람처럼 딴소리를 했다.

"우리의 이집트 여인이 뭘 하냐고? 교수님의 이집트 여인?"

"응, 걷고 있었니? 아니면 기도하고 있었니? 일하고 있었어? 그 여자가 뭘 하고 있는 건지 먼저 알아야 해."

"알았어. 근데 나 배고프거든. 그리고 덥기도 하고. 그만 가자."

"잠깐. 지금 생각하는 중이잖아!"

"갈 거야, 말 거야?"

린다가 그제야 머리를 들어 주었다. 하지만 네모를 무섭게 쏘아 보고 있었다.

네모도 고집을 부렸다.

"찾아보자. 약속할게. 근데 좀 있다가. 지금은 정말로 힘들어."

"가고 싶으면 먼저 가!"

그래, 할 수 없군! 네모는 린다에게서 등을 돌려 혼자서 초소 쪽으로 걸어갔다.

아니다. 린다는 마음이 바뀌지 않았다. 린다와는 늘 그런 식이었다. 한순간 린다는 부드럽고 다정했다. 정상이라고 해야 할까? 그러다 느닷없이 악녀로 탈바꿈하는 것이었다. 린다는 마치……, 마치 수평선에 맞닿은 하늘처럼 변덕스러웠다. 고기압이어서 아주 맑은 날씨였다가 갑자기 쿵 하고 예고 없이 저기압이 되어 버렸다. 주변을 온통 시커멓게 물들이는 커다란 먹구름이 몰려오는 것이다. 게다가 린다는 도무지 예측을 할 수가 없었다. 일기예보가 아예 불가능했다!

어쨌든 하늘은 그대로였다. 파랗게……. 아주 파랬다. 맑은 날씨였다. 불 같은 열기나 돌처럼 그 모든 게 변하지 않을 것 같았다.

찌그러진 트럭 몇 대를 빼고는 주차장엔 아무도 없었다. 사람들이 모조리 폭염을 피해 달아났던 것이다. 네모는 자전거 핸들을 잡았다. 하지만 잡자마자 얼른 손을 떼었다. 불덩이였다. 돌아가는 길은 별로 즐거울 것 같지 않았다…….

네모는 한쪽 손으로 안장을 잡고 자전거를 밀면서 길을 따라 계속 걸었다. 보초들이 딱하다는 표정을 지으며 쳐다보았다. 길은 거의 평평했지만 네모는 가파른 언덕을 오르는 것처럼 힘이 들었다. 두 번씩이나 멈춰서 숨을 돌렸다.

갑자기 자동차 한 대가 뒤에서 나타나 경적을 울려 댔다. 네모는 갓길로 비켜섰다. 여기서는 따지지 말고 순순히 길을 비켜 주는 편이 나왔다. 작은 자동차는 네모를 지나쳐 가다가 몇 미터 앞에 멈춰 섰다. 무슨 일일까? 운전자가 네모를 향해 커다랗게 손짓을 했다. 네모는 할 수 없이 가까이 가 보았다. 셰익스피어였다. 늘 두르고 다니는 터번을 머리에 두르고 있었다. 그리고 그 옆엔 린다가 얌전히 앉아 웃고 있었다. 린다의 자전거 바퀴가 자동차 트렁크 밖으로 삐죽 나와 있었다.

"자전거를 타기엔 너무 덥지 않니?"

셰익스피어가 네모에게도 타라고 권했다.

네모는 거절하고 싶은 마음이 굴뚝같았다. 하지만 자존심에도 때때로 한계가 있는 법이다. 네모는 자존심이 상했지만 잠자코 뒷자리에 앉았다. 이놈의 셰익스피어는 정말이지 진드기처럼 귀찮았다.

그 젊은 이집트 남자는 자기가 택시를 모는데 손님이 하나도 없었다는 말을 늘어놓았다. 린다가 왕들의 계곡에서 나오는 걸 보고 자기가 부둣가까지 태워다 주겠다고 했다는 것이다.

린다는 돌아가는 내내 무덤에 간 일과 미라가 잠들어 있는 비밀 장소 같은 이야기를 셰익스피어에게 주저리주저리 늘어놓았다. 셰익스피어는 린다의 한 마디 한 마디에 고개를 끄덕이며 예의 그 은근히 거만한 웃음을 지어 보였다. 네모는 신경이 거슬렸다.

"외국인들은 사람들 말을 뭐든 다 믿지."

그는 이상야릇한 결론을 내렸다.

부둣가로 가는 길에 그들은 무너져 가는 주유소에 차를 세우고 휘발유를 5리터 넣었다. 이 곳 택시들은 항상 휘발유가 떨어질락 말락 한 채로 다닌다. 돈이 없어서였다. 물론 계산은 네모가 했다.

셰익스피어가 네모와 린다를 부둣가에 내려 주었다. 다음 날 자기 집에 차 마시러 오라고 초대하면서, 적어도 이집트 사람의 집을 구경하는 기회는 될 거라고 덧붙였다. 린다는 기꺼이 응했다.

"마앗 살라마!"

셰익스피어의 차가 구름먼지 사이로 출발할 때 린다는 팔을 흔들어 대면서 소리를 질렀다. 셰익스피어가 떠나자마자 린다는 네모 쪽으로 돌아서며 말했다.

"그래, 이제 화가 풀렸니?"

네모는 제대로 들리지 않는 목소리로 웅얼거리며 대답했다. 자기들이 무엇 때문에 다퉜는지 기억이 잘 안 났다.

린다를 강 저편으로 데려다 줄 배를 기다리면서 두 사람은 아침에 만났던 소년을 찾아보았다. 헛수고였다. 좀 더 알아볼 수 있는 기회를 놓친 걸까?

몇 분 뒤 네모는 린다의 형체가 자그맣게 멀어져 가는 걸 지켜보았다. 린다는 배 위쪽 갑판에 앉아 있었다. 정작 본인들은 모르고 있었지만, 둘은 서로 같은 생각에 빠져 있었다. 만약 어딘가에서 도굴꾼들이 진짜로 무덤을 발견했다면? 만약 그 무덤이 교수님이 찾고 있는 것이라면?

6. 무희

시커먼 나일 강은 돛을 부풀리기에 딱 좋을 만큼만 바람 부는 바다처럼 작은 물결이 일었다. 네모는 서쪽 연안 부둣가에서 승객들이 도착하는 모습을 또 기웃거리고 있었다. 이번엔 두 마리의······ 당나귀와 함께.

그래, 당나귀였다! 자전거보다 더 재밌지 않은가! 게다가 셰익스피어가 자기 차에 동물들을 태우진 못할 테니, 적어도 전날 그랬던 것처럼 온갖 감언이설로 린다를 독차지하지는 못할 것이다. 네모는 셰익스피어가 사는 마을에는 기꺼이 가 보고 싶었다. 하지만 꾸어다 놓은 보릿자루처럼 또다시 차 뒷자리에 덩그러니 앉아 있고 싶지는 않았다.

이런, 놀랄 일이 일어났다. 린다가 제시간에 나타났던 것이다. 약속은 한낮에 잡혀 있었다. 네모는 배에서 내리는 인파 속에서 무지갯빛 베일을 알아보았다. 머리에 커다란 짐을 인 여자 둘이 등을 꼿꼿이 세운 채 힘차고 큰 동작으로 손짓을 해 가며 수다를 떨면서 경사진 발판을 딛고 있었다.

"안녕, 네모!"

린다의 웃음은 온화했고 태도도 아주 다정했다. 린다의 일기예보는 오늘 화창한 날씨를 예고하고 있었다.

"자, 여기 네 자전거야."

네모가 당나귀 한 마리를 가리키면서 말했다. 린다를 놀려 주는 작은 장난이 사뭇 자랑스러웠다.

린다는 깜짝 놀랐다는 시늉을 한 뒤 별거 아니라는 듯이 씩씩하게 당나귀 등에 올라탔다. 린다는 미국에서 승마를 한 적이 있었다.

흔히 당나귀를 고집 센 동물이라고 한다. 하지만 네모는 지금까지 그 말이 어떤 점에서 사실인지 알아볼 기회가 없었다. 목숨이 달려 있기라도 한 것처럼 당나귀가 정신없이 앞으로 내달리는 바람에 린다는 그놈을 멈추게 하느라 애를 먹었다. 반대로 네모의 당나귀는 아무리 애를 써도 꿈쩍도 하지 않다가 10미터마다 멈춰 서서 갓길에 나 있는 풀을 뜯어 먹었다. 이보다 더 잘 어울리는 한 쌍은 상상할 수 없을 것 같았다.

"날 좀 기다려 줘!"

네모가 자기 당나귀에게 힘껏 박차를 가하면서 소리 질렀다.

그러면 린다는 고삐를 힘주어 잡아당기면서 외쳤다.

"그럴 수 없어!"

그들이 지나가는 모습을 본 사람들은 배꼽이 빠져라 웃어 댔다.

네모는 심하게 창피를 당한 기분이었다. 이 바보 같은 짐승이 자기를 웃음거리로 만들었기 때문이기도 하지만, 그보다 또다시 린다의 꽁무니를 쫓고 있는 꼴이 되고 말았기 때문이다. 그것만은 정말로 피하고 싶었던 일이었는데!

가장 큰 고역은 방향을 바꿀 때였다. 지독한 고집쟁이인 이 피조물에게 왼쪽으로 가야 한다는 것을 어떻게 이해시킬 수 있을까? 그건 도저히 불가능한 일이었다! 결국 자기 뜻을 관철하는 건 당나귀 쪽이었다. 완전히 무력해진 네모는 조그만 관개수로를 건너 사탕수수 밭으로 끌려가 버렸다. 다행히 린다는 극성을 부리던 준마가 흙바닥으로 뛰어내리려고 속도를 살짝 늦추는 순간 방향 전환할 첫 기회를 잡았다. 고삐를 꽉 조여 간신히 네모 쪽으로 가는 데 성공한 것이다.

네모와 린다가 원하는 길로 제대로 갈 수 있는 방법은 딱 하나뿐이었다. 고집불통인 상대방의 당나귀를 서로 흉보면서 그냥 '걷는' 것이었다. 둘은 아스팔트 길을 포기하고—아스팔트 길은 네모의 당나귀가 아주 싫어하는 눈치였다—밭 가장자리를 따라 낮게 둘러친 마른 진흙 울타리 사이로 걸어갔다.

셰익스피어가 사는 마을의 집들이 보이기 시작했다. 네모와 린다는 커다란 목초 더미에 파묻혀 머리를 숙이고 앞으로 나아가는 비쩍 마른 당나귀 한 마리와 마주쳤다. 당나귀 등에 올라탄 소년이 막대기로 운전을 하고 있었다. 저 아이는 어떻게 고집 센 저 짐승을 저렇게 잘 다룰 수 있을까? 미스터리였다…….

"잠깐만!"

린다가 당나귀를 묶은 끈을 네모에게 내밀면서 갑자기 소리쳤다.

"내가 어제부터 생각한 건데, 도착하기 전에 너한테 보여 줄 게 있어. 오직 너만을 위해!"

'너만을 위해?' 네모는 이 말이 아주 맘에 들었다. 린다가 또 뭘 생각해 냈을까?

비탈길 가장자리에 자리를 잡고 선 린다는 동양의 노랫가락을 흥얼거리면서 배꼽춤을 추는 무용수처럼 몸을 물결치듯 유연하게 움직이며 몇 가지 동작을 선보였다. 손목을 돌리고 팔을 구부렸다 폈다 하고, 실을 잣는 시늉을 하면서 가녀린 손가락을 능수능란한 솜씨로 움직였다.

"누구 닮았어?"

네모의 대답에 린다가 여전히 춤동작을 계속하며 물었다.

"베티 붑?"

린다가 웃음을 터뜨렸다.

"고마워!"

그러고는 고개를 쳐들고 꼿꼿하게 서서 잠시 동작을 멈추었다.

"내 옆모습이 보여?"

"네 옆모습? 응, 아주 좋아."

"바보!"

린다는 그 자세 그대로 웃었다. 곧 상체를 네모 쪽으로 돌리고 발과 얼굴은 옆으로 향하게 했다. 린다는 기다리지 못하고 다그쳤다.

"노력 좀 해 봐. 잘 보라고!"

다시 춤을 추었다. 손을 돌리면서 팔을 가슴께로 가져갔다. 그러고는 손을 뒤집어서 손바닥이 바깥을 향하게 하고 두 손을 겹쳤다……. 그런데…… 가만, 그래…….

"그림 속의 여자!"

흥분한 네모는 가방을 뒤져 이집트 여인의 그림을 꺼내 들었다. 그래, 바로 그거였다.

"이 여자의 손과 팔…… 정확히 지금 네가 한 그대로야. 게다가 난 이미 그런 동작을 본 적이 있어. 레아 누나가 발레를 할 때. 그러면 우리의 그 비밀스러운 여인이 무희란 말이야?"

"우아! 브라보, 나의 친애하는 왓슨 박사! 그런데 너 정말 형광등이다. 어쨌든 실마리는 잡은 것 같아!"

네모와 린다는 여전히 등 뒤로 당나귀를 잡아끌며 사람들의 시선을 한 몸에 받으면서 마을의 큰길로 들어섰다.

"헬로! 헬로!"

어느새 아이들이 몰려들었다. 아주머니 하나가 양은 대야 앞에 쪼그려 앉아 빨래를 하고 있었다. 그쪽으로 다가가 보니 한 무리의 청소년들이 진흙과 짚을 섞은 두툼한 반죽 위에 올라서서 발을 굴러 가며 짓이기고 있었다. 이렇게 잘 반죽한 진흙덩이를 네모난 틀에 담아 햇볕에서 말렸다. 굽지 않은 진흙벽돌이 되는 것이었다. 바로 이집트에서 태곳적부터 집 짓는 데 썼던 재료이다.

언제나 궁금한 게 많은 린다는 식료품 가게 앞에 서서 안을 살펴보고 있었다. 나무로 지은 구멍가게였는데, 계산대가 밖으로 나와 있었다. 물건도 얼마 없었다. 통조림, 두루마리 천, 칠이 벗겨진 선반 위에 쌓여 있는 음료수 깡통, 바닥에 뒤죽박죽 엉켜 있는 밀가루 자루와 곡식 자루…….

점원이 양철 깡통을 한 무더기 가져와서 뚜껑을 열었다. 그 속엔 갖가지 색깔의 가루가 들어 있었다. 노랑, 빨강, 주황, 황토색, 갈색…… 화끈한 향료 냄새가 확 풍겼다.

"흠! 냄새 정말 좋다!"

린다가 감탄했다.

"카민,* 사프란, 계피, 카르다몸,** 고추……."

그 때 낯익은 목소리가 들려왔다. 사미르 셰익스피어였다. 네모와 린다가 도착했다는 소리를 듣고 온 것이다. 여기서는 모든 것이 바로바로 알려졌다.

"그런 것들을 어떻게 다 알아요?"

네모 역시 뒤섞인 향료 냄새를 맡으면서 물었다.

"가끔 관광 가이드도 하거든. 외국인들에게 설명해 줘야 하니까. 집에서 필요해 장을 볼 때도 있고……."

셰익스피어는 손가락 끝에 매달려 달랑거리고 있는 비닐봉지를 들어 보였다. 파랗고 긴 줄기가 삐져나와 있었다. 저녁 찬거리를 산 모양이었다.

셰익스피어가 따라오는 아이들에게 뭐라고 몇 마디 하자, 어린아이들은 군소리 없이 물러가 자기들끼리 놀았다. 네모와 린다는 셰익스피어 뒤를 바짝 따라갔다.

집은 그리 멀지 않았다. 셰익스피어는 어느새 벽돌집을 둘러싸고

---

* 카민 : 미나리과 식물. 열매는 약용으로도 쓰이며, 주로 서남아시아나 인도에서 카레 향신료로 많이 쓰이고 있다.
** 카르다몸 : 생강과 식물. 쓴 레몬 향 같은 냄새가 나며, 향신료나 의약품으로 쓰인다.

있는 작은 뜰로 들어섰다. 네모는 2층 공사가 아직 끝나지 않은 채로 중단되어 있는 모습을 눈여겨보았다. 마을의 다른 집들도 대부분 마찬가지 상황이었다. 부분적으로만 세운 벽과 자리만 정해 둔 창문이 눈에 띄었다. 그리고 벽돌 더미가 도착하기를 기다리기라도 하듯 집의 네 귀퉁이에 쇠기둥이 훤히 드러나 있었다.

셰익스피어는 네모와 린다에게 문 가장자리를 장식하고 있는 키 작은 야자나무 두 그루와 레몬나무, 무화과나무, 그리고 포도나무 덩굴로 뒤덮여 있는 정자를 보여 주었다. 네모는 셰익스피어라는 인물은 참 이상하다는 생각이 들었다. 그토록 자존심 강한 셰익스피어가 집안일에 관심을 가지리라곤 생각지도 못했기 때문이다.

아주머니가 나와서 네모와 린다에게 안으로 들어오라고 권했다. 그녀는 부드럽게 웃고 있었지만, 그것만으로는 슬픔에 잠긴 눈을 감출 수 없었다.

"Welcome to Egypt!"

대화는 그게 다였다. 아주머니가 아는 영어 단어가 몇 개 안 되었기 때문에 어쩔 수 없는 노릇이었다.

"우리 형수님이야."

아주머니 쪽으로 몸을 기울이면서 셰익스피어가 말했다. 그리고는 마흔 살쯤 되어 보이는 남자를 소개했다. 그 남자는 주름이 푹 팬 이마에 커다란 터번을 두르고 있었다.

"우리 형 마흐모드야. 너희 식대로 말하자면 내 이복형이지."

셰익스피어는 아버지는 같지만 어머니가 다르다고 재빨리 덧붙였다. 아버지는 오래전에 돌아가셨고, 낳아 주신 어머니도 몇 년 전에 돌아가셨다고 했다. 셰익스피어는 결혼해서 아이를 여러 명 낳아 기르는 형을 도와 집안을 꾸려 나갔다. 그에게는 형이 한 명 더 있었는데, 남쪽으로 떠났다면서 더 이상 이야기하고 싶어하지 않았다. 모든 게 좀 복잡했다. 네모는 혹시 그 모든 게 내세울 만하지 않은 미심쩍은 활동들을 감추기 위한 수단은 아닐까 의심까지 해 보았다. 정치적인 선동? 아니면 불법 밀매매? 그것이 뭔지는 전혀 짐작도 할 수 없었지만…….

마흐모드 아저씨는 쟁반에 찻잔을 두 개만 올려 가지고 왔다. 아이들은 나무 의자 위에서 한데 뒤엉켜 있었다.

밝은 녹색으로 칠해진 가운뎃 방은 안이 훤히 보이게 열려 있었다. 긴 의자 하나, 낡았지만 아주 깨끗한 양탄자 두 장, 상자 위에서 윙윙거리고 있는 텔레비전. 그게 전부였다. 전구 하나가 천장에 매달려 있었고, 아랍어 몇 단어가 벽에 쓰여 있었다. 네모는 그게 『코란』의 한 구절일 것이라고 생각했다. 오른쪽, 왼쪽에 열려 있는 방들도 거의 비어 있었다. 어느 방에는 쿠션 몇 개가, 어느 방에는 덜덜거리는 냉장고와 가스통이 놓여 있을 뿐이었다. 아마도 각각 침실과 부엌으로 쓰고 있는 듯싶었다.

호사스러운 올드 윈터 팰리스나 파멜라 고모의 유람선과는 얼마나 대조가 되던지! 서로 다른 세계를 오고 가면서 그렇게 특권을 누리는 사람들을 보고 셰익스피어는 어떤 생각을 했을까?

아이들—남자 아이 셋과 여자 아이 하나—은 나무 의자에 앉아 입을 꼭 다물고서 방문객들을 유심히 살피고 있었다. 텔레비전에 눈길을 주는 사람은 아무도 없었다. 네모는 텔레비전에서 연설하고 있는 이집트 대통령을 보았다. 이집트에서 이와 같이 수수한 벽돌 집 안에 있는 것들은 몇 세기 동안 아무 것도, 거의 아무 것도 변하지 않은 것 같았다. 파라오가 텔레비전에 나와 말하는 것만 빼고.

아주 어린 여자 아이가 슬그머니 비집고 들어와 셰익스피어의 팔에 편안히 자리를 잡았다.

"아딜라야. 마흐모드 형의 막내딸이지."

셰익스피어의 설명이었다.

"여기서 어떻게 살아요?"

이번에는 네모가 양탄자 위에 앉으면서 물었다.

셰익스피어는 쓴웃음을 지었다.

"정말로 알고 싶니?"

네모는 금세 예의에 어긋난 질문을 했다는 걸 깨달았다. 하지만 셰익스피어는 그것에 마음이 상한 것 같진 않았다. 잠자코 앉아 있는 마흐모드의 손을 잡고는 그의 왼손 새끼손가락에 있는 금반지를 가리켰다.

"이 반지 보이지? 형 결혼반지야. 형은 오늘 아침에 시장에 가서 금을 조금 팔고 왔어."

린다는 눈이 휘둥그레져서는 반지의 패인 자국을 보았다.

셰익스피어는 계속 말을 이어 나갔다.

"그 돈으로 오늘 하루를 버텨야 해. 마흐모드 형이 일한 걸로 우리 가족 전부가 먹고살지. 형은 이집 저집 다니며 쉬지 않고 일을 해. 참 성실한 사람이야. 아주 성실하지……. 난…… 학교에 다닐 땐 연구자가 되고 싶었어. 하지만 형을 도우러 마을로 돌아와야 했지. 난 교사가 될 수도 있었지만 교사는 월급이 너무 적어서 따로 개인 교습을 해야만 해. 카이로에서는 할 수 있지. 하지만 여기선 어떤 집에서도 자식들에게 사교육을 시킬 수가 없으니까 개인 교습을 못하지. 교사를 하자니 수입이 너무 적고 밭농사를 짓자니 게다가 밭에서도 더 이상 일손이 필요 없어서, 관광 가이드를 하거나 택시 운전을 하기로 한 거야. 하지만 택시가 내 것이 아니라서 번 돈을 거의 다 주인에게 주어야 해."

네모는 빈곤함을 솔직하고 의연하게 이야기하는 셰익스피어의 꾸밈없는 태도에 마음이 혼란스러워져 마땅히 대답할 말을 찾지 못했다. 그에겐 커다란 꿈이 있었다. 그것을 실현하지 못한 건 그의 탓이 아니었다.

셰익스피어는 꼬마 아딜라를 어깨에 태우고 일어나면서 말했다.

"자, 이리 와 봐! 테라스를 보여 줄게."

태양은 마을과 푸른 밭을 비추며 빠르게 저물고 있었다. 산부터 어스름해져 갔다.

"어때, 집은 가난해도 전망 하난 끝내 주지! 난 거의 날마다 동틀 무렵에 이 곳에 올라와. 3000년 전부터 변한 게 하나도 없어."

셰익스피어는 팔을 뻗어 풍경을 모두 아우르는 몸짓을 하면서 말했다.

"사람들이…… 3000년 전과 똑같이 산다고요?"

린다가 조금 머뭇거리다가 자연스러운 목소리를 내려고 애쓰며 말을 꺼냈다.

"그러면 여자들은요? 여자들은 뭘 해요? 밭에서 일하나요, 아니면 춤을 추나요?"

네모는 살며시 린다의 팔을 꼬집었다. 린다는 '비밀'이라는 말을 아예 모르는 걸까? 정말로 셰익스피어에게 모든 걸 다 얘기하려는 걸까? 그러나 젊은 이집트인은 다시 한 번 함정을 피해 갔다.

"여자들은 춤출 시간이 없어……."

그는 굳은 표정으로 중얼거렸다.

네모는 화제를 돌리려고 애썼다.

"이야, 경치가 정말 멋지네!"

네모는 언젠가는 창문이 될 곳에 팔을 걸치며 감탄했다.

"집은 언제 완성할 거예요?"

린다가 물었다.

"아마 내가 장가를 가게 되면……."

셰익스피어는 린다에게 윙크를 하면서, 네모의 신경을 거스르는 그 연예인 웃음을 지어 보였다.

네모는 조금 무례하게 그의 말을 받았다.

"우린 이제 가 봐야겠어요. 린다가 교수님을 만나고 싶어하거든요. 우리를 기다리고 계실 거예요."

"모셔다 드리죠, 신사 양반!"

셰익스피어의 말이었다.

그 때 사원의 첨탑 종이 울렸다.

"알라 후 아크바르!"*

---

* 알라 후 아크바르 : '알라는 위대하다'는 뜻. 이슬람교에서는 하루에 다섯 번 종소리에 맞춰 예배를 하는데, 그때 이 말을 여러 번 읊는다.

해가 저물었다. 계단 밑에 다다랐을 때 아딜라가 셰익스피어의 팔에서 빠져나와 집으로 돌아갔다. 아딜라는 아기처럼 뒤뚱거리는 걸음으로 이미 어둑어둑해진 골목길을 혼자서 걸어갔다. 손에는 작은 전등을 들었는데, 거의 땅에 끌릴 지경이었다. 그 꼬마가 멀어지는 모습을 보니까 네모는 찰리 채플린의 영화 「키드」에 나오는 슬픈 눈빛의 아이가 떠올랐다.

"라마단* 전등이야. 저 애는 오래전부터 저 전등을 갖고 싶어 했었지. 저걸 잠시도 손에서 놓질 않아. 잠잘 때도 끼고 있고, 유일한 장난감이지."

셰익스피어가 부드러운 목소리로 설명했다.

작은 불빛이 집 뒤로 사라졌다. 네모는 린다를 돌아보았다. 린다 눈에 눈물이 글썽거렸다.

네모와 린다는 말가타에서 교수님을 만났다. 정장을 하고 넥타이를 맨 교수님은 베개가 여러 개 놓여 있는 침대 위에 비스듬히 몸을 기대고 있었다. 교수님 앞에는 한결같은 글씨로 정성 들여 빽빽하게 글을 쓴 종이가 산처럼 쌓여 있었다. 아마 하루 종일 일만 하신 것 같았다.

"어, 왔구나. 그 유명한 린다 양!"

교수님은 웃으면서 인사를 건넸다. 목소리에 힘이 없었고 하얀 침대보 사이에서도 창백한 낯빛이 눈에 띄었다. 린다는 교수님 손

---

*라마단 : 이슬람교에서 단식과 재계를 하는 달을 말한다. 이슬람력으로 9월에 해당하며, 이 기간에 일출부터 일몰까지 음식, 흡연, 음주 등이 금지된다.

을 따뜻하게 잡았다.

"안녕하세요, 교수님! 네, 바로 저예요."

"목소리랑 똑같이 생겼구나. 발랄한데다 놀라움까지 선물하는 아가씨! 아, 네모야, 넌 정말 행복하겠다. 널 위해서 그렇게 깜짝 이벤트를 많이 준비하는 친구가 있으니까 말이야. 내가 너였다 해도 참 좋았을 거야."

린다는 침대 옆에 있는 작은 의자에 앉았다.

"내일 우리랑 함께 가실 거죠, 교수님?"

"너희랑 같이 간다고? 내일?"

"네, 내일요. 그냥 가벼운 산책이에요."

교수님은 가느다란 손가락으로 린다의 뺨을 살짝 만지며 말했다.

"어떡하지, 귀여운 아가씨……. 그러고 싶은 마음이 간절하지만 난 할 일이 너무 많구나. 모두 각자 임무를 해내야지. 너희에게는 이집트와 인생을 알아볼 임무가 있고, 나에게는 내 일을 끝내야 할 임무가 있거든."

교수님은 한숨을 쉬고 나서 말을 이었다.

"자기 일을 끝까지 밀고 나가는 것, 그래, 그게 제일 중요하지. 화려한 발견보다도 그게 훨씬 중요하단다."

네모는 그림 속의 이집트 여인을 생각하고 있었다.

애교 부리기가 특기인 린다가 교수님 손을 잡고서 졸랐다.

"너무 현명하게만 살 순 없잖아요, 네? 딱 한 번만요."

교수님은 린다의 매력에 웃음을 터뜨렸다.

"하지만 그러면 어떻게 될까? 고대 이집트인들은 인간은 저마다 자기 행동을 통해 '마트'에 이바지한다고 믿었단다. 만일 사람들이 고인들을 추모하지 않는다면, 만일 파라오의 행실이 잘못되었다면, 만일 사람들이 자기 임무를 소홀히 한다면, 세상의 질서와 균형이 깨져서 창조 이전의 카오스로 되돌아갈 위험이 있다는 거야. 그렇게 되면 이집트가 위험에 빠지게 되고, 나일 강의 물이 더 이상 불어나지 않게 되고, 밤이 지나도 해가 떠오르지 않게 되고……."

린다는 뾰로통해져서는 입을 삐죽 내밀었다.

"해가 또 뜰 거라는 건 교수님도 잘 아시면서……."

"해는 뜨겠지. 하지만 만약에 내가 내 일을 하지 않는다면 누가 그걸 대신 해 주겠니? 그리고 내가 오시리스의 길로 떠나게 될 때…… 아니다, 그냥 나 빼고 둘이서 산책을 하는 편이 좋을 것 같구나. 그리고 저녁때 돌아와서 전부 다 들려주면 되잖니?"

네모는 나일 강 동쪽 연안 '산 자들의 세계'까지 린다를 바래다 주고 오겠다는 말을 교수님께 꺼내지도 못했다. 교수님이 걱정스러웠기 때문이다. 교수님은 왜 그렇게 밖에 나가지 않는 걸까? 교수님은 아침부터 밤까지 하루 종일 일에 매여서 쉬는 법이 없었다. 이젠 나이도 너무 많은데 오히려 자기를 돌보고 몸을 아껴야 하지 않을까?

"네모야……."

린다는 네모가 그렇게 침묵을 지키는 게 싫었다. 그래서 네모를 즐겁게 해 주려고 네모가 좋아하는 춤을 추기 시작했다. 그림 속 이집트 여인처럼 가슴에 손을 얹은 자세로.

네모는 한결 기분이 나아져서 린다를 바라보았다. 린다도 행복해 보였다. 린다의 일기예보는 '맑음'이었다. 그런 순간을 놓치지 말아야 했다.

"헤어지고 싶지 않아."

조금 뒤 네모가 속마음을 털어놓았다.

"내게 좋은 생각이 있어. 자, 춤추러 가자!"

뭐, 춤을 춘다고? 세상에나……. 정말 맘에 안 드는 계획이었다. 네모는 춤이라면 질색이었다. 린다는 이 분야만큼은 네모를 훨씬 앞질렀다. 네모는 춤을 출 때면 매번 바보스럽다는 생각이 들었다. 박자가 느린 춤만 춘다면 또 모르지만…….

"가자, 네모야. 우리가 직접 그 무희를 찾아보는 거야. 춤추는 사람들 틈에 섞여 있다 보면 뭔가 실마리를 찾을 수 있을 거야, 응?"

린다가 네모의 팔짱을 끼면서 속삭였다. 그러고는 벌써 마차를 잡으려고 손을 흔들고 있었다.

네모가 얼른 린다를 말렸다.

"어, 그러지 마! 저건 정말 관광객용이라고."

네모는 어느 날 저녁 카르나크 신전에 가려고 그것을 타 봤다는 얘긴 하지 않았다. 하지만 린다는 자기가 원하는 것을 관철시키겠다는 굳센 의지로 네모 주위를 껑충껑충 뛰면서 말했다.

"뉴욕에서도 안 된다고 했지! 뉴올리언스에서도 안 된다고 했어. 하지만 룩소르에서는 안 된다고 말할 수 없어!"

"어, 그렇게 생각해?"

어떻게 린다에게 저항할 수 있겠는가? 어쨌든 네모로서는 불가능했다. 그 날 저녁에도 마찬가지였다. 조금 뒤 네모는 빨갛고 파랗게 새로 칠을 하고 알루미늄으로 반짝이는 별까지 만들어 붙인 마차에 앉아 있었다.

"Very good! 룩소르 시내 관광을 할 거니?"

채찍질을 하면서 마부 아저씨가 소리쳤다.

"우린 춤추러 갈 거예요!"

"카르나크 신전이 아니라?"

"아니에요, 춤추러 가요!"

마음의 준비를 끝낸 네모가 다시 한 번 분명히 말했다.

말이 천천히 앞으로 나아갔다. 시원한 바람이 솔솔 불어왔다. 소란스러운 길에 들어서자 린다가 네모에게 살며시 몸을 기댔다. 네모는 린다 어깨에 팔을 둘렀다. 아주 독특한 향수 냄새가 풍겨 왔다. 향료와 자몽을 섞은 듯한 냄새. 린다의 긴 머리카락이 네모의 얼굴을 간질였다. 마차를 타는 것도 그리 나쁘지만은 않았다.

슬며시 눈치를 살피던 마부 아저씨가 고개를 돌렸다.

"춤추기 아주 좋은 곳이 룩소르에 하나 있긴 하지."

"어딘데요?"

린다가 관심을 보이며 물었다.

마부 아저씨는 채찍을 휘둘러 속도를 냈다.

"댄싱 네페르타리! Beautiful! Very very good!"

"네페르타리? 그건 배 이름 아니에요?"

린다가 고개를 갸웃거리며 물었다. 그리고 고모의 유람선 옆에서 '퀸 네페르타리'라는 이름의 배를 분명히 보았다고 말했다.

마부 아저씨가 채찍을 더 크게 휘두르자 말이 달리기 시작했다.

"네페르타리는 이집트 왕비의 이름이야. 춤의 여신이지!"

아저씨가 자랑스럽게 말했다.

네페르타리, 춤의 여신? 그래, 그래……

"어때? 댄싱 네페르타리!"

마부 아저씨는 네모와 린다의 결정을 기다리지 못하고 다시 한 번 힘주어 말했다. 손님을 데려가면 뭔가 이익이 생기는 게 틀림없었다.

"OK."

네모는 '자, 그리로 가요!' 하는 뜻으로 손짓을 하면서 대답했다.

네모는 춤을 추러 갈 마음이 전혀 없었다. 어디에도 가고 싶지 않았다. 이상하게 더웠지만 그냥 그대로가 좋았고, 계속 그렇게 린다와 서로 기대어 있고 싶었다.

린다가 귀에 대고 뭐라고 속삭이는 것 같았지만 알아들을 수가 없었다.

"뭐라고?"

"우리의 춤추는 이집트 여인 말이야……. 혹시 그 여인이 유명하다면, 혹시 네페르타리가 아닐까? 춤의 여신 말이야."

린다의 입술이 귀를 떠나 뺨을 스치고 지나갔다.

그림 속 이집트 여인이 춤의 여신인 네페르타리 왕비라고? 안 될 이유도 없지 뭐. 어쨌든 그녀가 고대에 춤을 추었던 유일한 이집트 여인은 아니니까. 내일 전부 다시 알아볼 것이다. 하지만 네모는 이런 이야기에도 집중할 수가 없었다. 머릿속에서는 감미로운 소리가 울리고 있었다. 겁을 먹은 듯 손이 가늘게 떨렸다. 네모는 눈을 감고 천천히 고개를 돌려 지금 옆에 있는 여인의 입술 위에 자기 입술을 부드럽게 갖다 댔다. 지금 이 순간…… 그의 여신은 바로 린다였다!

7. 오시리스의 왕국에서

　자갈투성이 작은 골짜기 사이에 먼지가 폴폴 나는 길 하나가 숨어 있었다. 작은 나무 한 그루도, 풀 한 포기도, 새의 노랫소리도…… 아무것도 없었다. 테베 산 정상의 남쪽 비탈에 있는 왕비들의 계곡이 그러했다.

　거기서 멀리 바라보이는 곳에 신왕국 시대 유명한 왕비들의 몸이 웅장한 무덤의 어둠 속에 자기들이 가장 아끼던 귀중한 보물들과 함께 아주 오래전부터 묻혀 있었다……. 미라로 만들어진 왕비들이 바로 거기서 내세를 향한 험난한 여행을 시작했다.

　계곡은 컴컴한 수직 단층, 즉 모든 생명의 원천이라고 일컬어지는 '동굴 폭포'로 끝이 났다. 돌로 된 생명의 원천 주변은 온통 울퉁불퉁 구불거렸고, 아직도 미라들과 보물들이 감춰져 있을 법한 비밀 장소 천지였다.

　네모와 린다가 네페르타리 왕비의 무덤을 방문하기로 마음먹은 것은 단순히 왕비들의 계곡에서 가장 유명하고 아름다운 곳이기 때문만은 아니었다. 그 곳에서 혹시 그림 속 여인의 정체를 알아낼 수 있는 실마리나 그림의 원본을 찾아낼 수 있지 않을까 하는 기대가 컸기 때문이다. 춤의 여신이 묻힌 무덤이라면 당연히 춤추는 여인들의 그림이 좀 더 있지 않을까?

네모와 린다는 언덕 옆으로 드러나 있는 장례용 우물들 사이로 나아갔다. 어떤 우물들은 창살이나 철망으로 막혀 있었고, 또 어떤 것들은 버려진 듯 아무렇게나 입을 벌리고 있었다.

네모는 몸이 무거워지는 것 같았다. 그야말로 '기진맥진'했다. 간밤에 나이트클럽에서 늦게까지 고삐 풀린 린다를 따라 하느라 애쓴 덕에 다리가 천근만근 무겁고 머리도 똑바로 가누기 힘들 지경이었다. 린다는 그런 건 전혀 아랑곳하지 않는 것 같았다.

"난 계속 셰익스피어가 생각나."

린다가 힘없이 말했다.

네모는 린다의 어깨에 두르고 있던 팔을 홱 내려놓았다. 린다는 그것도 눈치 채지 못할 정도로 진지했다. 나일 강 서쪽 연안에 도착한 뒤 린다는 인사로 하는 포옹도 해 주지 않았다. 정신이 다른 데가 있는 것이 훤히 보였다. 그러면 어디에? 그걸 알아맞히는 건 어려운 일이 아니었다.

린다는 아무 일도 없다는 듯이 계속해서 말했다.

"그 사람은 너무 이상하고, 너무 독특해. 그렇지 않니?"

"아니, 전혀. 잘난 체는 좀 하지. 그것 말고는 죄다 평범해. 여자들이나 힐끔거리면서 데리고 다니고……."

네모는 자기가 부당하고 유치하게 군다고 느끼긴 했지만, 그게

다 린다가 신경을 들쑤셔 놓았기 때문이라고 자기를 합리화했다. 여자들이란 언제나 그렇듯이 남자가 조금만 관심을 보여도 바로 바보가 되어 버린다.

"셰익스피어의 미소는 정말 멋있어."

바보가 꿈꾸는 것처럼 말했다. 정말 너무했다!

"넌 사미르 셰익스피어 얘기를 하러 온 거니, 네페르타리 왕비의 무덤을 보러 온 거니? 아무튼 우리의 무희를 찾는 걸 도와줄 사람은 그 사람이 아니란 말이야! 그 사람은 여기서 일어나는 일을 하나도 모르잖아!"

린다가 잠에서 깨어났나 보다.

"너 왜 그렇게 기분 나빠해? 난 셰익스피어가 우리 친구라고 생각했는데. 그 사람은 그렇게 가난하게 살면서도 우릴 집에 초대했잖아. 난 셰익스피어가 참 친절한 사람 같아 보여. 게다가 똑똑하기도 하고."

결정적으로 린다는 과장하고 있었다.

"똑똑하다고? 쳇, 말도 안 되는 소리! 셰익스피어의 글귀를 몇줄 외우고 있을 뿐이야. 그게 다라고. 예쁜 여자 관광객들에게 로미오 연기를 하려고……. 사느냐, 죽느냐, 그것이 문제로다! 그게 뭐 딱히 어려운 것도 아니잖아?"

"'사느냐, 죽느냐……', 그건 로미오가 아니라, 햄릿이야!"

린다가 바로잡았다.

"좋아, 나도 외워 둔 구절이 있어."

네모가 발끈하며 대답했다.

"'한 달이 지나고 1년이 지나도 그렇게 깊은 바다가 당신과 나를 갈라놓는다면 우리는 얼마나 고통스러울까요, 기사님?' 이게 뭔지나 알아?"

"몰라. 프랑스 작품이겠지."

린다가 태연스레 대답했다.

"'티투스가 베레니스를 영원히 보지 못한다고 해도 해는 또다시 떠오르고 지겠지요?' 프랑스 작가 라신의 『베레니스』에 나오는 말이야."

네모가 거만하게 말했다.

"'오, 캡틴, 나의 캡틴! 무시무시한 우리의 여행이 끝났군요. 배는 모든 고통을 이겨 내고 우리가 갈망하던 승리를 얻었어요.'"

"좋아, 영국 작품이네."

"틀렸어. 미국 작품이야. 월트 휘트먼 작품. 남북전쟁에 관한 시라고."

"남북전쟁이 끝나고 나서…… 맞아."

린다가 잘난 체하며 코웃음을 쳤다.

좋다. 린다는 지금 농담할 기분이 아니었다. 오늘 린다의 일기예보는 '아침에 안개, 이따금 구름'이었다. 날이 개길 기다리는 편이 나았다.

네모는 네페르타리 무덤으로 들어가는 입장권을 사고 둥근 콘크리트 천장으로 덮인 입구에 서서 린다에게 말했다.

"이집트에서는 누구든지 아무나 초대한다고. 그러니까 하나도 특별할 게 없는 거야. 너의 셰익스피어는…… 쳇!"

네모는 무덤으로 들어가는 가파른 계단에서 벌렁 넘어졌다.

"계속 그렇게 넘어지면 널 아서 아저씨라고 불러야겠다."

린다가 놀려 댔다.

화풀이할 맘이 없는 린다가 네모에게 손을 내밀었을 때 계단 밑에서 그들을 부르는 여자 목소리가 들려왔다.

"어, 왔구나! 발 디딜 때 조심해, 네모야."

네모는 우스꽝스럽게 넘어져 있는 꼴이 창피해서 벌떡 일어났다. 그러고는 청바지를 툭툭 쳐서 흙을 털어 내고 새로 등장한 여인에게 달려가 포옹했다. 네모는 어여쁜 조제핀을 금세 알아보았다. 예전에 가스파르 형이랑 왔을 때 람세스 2세의 무덤에서 자기들을 반갑게 맞아 주었던 젊은 복원 기술자였다. 이번에는 네페르타리 무덤에서 일을 하고 있었다. 간밤에 네모가 전화를 걸어 자기가 왔다는 걸 알려 두었다.

"다시 보게 돼서 정말 반가워요."

네모는 지나치게 반가워하며 조제핀을 한 번 더 꽉 껴안고 소리쳤다.

린다는 자기 존재를 알릴 생각으로 조제핀 옆에 떡 버티고 서서 말했다.

"I am Linda!"

"Nice to meet you, Linda! 자, 이리로 나를 따라와. 왕비들을 수호하는 여신 무트가 사랑했던 가장 아름다운 여인 '네페르타리 왕비'의 무덤으로 들어가 보자."

"여신 무트!"

네모가 슬며시 잘난 체하며 토를 달았다.

"나도 알아."

린다가 이를 꽉 물며 대답했다.

계단이 끝나는 곳에 낮은 천장으로 덮인 작고 네모난 방이 있었다. 커다란 선풍기 두 개가 윙윙거리며 돌아가고 있었는데도 공기는 참기 어려울 정도로 후텁지근했다.

"이것 참……."

복원의 효과는 굉장했다. 눈부시게 빛나는 프레스코화들이 무덤의 천장부터 바닥까지 뒤덮고 있었다. 고대의 화가들이 지금 막 그려 낸 듯 생생하고 아름다웠다. 검정, 분홍, 노랑, 황토색, 초록, 흰색, 주황…… 진정한 '색채의 향연'이었다.

놀라울 정도로 잘 복원된 네페르타리의 무덤은 람세스 2세의 거대한 무덤과 비교해도 손색이 없어 보였다. 좀 더 아담하고 좀 더 친근한 느낌의 이 무덤은 우아한 부인의 살롱을 떠오르게 했다. 소설에서는 이런 것을 뭐라고 부르더라? 네모는 속으로 생각했다. 아, 규방……. 분명 부인들이 혼자서 조용히 토라져 있던 장소였을 것이다. (여자들은 항상 토라져 버리곤 하니까.)

네모는 린다를 흘낏 보았다. 눈이 딱 마주쳤다. 네모는 다른 벽쪽으로 눈을 이리저리 굴리다가 계단의 비탈을 바라보았다. 다음 방의 신비로움을 조금이나마 미리 엿보기 위해서였다.

조제핀은 네모와 린다가 조용히 있어 준 것을 칭찬했다. 그리고는 경비원 일을 맡고 있는 일꾼과 몇 마디 속삭였다. 경비원은 알아들었다는 듯이 미소를 지으며 멀어져 갔다.

"원래 관광객들은 15분 이상 머물 수 없어. 다행히 요즘엔 관광객들 발길이 뜸하니까 너희는 기회를 잘 잡은 거지."

조제핀이 설명했다.

네모는 고개를 뒤로 젖혀 금빛 별들이 총총히 박힌 컴컴한 파란색 천장을 유심히 살펴보았다.

"왜 겨우 15분밖에 못 보죠?"

"여기 있는 그림들은 아주 민감해. 방문객들의 숨이나 땀 같은 것들 모두가 습도와 온도, 공기의 구성을 변하게 해서 그림의 색소에 해를 줄 수 있거든."

조제핀은 벽 아래쪽을 한 줄로 뒤덮고 있는 히에로글리프를 가리키며 말했다. 하얀 바탕에 새겨져 있는 히에로글리프가 도드라져 보였다.

"저건 이집트 예술의 유일한 증거들이야. 장인들은 저것들에 각별한 애정을 쏟아부었지. 먼저 나일 강의 진흙으로 만든 하얀색 도료와 천연고무, 그리고 석회암 가루를 섞어 만든 재료로 내벽을 칠했어. 그 다음엔 조각가들이 송곳으로 히에로글리프와 부조를 새겨넣고, 그 위에 화가들이 그림을 그려 장식했지. 옛날에는 모든 무덤, 모든 기념물들이 온갖 색깔로 번쩍거렸단다."

네모는 그대로 상상해 보았다. 오늘날의 이집트는 고대 이집트의 흑백판일 뿐이었다. 나일 강 연안의 황톳빛 신전들, 조각상들, 거상들이 모두 갖가지 색깔을 띤 모습을 떠올려 보았다.

조제핀은 그림 속의 빨간 리본을 손가락으로 가리켰다. (만지지는 않았다.) 속이 훤히 비치는 하얀색 옷을 입은 호리호리한 젊은

여인을 장식한 리본이었다. 그건 분명 가장 아름다운 여인 '네페르
타리 왕비'였다. 네모가 가까이 다가갔다. 네페르타리는 그림 속 이
집트 여인과 똑같이 우아하고 기품 있는 모습이었다. 하지만 춤을
추고 있지는 않았다.

"제일 위험한 건 바로 소금 알갱이야. 소금 알갱이가 벽화 재료
인 석회암 가루와 도료 사이에서 배어 나와 떨어져 나갈 수 있거든.
나는 몇 가지 표본 물질들을 뽑으러 왔어. 그것들을 가지고 실험실
에서 분석해야 하거든. 무덤 속의 모든 게 아무 문제 없이 잘 있는
지 확인하려고."

린다는 기술적인 설명은 들으려고 하지 않았다.

"그러니까…… 꼭 그거 같아요……. 연재만화!"

"만화? 그래, 바로 그거야. 네페르타리 왕비의 무덤 자체가 거대
한 '사자의 서'야. 사자의 서는 보통 파피루스에 적었지만 네페르
타리 왕비 무덤의 경우 돌에 적었다고 생각하면 돼. 다른 세계, 그
러니까 내세로 떠나는 여행의 이야기를 차근차근 들려주는 네페르
타리 왕비가 주인공인 만화!"

계단 왼쪽으로, 주름이 풍성한 흰색 드레스를 입고 카드 탁자 옆
에 홀로 앉아 있는 네페르타리 왕비의 그림이 보였다.

조제핀이 설명을 달았다.

"지하 세계에 도착한 네페르타리 왕비가 세네트 놀이를 하고 있
는 모습이야. 고대에 귀부인들이 하던 놀이지. 왕비는 보이지 않는
적수를 상대로 자기 운명을 걸었어. 오시리스의 재판에서 그녀는
과연 무죄를 인정받을까? '자신을 정당화할 수 있을까?' 그게 그림

내용의 줄거리야."

복원 기술자 조제핀은 네모와 린다를 계단 오른쪽 첫 번째 입구로 안내했다. 번쩍거리는 벽화에서 네페르타리 왕비가 자기를 잡고 있는 다른 여러 여신들을 따르고 있었다.

"첫 번째 단계야. 셀케트 여신과 네이트 여신이 네페르타리 왕비를 맞이하고 있지. 그리고 나서 하토르 여신이 그녀를 풍뎅이 머리를 한 케프리 신에게 소개하고 있어."

"정말 아름답다!"

린다가 중얼거렸다. 린다는 왕비의 갸름한 얼굴선과 복숭앗빛 피부, 검은 선을 길게 그려 치장한 눈, 어깨 위로 미끄러져 내려온 풍성한 가발에서 눈을 떼지 못했다.

네페르타리 왕비는 깃털 두 개가 곧추서 있는 독수리 머리 모양의 장신구를 머리에 쓰고 있었다. 그리고 평화로운 미소를 짓고 있었다. 전혀 불안하지 않은 행복이 배어나는 미소였다. 진정한 평화를 찾은 사람들만 지을 수 있는……. 정말로 아름다웠다.

네모는 허리가 잘록하고 다리 곡선이 드러나는 몸에 꼭 맞는 주황색 드레스를 입고 젖꼭지를 드러낸 여신들의 모습도 보았다. 모두가 한결같이 매우 관능적이었다. 하지만 네모는 이번에는 아무 평도 하지 않았다. 고대 이집트 사람들의 취향은 정말로 뛰어난 것 같았다.

"그런데 무희들은 없네."

린다가 속닥거렸다.

"그러게. 더 들어가야 있으려나……."

다신으로서의 일신

동물 머리를 한 신들과 우아한 자태를 한 여신들의 총집합······. 이집트인들이 각각 다른 신들을 믿었다고 생각할 수도 있지만 그건 오해이다! 그들은 하나의 신을 믿었다. 신성이 다양한 형상으로 나타난 것뿐이다. **이집트의 '신들'은 '똑같은 신의 다양한 모습들'**이다. 이집트에서 각 지역, 각 도시는 자신들만의 신을 섬기고 있었다. 각 지역의 신에게는 아내와 자식, 2차적인 신성성이 있다. 신은 보통 동물의 형상을 하면서 힘, 지혜, 다산 등을 상징한다. 한 도시가 부강해지면 그 도시에서 섬기는 신의 능력이 뛰어나다고 여겨, 다른 지역에서도 그 신을 숭배하게 된다. 그러면서 본래 섬기던 신과 다른 지역의 신이 합쳐진다. 이런 과정으로 수많은 신들이 이집트 최상의 신인 태양신 라와 합쳐졌다. 테베의 아몬라 신처럼······.

아몬 '아몬'은 '감추어진 존재'를 뜻하는 말이다. 테베의 신으로, 초기에는 숫양 머리를 한 모습으로 나타나다가 나중에는 턱수염을 기른 남성의 모습으로 나타나게 되었다. 신왕국 시대 왕들의 권력이 점점 커지자 그의 명성도 높아졌다.

아누비스 자칼 머리를 한 모습으로 나타난다. 장례를 관장하고 시체를 방부 처리하는 신으로, 네크로폴리스를 감독한다.

아톤 태양빛의 신. 그의 빛살에는 생명과 힘의 부적을 들고 있는 손이 있다.

아툼 헬리오폴리스의 신. 전체인 동시에 무(無)를 상징하며, 지는 해와 동일시되는 원천의 신이다. 인간의 모습으로 나타난다.

바스트 부바스티스의 신. 여신으로, 고양이나 암사자의 모습으로 나타난다.

하토르 네크로폴리스의 신. 처음에는 사나운 사자였으나 암소로 변했다. 암소의 머리를 한 여신의 모습으로도 나타난다. 기쁨, 사랑, 풍요를 상징한다.

호루스 오시리스의 아들. 매의 머리를 하고 있으며, 통치 중인 파라오를 상징한다.

이시스 오시리스의 누이, 위대한 마법사. 어머니이자 아내이며, 보호자이자 치료자인 여신.

케프리 헬리오폴리스의 신. 풍뎅이 머리를 한 모습이며, 아침의 태양을 상징한다.

마트 우아한 여신. 타조 깃털을 머리에 꽂고 있으며, 흔히 앉아 있는 자세로 나타난다. 세상의 질서와 균형을 상징한다.

무트 아몬 신의 아내로, 왕비들의 수호신이다. 독수리 머리를 하고 있다.

네이트 삼각주의 기원. 머리칼에 화살을 끼우고 있는 어여쁜 소녀의 모습이다. 사막과 카노푸스 단지(육체의 각 기관들을 담는 장례용 단지)를 수호한다.

네프티스 이시스의 자매이며, 세트의 아내. 죽은 자들의 수호신이다.

오시리스 단순히 지역 신이었을 때에는 부시리스와 아비도스에서 숭배되었으나, 이후 왕국 전역에서 '죽음의 신'으로 추앙되었다.

프타 '프타'는 '창조자' 또는 '조각가'를 뜻하는 말이다. 멤피스의 신이며, 보통 '아피스'라는 소의 모습으로 나타난다.

세트 예전에는 이집트의 수호신이었으나, 오시리스에 대한 숭배가 점점 커지자 난폭한 악의 신으로 여겨지게 되었다.

토트 서기관의 신이자, 문자의 신. 오시리스의 왕국에서 죽은 자들에게 '심장의 심판'을 치르고 나면 판결을 적는 일을 맡는다.

아누비스

호루스

조제핀을 따라 네모난 별실로 들어갔다.

"자, 이건 '직물의 방'에 있는 네페르타리 왕비야. 왕비는 저 방에서 봉헌을 해야 해. 어둠의 신인 프타 신에게 마를 짜서 바치고, 오시리스 신과 아툼 신에게도 직물을 바치지. 참, 아툼 신은 전체와 무(無)를 상징해."

네모가 물었다.

"네페르타리 왕비가 신들을 부양해야 하나요?"

"그보단 경배한다고 해야겠지. 왕비는 암흑을 이겨 내는 데 꼭 필요한 지식을 얻으려고, 신들의 세계에서 기록을 맡았던 토트 신 앞에서 기도문을 외우기도 했어."

린다는 네페르타리 왕비가 성스러운 일곱 마리의 암소를 찬미하며 치켜든 두 팔을 쳐다보았다. 하지만 아니었다. 그것은 기도와 존경의 표현이었다. 춤과는 아무런 상관이 없었다.

조제핀은 그들을 두 번째 계단으로 데리고 갔다. 계단은 무덤으로 접어드는 길이었다.

"내세로 떠나는 여행 이야기의 속편이야. 왕비는 계속해서 오시리스의 왕국으로 나아가고 있지."

조제핀은 내리막길 내벽에 그려져 있는 프레스코화 한 점을 가리켰다.

"여기를 잘 봐. 네페르타리 왕비를 보호하려고 아주 큰 코브라와 함께 마트 여신이 카르투슈* 위에서 날개를 펴고 있잖아. 그리고

---

* 카르투슈 : 고대 이집트의 기념비 따위에서 국왕의 이름을 둘러싸고 있는 둥근 장식 테두리.

영원한 세계로 가기 위한 여권

내세에 도달하기란 쉬운 일이 아니다! 죽은 뒤에도 여러 가지 시련을 겪어야 하고, 게다가 시험까지 통과해야 한다. 이집트 사람들은 불멸의 세계로 들어가려는 죽은 자들이 신들 앞에서 시험을 치를 때 외워야 하는 기도문과 주문 등을 적은 장례 문서를 만들었다. 처음에는 왕들의 전유물이었지만, 세월이 가면서 다양한 문서들이 등장하여 귀족들과 백성들도 접하게 되었다.

피라미드 문서

고왕국 시대에는 라의 아들인 왕만 죽은 뒤에 태양의 배를 타고 하늘로 올라갈 수 있었다. 우나스 왕 때부터 사카라의 피라미드 내벽에 기록되기 시작한 피라미드 문서는 왕이 신들에게 자기가 마트를 잘 보존했다는 것을 증명하는 구실을 했다. 그렇다면 백성들의 경우는 어땠을까? 왕이 아니고서는 그 누구도 미라가 될 자격이 없었다. 그래서 이집트 백성들은 일단 죽으면 땅의 신인 게브의 세계로 두말없이 내려가야 했다. 저마다 정해진 자리가 있는 법이었다!

관 문서

제1 중간기의 혼란과 전쟁은 왕 혼자서 마트를 보존할 수 없음을 증명했다. 귀족들과 백성들은 운명에 대한 책임을 통감하고, 자신들도 미라가 되어 하늘을 거닐 수 있는 자격을 가지려 했다. 피라미드 문서를 각색한 것이라 할 수 있는 관 문서는 목관 내벽에 기록되어 사람들이 내세로 들어갈 수 있도록 돕는 안내서 역할을 했다. 중왕국 시대에는 내세가 민주화되었던 것이다! 이후 종교에서도 민중의 신인 오시리스는 왕가의 신인 태양신 라와 연합된다. 밤이 되면 태양신 라는 땅속을 운행해 오시리스의 지하 세계에서 새로운 생명을 얻는다. 아침이 되면 라는 밤의 시험을 통과한 죽은 자들을 모두 데리고 부활한다.

암두아트의 서와 사자의 서

신왕국 시대에 새로운 문서들이 등장했다. '암두아트의 서'는 전적으로 왕을 위한 것이었다. '사자의 서'('빛으로 나오기 위한 문서')는 왕비들과 귀족들을 위한 것이었지만, 파피루스에 옮겨지면서 곧 만인을 위한 문서가 되었다. 그 덕분에 모든 이집트인들은 왕처럼 거듭난 오시리스 왕국의 사람이 되어 라와 하나가 되고 하늘을 날 수 있으리라는 소망을 품게 되었다. 이를 위해서 개인은 오시리스의 세계와 라의 세계를 이어 주는 장소인 무덤을 마련하고 시험을 통과할 때 필요한 사자의 서를 준비하는 데 갖은 공을 들이게 되었다. 이집트인들이 최악의 형벌이라고 여긴 것은 다름 아닌 이집트 하늘에서 멀리 떨어진 곳으로 추방당해 죽는 것이었다. 그렇게 되면 신성의 빛 앞에 홀로 나아갈 수밖에 없기 때문이다.

그 밑에는 미라를 만드는 아누비스가 환영 연설을 하고 있어. '내게로 오라. 오, 위대한 왕의 아내여, 나는 너에게 성스러운 땅에 기거하는 자들의 자리를 주겠노라. 너는 하늘에서 네 아버지인 라 왕처럼 영광스럽게 나타날 것이다. 오시리스의 왕좌에서 편히 쉬어라. 네 가슴은 영원히 기쁨으로 가득 찰 것이다……'"

조제핀은 두 방문객을 향해 몸을 돌렸다.

"이 무덤은 람세스 2세가 소중한 아내 네페르타리에게 한 사랑의 고백이기도 해. 람세스 2세는 그녀를 보호하려고 모든 것을 철저히 감시했지."

네모는 그토록 오래된 사랑, 그리고 지금도 여전히 살아 있는 사랑에 대해 생각했다. 이처럼 신비로운 장소에서 지금도 변함없이 그 사랑을 느낄 수 있는 것만 같았다. 이 벽화들이 이야기해 주고 있듯이, 인간은 언제나 죽음의 불안과 이별의 고통을 느껴 왔다. 그리고…… 영원에 대한 그들의 욕망 끝에는 아무것도 존재하지 않았다.

"히에로글리프 읽을 줄 알아요?"

린다가 궁금해하며 물었다.

"조금. 사실은 초보야. 히에로글리프는 소리와 이미지를 동시에 나타내고 있어."

조제핀이 머뭇거리며 대답했다. 그러고는 뱀의 날개―그렇다, 성스런 코브라에게는 날개가 달려 있었다. 신의 세계에서는 모든 게 가능하니까!―사이에 있는 금장 카르투슈를 가리켰다.

"위에 있는 독수리는 무트 여신이야. 한가운데에 있는 심장과 동

히에로글리프

물의 기관은 'nfr' 또는 'nefer', 그러니까 '아름다운'을 뜻해. 그 옆에 있는 갈대(i), 입(r), 작은 빵(t)은 'tari', 즉 '최상'을 뜻하지. 그리고 마지막으로 맨 아래에 있는 작은 물결과 대야는 'meret', 그러니까 '~에게 사랑받는'이란 뜻이야. 한꺼번에 읽으면 'Nefertari Meretenmout'가 되는 거야. '무트에게 사랑받는 최고로 아름다운 여인'이라는 뜻이지."

"쉽지 않네요."

린다가 말했다.

"쉬웠다면 히에로글리프를 읽기 위해 장 프랑수아 샹폴리옹*을 기다릴 필요도 없었겠지."

네모가 대답했다.

린다는 어린애처럼 혀를 쏙 내밀었다. 이건 좋은 신호였다. 린다가 화가 난 게 아니란 뜻이었으니까.

계단 아래쪽에 있는 석관실에 이르렀다. 장식 기둥 네 개가 떠받치고 있는 커다란 사각형 방이었다. 옛날에는 이 방 한가운데 낮은 쪽에 관을 놓고 그 안에 미라를 안치했다. 하지만 지금은 텅 비어 있었다.

"마법의 장소지!"

---

* 장 프랑수아 샹폴리옹(1790~1832) : 프랑스의 이집트어학자. 어려서부터 헤브라이어, 아랍어, 시리아어 등을 통달해 어학의 천재로 불렸다. 이집트학의 창시자라 할 만큼 고대 이집트 상형문자의 해독에 이바지했다. 『고대 이집트어 상형문자법 요론』, 『이집트어 사전』 등을 남겼다.

조제핀은 신비스러운 분위기를 한층 돋우기라도 하려는 듯 속삭였다.

"네페르타리 왕비는 오시리스 왕국의 무시무시한 경비병들 앞에 서게 됐어. 왕비는 그들의 이름을 알아맞히고 그들이 원하는 구절을 외워야 했지. '저는 길을 준비했어요. 이 곳을 지나서 멀리 갈 수 있도록 해 주세요. 제가 언제나 라를 알현할 수 있도록 해 주세요!'"

"왕비는 춤은 추지 않나요?"

린다가 물었다.

"아니, 춤은 갑자기 왜?"

"그럼 그 다음엔 어디로 가죠? 이 곳은 막혀 있잖아요. 여기가 무덤 맨 안쪽인 것 같은데."

네모가 끼어들어 관심을 다른 데로 돌렸다.

"끝의 이 작은 방을 지나면 왕비는 바위 사이로 사라져 버려! 드디어 오시리스 왕국으로 들어가는 거지. 고왕국 시대엔 피라미드 끝에 가짜 문을 그려 넣었지."

"그게 네페르타리 왕비가 주인공인 연재만화의 끝인가요?"

"아니야."

조제핀은 또 다른 내벽을 가리키면서 대답했다.

"우리는 내세로 들어가는 시험에 통과해 금의환향하는 왕비를 보게 되지. 왕비는 계단을 다시 올라 대기실까지 가게 돼."

"정말 힘든 과정이네요!"

네모가 조제핀을 따라 계단을 되짚어 오르며 말했다.

그들은 무덤 제일 위에 있는 첫 번째 방으로 다시 올라왔다.

"…… 그러고 나면 태양신 라와 하나가 되어 '태양에너지에 충전된' 네페르타리가 되는 거지. 왕비는 빛의 영역에 속하게 되고, 빛과 함께 날마다 이집트의 하늘을 도는 거야."

"타이틀 뮤직 큐!"

네모가 장난스럽게 덧붙였다.

무덤 입구 근처 첫 번째 계단 천장에는 실제로 찬란한 황금빛 태양으로 변한 네페르타리 왕비가 하늘에 빛을 밝히러 나갈 채비를 끝낸 모습이 그려져 있었다.

"자, 이게 바로 '영원의 안식처'인 무덤이 두 세계를 이어 주는 장소가 되는 이유야. 오시리스가 지배하는 죽은 자들의 세계와 라가 빛을 밝히는 산 자들의 세계 말이야."

조제핀이 결론을 내렸다.

"어, 그러니까 말이야……."

이집트학 학자의 강연에 감동을 받은 네모가 더듬거렸다.

조제핀은 복원 도구들을 그러모았다. 표본 추출은 아직 시작도 하지 못한 상태였다. 이제 헤어져야 할 시간이었다.

"그런데 말이에요, 네페르타리 왕비의 미라는 어디 있나요?"

다시 한 번 네모가 물었다.

"아, 그건 전혀 몰라! 20세기 초에 무덤을 발견했을 때 이미 비어 있었거든."

조제핀은 여성 복원 기술자답게 표본을 세심히 긁어내기 시작하면서 대답했다.

그런데 린다는 어디 있지? 네모는 뒤를 돌아보았다. 린다는 여전히 뒤쪽 커다란 방에 남아 있었다. 거기서 혼자 무엇을 하고 있는 걸까? 네모는 몇 계단 내려가 보았다.

린다는 실물 크기로 그려진 여러 네페르타리 왕비 앞에 서서 기둥을 하나씩 하나씩 정성스럽게 살펴보고 있었다. 얼굴을 옆으로 하고 손을 가슴께에 모은, 우리가 갖고 있는 그림 속의 무희와 똑같은 자세로 서 있었다. 왕비를 그려 놓은 각 작품들 앞에서 그렇게 한참을 있다가 실망했는지 고개를 저었다.

"여기에도 없네……. 무희는 없어."

어느새 조제핀이 손가락으로 린다를 가리키며 바라보고 있었다.

"어디서 그런 재미있는 자세를 배웠지? 꼭 이집트인 같은데."

린다가 또 어처구니없는 실수를—린다는 정말이지 조심성이라곤 없는 애였다—저지를지도 모른다는 걱정스러운 마음에 네모는 한 발 앞서 나갔다.

"제가 아는 레아 누나한테서 배운 거예요. 누나가 발레를 추는 걸 보고……."

다행히 조제핀은 놀라는 것 같지 않았다.

"그래, 그러고 보니 무희의 동작이네……."

그러니까 네모와 린다가 옳았던 것이다. 조제핀이 그걸 확인시켜 주었다. 그건 틀림없는 무희의 동작이었다. 네모는 짐짓 초연한 체하며 물었다.

"혹시 프레스코화에 그런 게 있나요? 무희가 어디에 그려져 있는지 알아요?"

조제핀은 잠시 생각에 잠겼다.

"그 비슷한 걸 라메세움 신전에서 본 것 같은데. 입구의 탑문 위에서 말이야."

"라메세움 신전요? 그게 뭔데요?"

네모가 되물었다.

조제핀은 웃음을 터뜨렸다.

"세상에! 람세스 2세의 신전이잖아."

그 말이 끝나기 무섭게 네모가 조제핀의 손을 잡고 왈츠를 추듯이 한 바퀴 돌면서 소리를 질렀다.

"누난 정말 대단해요!"

"음, 무슨 꿍꿍이가 있는 것 같은데! 무희에게서 도대체 뭘 찾으려는 거지?"

"아니에요. 아무것도 아니에요. 그냥 내기를 좀 했거든요."

네모가 조제핀을 팔로 안으면서 얼렁뚱땅 얼버무렸다.

"자, 고마웠어요. 이제 갈까요?"

린다가 끼어들었다.

네모가 복원 기술자 친구와 정다운 포옹으로 인사를 나누며 뜸을 들이는 동안 린다는 벌써 계단을 반이나 올라가 있었다.

"넌 너무…… 너무…… 경솔해!"

린다는 네모가 다가오자마자 목소리를 낮춰 투덜거렸다.

"나?"

"그게 우리한테 중요한 것처럼 보이면 안 되는 거였잖아!"

네모와 린다는 바깥공기를 들이마셨다. 숨 막히게 답답한 무덤 속에 있다가 밖으로 나오니까 기분이 한결 상쾌했다.

"그러는 넌, 너는…… 넌……."

"내가 뭐?"

"여신들 앞에서 네 그 우스운 몸짓들은 어떻고. 그림을 보여 준 거나 마찬가지잖아. 게다가 셰익스피어에겐 벌써 다 얘기했겠지."

"아무 얘기도 안 했어!"

주차장까지 가는 동안에도 줄곧 티격태격했다. 그래도 네모는 린다가 조제핀을 좀 질투하는 모습이 그다지 싫지 않았다…… 두 사람은 그 날의 '차'를 다시 찾았다. 자전거 말이다. 당나귀는 그 정도면 충분했으니까!

람세스 2세의 요새 같은 성 '라메세움 신전'은 왕비들의 계곡과 왕들의 계곡 중간, 사막 가장자리에 우뚝 솟아 있었다. 입구부터 거대한 조각상들이 보초를 서고 있었다. 조각상들의 얼굴은 완전히 목이 잘려 나가지는 않았지만 망치로 얻어맞은 것 같은 몰골이었다. 초기 기독교인들이 이집트 고대 종교를 뿌리째 뽑아 버리려 했던 의지의 흔적이었다.

"그래, 이게 신전이란 곳이구나. 정말 어마어마하게 크다. 이제 뭘 하지?"

린다가 손을 허리에 얹고 뜰 한가운데 서서 말했다.

네모는 뭔가 단서를 찾았으면 하고 바라면서 룩소르 시 관광 안내서에 푹 빠져 있었다. 네모는 신전이 신관들이 왕에게 경배를 올리던 장례 장소였다고 린다에게 설명해 주었다. 심지어 살아 있는 신인 람세스 2세가 살아생전에 통치하는 동안에도 그를 경배하는 의식을 치른 곳이었다고 했다. 한편 경제의 중심지이기도 했다. 밭, 과수원, 가게, 음식점, 빵집, 요리 등이 함께 있었던…….

"잠깐만! 잠깐만!"

주절주절 설명을 늘어놓는 네모의 말을 막으며 린다가 소리쳤다.

"그런 책은 우리한테 도움이 안 돼. 너의 조제핀은 '탑문'이라고 했잖아."

"왜 '나의' 조제핀이야?"

네모가 햇빛 때문에 눈을 깜박이며 모르는 척 물었다.

"어! 아니야……. 근데 탑문이 뭐야? 전기 탑인가? 그건 그렇게 오래된 건 아닌데! 아주 높은 기둥이겠지?"

린다는 거대한 석주 위쪽으로, 주랑 현관 쪽으로 뻗어 올라간 발판을 알아보고 곧바로 기어오르기 시작했다.

"기다려 봐!"

물론 린다는 듣지 않았다. 창살을 단단히 잡고 린다를 따라가는 수밖에 별 도리가 없었다. 네모는 높이가 5미터도 더 되는 두 번째 사다리에서 흔들리는 골조에 한쪽 발로만 몸을 지탱했다. 두 번째 사다리는 말 그대로 허공에 떠 있었다.

"너 괜찮아?"

"괜찮아. 걱정하지 마!"

린다는 괜찮냐고 물어 놓고도 네모의 대답을 듣는 둥 마는 둥 벌써 다시 움직이고 있었다.

"그래. 'Don't worry, be happy.'다!"

164

네모가 혼잣말처럼 중얼거렸다.

린다는 현기증도 나지 않는지 어린 염소처럼 씩씩하게 기어올랐다. 그러고는 아주 편한 자세로 좁은 임시 다리 위에 올라서서 기둥 꼭대기를 자세히 살펴보았다. 몇 세기 동안 녹슨 채로 잠들어 있었던 화려한 색채를 조제핀의 동료들이 다시 살려 낸 곳이었다. 힘겹게 꼭대기에 다다른 네모는 가로대를 꽉 쥔 손가락이 얼어붙고 심장이 쿵쾅거려 아무것도 보이지 않았다. 하지만 적어도 도망치지는 않았으니까……

땅에 내려선 린다는 네모에게 무희 그림이 기둥 위나 천장, 아직 손이 닿지 않은 곳에는 없다고 잘라 말했다.

"그러니까 내 말을 들었어야지."

네모가 숨을 몰아쉬며 말했다.

"이집트에서 탑문은 기둥이 아니야. 그건 거대한 문, 뭐랄까, 신전을 구역별로 나누는 성벽을 말하는 거라고."

"하지만…… 이게 전부 다 탑문이라고?"

린다는 풀이 죽은 채 부조로 사방이 뒤덮인 웅대한 벽들을 가리켰다.

꼭 연재만화 같았다. 그것들 중 하나는 카데시 전투를 승리로 이끈 람세스 2세의 무용담을 찬양하고 있었다. 거기서 람세스 2세는 전차를 타고 혼자서 히타이트족과 맞서 싸우고 있었다. 전차를 모는 말들은 뒷발질을 하고, 람세스 2세는 활시위를 당기고 있었다. 그의 주위에는 히타이트족이 파리 떼처럼 새까맣게 쓰러져 있었다. 조각가들은 한 명 한 명이 쓰러지는 모습을 상세하게 표현해 냈다.

그들은 화살이 몸을 꿰뚫자 균형을 잃고 뒷걸음치다 결국 땅에 쓰러져 죽어 가는 적들의 모습을 영원히 새겨 놓았다.

네모와 린다는 몇 시간 동안이나 이 고대의 '서부 시대'를 돌 하나하나까지 세밀하게 살펴보았다. 하지만 무희의 모습이라곤 전혀 찾을 수가 없었다. 더구나 이런 난장판 같은 전쟁터에 무희가 있을 리가 있을까?

허물어진 람세스 2세의 거상에서 거대한 머리가 떨어져 땅에 널브러져 있었다. 거기서 조금 떨어진 곳에는 어깨와 상반신, 그리고 뭔지 알아보기 어려운 덩어리들이 줄줄이 흩어져 있었다. 혹시 커다란 발가락이 달렸던 발일지도 모른다. 하지만 거기에도 역시 무희의 형상은 없었다.

네모는 두툼한 벽이 만들어 낸 그늘로 가서 쓰러졌다. 린다도 결국 네모를 따라 했다. 이젠 둘 다 움직일 힘조차 없었다.

"우리가 할 수 있는 건 다 해 봤는데……."

"아무 탐험가나 붙잡고 물어볼 걸 그랬다. 그런데 이 시간에는 아무도 없잖아. 다 집으로 돌아갔을 테니까……. 그리고 어쨌든 조심하는 게 좋겠지."

네모가 한숨을 쉬었다.

"이 말들과 파라오들, 군인들, 신들 사이에 무희가 있을 거라고 생각하니? 여기서 무희가 무슨 소용이 있겠어, 뭘 하겠냐고?"

린다의 일기예보는 '찌푸린 하늘'이었다. 잔뜩 의기소침해진데다 기분도 완전히 엉망이었다.

네모는 린다의 기운을 북돋아 주려고 애썼다.

"정리를 한번 해 보자. 교수님이 그림 속의 이집트 여인과 관련이 있는 어떤 발견을 했다고 치자. 그렇다면 그 순간 아마 교수님은 혼자가 아니었을 거야. 그리고 그 일대에 뭔가 수상쩍은 뒷거래가 있었을 거야. 우리가 지금 확신할 수 있는 건, 그 여인이 무희라는 것과 네페르타리 왕비의 무덤에는 없다는 거야."

"하지만 네페르타리 왕비는 춤의 여신이잖아."

린다가 하품을 하며 말했다. 린다 뱃속에서 점잖지 못하게 꼬르륵 소리가 났다.

"배고프다. 그만 돌아갈까?"

린다가 말했다. 하지만 둘 다 아무런 의지가 없었다. 린다는 다리를 쭉 뻗더니 네모의 무릎 위에 머리를 뉘었다. 그러고는 네모가 모래밭에 던져 버린 관광 안내서를 뒤적였다.

"봐, 여기 네페르타리 왕비에 대한 설명이 프랑스어와 영어로 전부 나와 있어."

네모는 몸을 기울여 린다와 함께 안내서를 읽어 내려갔다.

"그 누구보다 가장 아름다운……"

"The most beautiful of them all……."

"얼굴의 아름다움……."

"Beauty of face……."

"사랑의 감미로움……."

"Sweet of love……."

린다가 눈을 들어 네모의 파란 눈동자를 쳐다보았다. 네모는 린다와 아주 가까워지자 눈빛이 떨렸다.

"수정처럼 맑은 파랑색……."

린다가 중얼거렸다.

"너는, 네 갈색 눈동자 속에는 별들이 가득해."

네모도 중얼거렸다.

"네모야! 네모야!"

린다가 갑자기 왜 이렇게 흥분한 걸까? 린다는 네모 뒤를, 아니 위쪽을 쳐다보고 있었다.

"우리가 찾는 무희 있잖아! 그 여인이 여기에 있는 것 같아!"

네모는 몸을 일으켜서 린다가 보는 곳을 바라보았다. 네모 뒤쪽으로 햇빛이 벽 꼭대기를 비스듬히 비추고 있었다. 오후의 그늘이 부조 깊숙이 파고들었다. 그리고…… 맨 위쪽, 히에로글리프들이 한 줄로 늘어서 있는 바로 정면에 그 여인 혼자 은밀하고도 우아한 자태를 드러내고 있었다……. 네모와 린다는 동시에 벌떡 일어났다. 뒤로 좀 더 물러나서 높이가 10미터도 더 되는 벽을 뚫어지게 바라보았다.

"잠깐만."

네모는 사진기를 꺼내면서 말했다. 쌍안경 같은 효과를 내려고 망원렌즈를 조정했다.

"빙고!"

정말로 그들이 찾는 무희였다. 황갈색 돌에 조각된, 미동도 하지 않는 소박한 모습이었다.

"어서 줘, 어서 줘!"

린다가 발을 구르며 외쳤다. 피곤 같은 건 싹 잊은 기색이었다.

그러고는 네모에게서 얼른 사진기를 빼앗았다.

"와우! 정말 그녀다!"

"그래, 이제는 일이 쉬워질 거야. 그녀 바로 옆에 있는 카르투슈만 읽어 보면 되니까."

초보 이집트학 학자 둘은 몇 발짝 더 뒤로 물러나서 눈을 깜박거렸다. 네모가 망원렌즈의 거리를 다시 맞추었다.

"자, 이것 봐!"

네모는 벽 위쪽을 손가락으로 가리키며 말했다.

"갈대, 입, 빵, 그러니까 '최고'란 뜻이고, 심장과 동물의 기관, 그건 '아름답다'는 뜻이고. 작은 물결 모양이랑 대야는 '사랑받는', 그리고 독수리는 '무트'! 그럼 결국 '무트가 사랑하는 최고로 아름다운 여인!'이라는 뜻이 되는 거야."

"그건 네페르타리 왕비의 카르투슈잖아."

"넌 정말 천재야!"

"아니야. 네가 천재야!"

"그래, 우린 둘 다 정말 훌륭하게 해냈어. 우리가 옳았던 거야. 우리가 찾는 무희는 바로 네페르타리였어. 위대한 왕비, 춤의 여신!"

네모가 자축하면서 말했다.

"그런데 말이야……. 교수님은 '거의 다시 찾을 뻔했는데…….' 하셨잖아. 그렇다면 교수님이 네페르타리 왕비를 다시 발견한 건가? 그럼 무덤은 아닐 텐데, 그건 누구나 알고 있잖아……."

"그럼 네페르타리 왕비의 미라다!"

린다가 소리쳤다. 그리고 들뜬 목소리로 말을 이었다.

"정말 대단한걸! 우리는 위대한 이집트 왕비의 미라를 추적하고 있었던 거야!"

네모와 린다는 얼싸안았다. 군인들의 비탄에 잠긴 눈동자 앞에서 그들은 승리의 왈츠를 추었다. 자기들이 찾던 무희처럼 손을 돌리면서. 멀리서 누군가 그 모습을 보았다면 꼭 만화영화 속 등장인물들 같다고 생각했을 것이다.

8. 왕비의 흔적을 찾아서

골동품 가게 주인 할아버지는 낡은 트랜지스터라디오에서 흘러
나오는 이집트 노래에 박자를 맞추어 고개를 까닥이면서 가게의 보
물들이 쌓여 있는 탁자 사이를 왔다 갔다 했다.

"상이집트에서는 최고로 멋진 가게입니다! 네, 손님!"

관광객들에게 으레 하는 선전이었다.

"네, 손님. 없는 게 없습죠!"

온갖 잡동사니들이 뒤엉켜 있는 정말로 대단한 골동품상이었다.
색깔 요란한 파피루스 복제품, 고대풍으로 색칠한 번쩍거리는 꽃
병, 거만한 자세의 검은색 자기 고양이, 모조 목걸이, 진짜 터키옥,
갖가지 크기의 풍뎅이, 무늬를 새겨 넣은 지팡이, 가죽 실내화, 향
수병…… . 이쯤에서 그만두어야겠다! 일일이 목록을 꼽다가는 꼬
박 하루도 더 걸릴 것이다.

게다가 책까지 있었다. 그렇다, 책! 그건 주인 할아버지의 가장
큰 자랑거리였다. 금방이라도 무너져 내릴 듯 흔들거리는 선반 위

에 수도 없이 쌓여 있었다. 대여섯 나라 언어로 설명되어 있는 룩소르 시 관광 안내서, 각 지방 요리책, 역사책, 그리고 어느 이름 모를 독일 작가가 쓴 미라에 관한 논문부터 유명한 학자 샹폴리옹이 쓴 『고대 이집트어 상형문자법 요론』의 요약본까지 온갖 종류의 이집트학 책들을 갖추고 있었다.

그랬다. 주인 할아버지는 자기가 소장하고 있는 책을 자랑스럽게 여겼다. 하지만 오늘…… 할아버지는 빈 커피포트 손잡이를 손가락 끝에 걸고서 서성대고 있었다. 오후에 커피 한 잔 마실 정신도 없는 것 같았다.

린다가 새로운 책 더미를 한 아름 안고서 주인 할아버지 앞을 다시 지나갔다. 린다는 할아버지에게 선한 웃음을 선사했지만, 어쨌든 서가에서 선반 하나를 또 비워 내고 가져가는 것이었다. 정말이지 이 무슨 소란이란 말인가! 린다는 탁자 하나를 골라서 그 곳에 진열돼 있던 흰 대리석 조각상들과 작은 북들을 뒤로 한껏 밀어내고 그 자리에 책 더미를 올려놓았다. 네모는 그런 린다 옆에 앉아 책에 고개를 처박고 도무지 눈을 뗄 줄 몰랐다. 대체 뭘 찾는 거지? 결국 뭘 사긴 살까?

주인 할아버지는 이 짜증스러운 광경에서 등을 돌리고는 문 앞 계단참에 앉았다. 하기야 마누라가 돌아오기 전에만 싹 정리할 수 있다면야 뭐. 하지만 만약 그러지 못한다면…… 그건 차라리 생각하지 않는 편이 나았다. 할아버지는 짙은 색 모직 터번을 고쳐 쓰고는 불룩 튀어나온 배 위에 손을 얹고 눈을 감았다. 햇볕이 따스했다. 기분이 한결 좋아졌다…….

"그래서?"

네모는 『고대 이집트 사전』에 몰두한 채 물었다.

"아무것도 없어."

다른 책 더미를 열심히 뒤지기 시작하며 린다가 대답했다.

"종교랑 미라, 죽음 같은 항목을 찾아보고 있어."

네모와 린다는 이 가게가 문을 열자마자 체계적인 탐색 작업에 나섰다. 네페르타리 왕비의 미라에 무슨 일이 있었던 건지 알아보려고 말이다. 네페르타리는 람세스 2세의 아내로, 이집트에서 가장 유명한 왕비다. 따라서 그녀의 무덤 또한 그 일대에서 가장 유명할 테니, 사람들에게 관심을 끌지 않고 감쪽같이 사라져 버릴 순 없는 일이었다.

"그래, 네 『미라 백과사전』에는 뭐 좀 있니?"

"아니, 아무것도 없어! 하지만 무시무시한 사진이랑 파라오의 저주에 관한 온갖 얘기들이 쓰여 있어."

"파라오의 저주? 난 그런 건 전혀 생각해 본 적이 없는데."

"그래도 말이야……."

린다는 온몸이 통통 부은 채 멍하니 허공을 바라보는 푸르스름한 시체 사진이 실린 쪽을 펼쳐 네모에게 내밀었다. 시체는 입이 옆으로 돌아가 있고, 이빨이 드러나 있었다.

"그건 미라가 아니야."

네모가 얼굴을 찡그리며 말했다.

"응, 아니야. 이건 냉동 시체야. 1845년에 침몰한 배에서 나온 거라고."

"네 말대로 그게 1845년에 침몰한 배에서 나온 냉동 시체라면 파라오들한테 책임을 돌릴 순 없잖아."

"자, 잘 봐."

린다는 네모의 코앞에 머리가 잘려 나간 미라의 사진을 들이밀었다. 두 어깨 사이로 파묻혀 있는 장기들이 보였다.

"웩, 정말 징그럽다!"

린다는 머리에 수난을 당한 불쌍한 미라 사진이 나올 때까지 책장을 넘겼다. 치아와 머리털 뭉치를 빼고라도 그건 더 이상 사람의 모습이 아니었다.

"세케넨레 타오. 제17왕조 때의 파라오……."

"응, 카이로에서 봤어."

손이 갈고리 모양인 끔찍한 미라를 다시 보면서 네모는 기억을 더듬었다.

"타오에게 무슨 일이 있었는데?"

"아마 전사했거나 살해당했을걸?"

그 불행한 파라오는 실제로 두개골에 구멍이 네 개나 나 있었고 코도 깨져 있었다.

린다는 으스스한 탐사를 계속했다.

"그리고 이것은……."

이번에는 소리를 지르듯 입을 크게 벌린 채 굳어 버린 미라였다. 머리는 뒤로 젖혀지고, 누렇게 뜬 얼굴은 공포에 질린 표정이 아로새겨져 있었다.

"정말 역겹다. 이제 그만 해. 꿈자리 사납게……."

네모가 얼른 책을 덮어 버리면서 소리 질렀다.

린다는 네모가 무서워하는 걸 보고는 자기 혼자 즐거워했던 게 민망한지 고개를 숙였다. 하지만 솔직히 털어놓자면 네모도 꼭 무섭기만 했던 건 아니다. 팔다리가 잘려 나간 시체들은 거부감을 주기도 했지만 어딘지 호기심을 잡아끄는 면도 있었다.

사람들은 왜 끔찍한 이미지에 자기도 모르게 끌리는 것일까? 젤리처럼 얼굴이 녹아내린 귀신들이 나오는 영화나 힘없는 인간들에게 앙갚음을 하러 돌아온 미라 이야기에 그토록 열광하는 까닭은 뭘까? 게다가 늘 똑같은 줄거리만 되풀이하고 있었다. 미라가 자기 무덤을 어지럽혀 놓은 도굴꾼이나 탐험가들에게 복수를 하러 살아 돌아온다는 뻔한 얘기였다. 밤이 되면 미라가 마을을 떠돌아다니면서 감히 자신의 영원한 휴식을 방해한 사람들을 찾아내 차례차례 목숨을 앗아 간다는…….

때로는 별것 아닌 걸로도 충분히 공포심을 부추겼다. 네모는 어렸을 때 『땡땡』 시리즈* 가운데 「일곱 개의 수정 구슬」 편에 나온 어떤 그림 때문에 사색이 되었던 일이 기억났다. 그것은 유리창에 비친 말라비틀어진 미라 그림이었다. 그 미라는 턱뼈를 죄다 드러낸 채 끔찍해 보이는 미소를 짓고 있었는데, 번개가 치자 살아나서 과학자들에게 저주를 퍼부으러 가는 길이었다. 물론 밤이 배경이었다. 네모는 몇 주가 지나도록 날이 훤히 밝을 때까지 방에 불을 켜

---

* 『땡땡』 시리즈 : 벨기에 작가 에르제가 지은 시리즈 만화로, 프랑스에서 전 국민의 사랑을 받으며 세계적으로도 유명해졌다. 우리나라에서는 『땡땡의 모험』으로 출판되어 인기를 끌었으며, 「틴틴의 대모험」이라는 텔레비전 프로그램으로 방영되기도 했다.

놓고 지냈다. 심지어 눈을 감으면 빛줄기가 뱀 모양으로 변해서 눈꺼풀 아래로 꿈틀거리며 기어 다니는 착각까지 했다. 아직도 그 생각만 하면 등골이 오싹했다.

악의 기운이 세상을 혼돈의 도가니로 몰아넣을 수도 있었던 시대에 고대 이집트 사람들이 밤을 무서워했다는 것은 특별히 놀랄 만한 일일까?

"얘, 너 꿈꾸니?"

린다가 살짝 팔을 흔들었다.

네모는 미소를 지었다.

"좋아, 네페르타리 왕비에게로 되돌아가 보자. 내가 읽은 걸 얘기해 볼게. 왕과 왕비의 미라를 숨겨 놓았던 비밀 장소는 지금까지 세 개가 발견되었대. 첫 번째는 1881년 다이르 알바흐리에서 발견된 것인데, 르누아르 박사님이 얘기한 곳 있지?"

"람세스 2세의 미라가 있던 곳……."

"그래, 람세스 2세의 미라도 있었지. 내가 읽은 책에는 왕가의 미라 서른두 구와 '좀 더 미천한' 신분의 미라 여덟 구가 있었다고 쓰여 있어. 1891년에 두 번째 비밀 장소를 찾아냈는데, 거기서는 아몬 대신관들의 미라를 150여 구도 넘게 발견했대."

"왕이나 왕비가 아니고?"

"응. 그리고 1898년에 아멘호테프 2세의 무덤에서 또 하나가 발견되었는데, 이번엔 미라가 열두 구 들어 있었대. 그 중 왕의 미라는 여덟 구였다는군. 너, 그거 알아? 미라들을 카이로로 옮기는데 글쎄, 세관에서 '미라'가 아니라 '건어물'이라는 품목으로 등록했다더라."

"건어물?"

"그러니까 말야, 위대한 파라오들이 몽땅 건어물 취급을 받은 거라고! 하긴 미라를 옮기려면 탄산나트륨을 넣어야 했을 테니까 틀린 얘기도 아냐! 딱딱하게 굳은 미라들을 훈제 청어처럼 소금에 절인 거잖아!"

네모와 린다는 초등학생들처럼 키득거렸다.

문간에서 반쯤 졸고 있던 가게 주인 할아버지가 들어와 보고는 다시금 한숨을 내쉬었다. 도대체 어떤 심술궂은 신이 이렇게 참기 어려운 외국인들을 자기에게 보낸 것일까? 제발 마누라가 돌아오기 전에 나가 줘야 할 텐데…….

"장난 그만 치고 찾을 것부터 찾자!"

네모가 말했다.

두 사람은 다시 앞에 쌓여 있는 책 더미에 파묻혔다. 린다는 책을 하나하나 집어서 색인 부분을 꼼꼼히 살펴보았다.

"찾았다!"

갑자기 네모가 『미라, 영원으로의 여행』이라는 손바닥만 한 책을 흔들어 대면서 소리 질렀다. 바로 그 책에 네페르타리 왕비에 대한 내용이 쓰여 있었다.

네모가 읽기 시작했다.

"21쪽. 들어 봐. '아모세 1세, 투트모세 1세·2세·3세, 아멘호테프 1세, 람세스 1세·2세·3세, 세티 1세……. 신왕국 시대의 가장 명망 높은 파라오들이 다이르 알바흐리에 있는 비밀 장소에 묻혀 있었다.'"

"첫 번째 비밀 장소잖아. 그건 다 알고 있는 얘긴데……."

"잠깐, 그 다음을 들어 봐. '그리고 왕비들의 미라도 있었다. 네페르타리, 하트셉수트, 아호테프…….' 들었지? 네페르타리 왕비!"

"그럼 왕비의 미라를 찾아냈다는 말이네. 왕의 비밀 장소에서?"

린다가 놀라워했다.

"람세스 2세와 함께 있었던 거야. 어쨌든 당연한 거지 뭐. 그의 왕비였으니까."

그들은 한동안 말이 없었다. 모든 기대가 무너졌다……. 자기들이 찾던 무희인 네페르타리 왕비의 미라가 벌써 오래전에 발견되었다는 얘기였으니까.

'아마 람세스 2세의 미라와 함께 카이로 박물관으로 옮겨졌겠지. 하지만 거기서 못 봤는데, 이상하네.'

네모는 이런 생각을 하고 있었다.

"잠깐만. 카이로의 미라에 대한 책이 하나 있어."

린다가 자기 앞에 있는 책들을 뒤적였다.

책 몇 권이 바닥에 떨어지며 소리를 냈다. 졸고 있던 주인 할아버지의 어깨 사이로 머리가 비죽 솟아올랐다. 그러나 할아버지는 이내 문에 난 구멍에 좀 더 편안히 자리를 잡았다. 잠에 빠져 차마 쳐다볼 엄두가 나지 않았던 것이다.

"네페르……. 네페르……. 네페르타리……. 여기 있다! 152쪽……."

린다는 손으로 줄을 그어 가며 재빨리 읽어 내려갔다.

"음, 네가 또 '구역질 난다'고 할 만한 얘기야. '네페르타리 왕비의 얼굴이 거대한 황금 관 위로 드러났다……. 카이로로 옮겨져 검사를 받은 미라는 지독한 악취를 풍겼다. 카이로의 습기 때문이었다.'"

"웩! 웩! 웩! 그래, 진짜 구역질 난다."

네모가 소리쳤다.

린다는 계속 읽었다.

"'미라를 감은 천에서 검은 액체가 흘러내렸다. 방염제에 넣어 건조시켜야만 했다.'"

"좋아. 그럼 네페르타리 왕비의 미라는 카이로 박물관에 있는 거네. 일반인들에게는 공개되지 않은 채로. 너무 추한가 보다."

그 때 갑자기 찢어지는 듯한 비명 소리가 들려왔다. 돌아보니, 빵처럼 부풀어 오른 기름진 얼굴에 엄청 뚱뚱한 부인이 가게로 막 들어서는 참이었다. 부인은 그렇게 뚱뚱한 사람치고는 놀랄 만큼 격렬하게 몸을 흔들어 댔고, 그 육중한 몸을 따라 검은색 베일이 물결쳤다.

배가 불룩 튀어나오긴 했지만, 자기 부인 옆에서는 왜소해 보이는 주인 할아버지는 후회하는 낯빛으로 눈을 내리깔고 부인을 진정시키려 몇 마디 중얼거렸다. 하지만 헛일이었다. 부인은 계속해서 소리를 질러 댔다.

부인은 몸집만큼이나 커다란 동작으로 린다가 책을 잔뜩 어지른 탁자와 텅 빈 선반, 소형 조각상 등 사이사이 벌집처럼 들쑤셔 놓은 현장과 가게 밖에서 들어오지는 않고 진열장만 들여다보고 있는 관광객들을 번갈아 가며 가리켰다. 그녀는 이렇게 난장판인 탓에 다른 손님들이 들어오지 못하는 거라고 굳게 믿고 있었다.

어쨌든 주인 할아버지는 네모와 린다에게 애원의 눈빛을 보내며 사방으로 발 빠르게 움직였다. 자랑하면서 앞에 갖다 놓았던 팔찌며 목걸이도 모두 제자리에 옮겨 놓았다. 그러나 겁에 질려서 허둥거리는 바람에 물건을 바닥에 떨어뜨리기도 하고, 선반을 쳐서 꽃병을 산산조각 내기도 했다.

부인은 화가 머리끝까지 치솟아 있었다. 두 주먹으로 탁자를 치고 머리를 뒤로 젖힌 채 입을 크게 벌리며, 귀청이 찢어질 정도로 날카롭게 소리를 질러 댔다.

네모와 린다는 둘이 의논한 건 아니지만 자기들이 이 사태를 수습하기로 마음먹었다. 누가 먼저랄 것 없이 린다는 책을 정리했고 네모는 소형 조각상과 북을 맡았다. 그러고는 마음에 드는 척하며 목걸이 몇 개를 사겠다고 했다.

몸집이 작은 주인 할아버지는 정신이 하나도 없었다. 그는 무시무시한 마누라를 끊임없이 곁눈질하며 허락이 떨어지기만 기다렸다. 네모와 린다는 터키옥 모조 목걸이 세 개와 가죽으로 만든 당나귀 인형, 관 부분이 초록색인 보기 흉한 물파이프를 사고서야 그 끔찍한 소굴에서 고개를 들고 나올 수 있었다. 게다가 이 잡동사니들을 제대로 흥정 한번 못 해 보고 엄청나게 비싼 값에 사야만 했다. 바가지를 썼다는 건 그 뚱뚱한 부인이 정성스레 지폐를 세고는 비로소 만족스러운 표정을 지으며 계산대 뒤로 물러나 앉는 것만 봐도 알 수 있었다. 주인 할아버지는 문 앞에서 부인 눈치를 살피며 인사하는 시늉을 하면서 고개를 끄덕여 고마움을 표시했다.

　이게 다 네페르타리 왕비의 미라가 1세기도 더 되는 오랜 세월 동안 카이로 박물관에 보관되고 있었다는 것을 알아내려고 치른 대가였다. 아이러니한 상황의 극치는 네모와 린다가 올리브와 팔라펠로 간단히 요기나 하려고 자리 잡은 조그만 식당 이름이 '네페르타리'였다는 것이다. 게다가 눈에 보이는 건 죄다 네파르타리였다. 댄싱 네페르타리, 레스토랑 네페르타리, 호텔 네페르타리, 네페르타리 유람선……. 이집트 전체가 네페르타리라는 이름 천지였다.

　"미라가 발견되었다면 무엇 때문에 교수님이 그렇게 네페르타리 왕비의 그림에 집착하는 것일까?"

　한참 전부터 둘 사이에 흘렀던 침묵을 깨며 느닷없이 네모가 물었다.

　린다가 뾰로통해졌다. 마치 '내가 뭘 알겠니?' 하듯이.

　"우리가 틀린 것 같아. 할 수 없지. 이제 그만두자……."

　네모가 입을 닦으면서 결론을 내렸다.

　"싫어! 싫어, 싫어, 싫다고! 훌륭한 탐정은 포기하지 않는 법이야. 틀림없이 보물이 있을 거야. 네페르타리 왕비의 보석들 말이야……."

　그러더니 린다는 확고한 말투로 덧붙였다.

　"내게 계획이 있어. 르누아르 박사님에게 물어보는 거야. 박사님은 모르는 게 없잖아. 뭐든지 다 알고 있다고."

　"하지만 조심해야 해! 박사님한테 그림 얘기를 해선 안 된다고. 그건 교수님의 비밀인데다 두 분은 서로 잘 아는 사이니까. 우리는 그러면 안 돼……."

"나를 바보로 아는 건가, 왓슨?"

네모와 린다는 말가타의 사무실에서 컴퓨터 앞에 앉아 일하고 있는 르누아르 박사를 찾아갔다.

"그래, 람세스 2세의 위대한 부인한테 다녀오는 길이라고?"

이집트학 학자가 물었다.

"굉장히 멋있었어요. 하지만……."

네모가 대답했다. 그러고는 잠시 멈칫하다가 말을 이었다.

"…… 저희는 미라의 운명에 깜짝 놀랐어요. 왕비의 미라가 카이로 박물관에 죽 있었다는 사실을 알게 되었거든요. 그런데 아마도……."

"카이로 박물관?"

르누아르 박사가 말을 막았다. 그러고는 모니터에서 얼굴을 들어 다정한 눈빛으로 네모와 린다를 쳐다보았다.

"음, 글쎄다, 네페르타리 왕비의 미라가 재발견되었다면 내가 제일 먼저 알겠지?"

이번엔 네모와 린다가 눈을 휘둥그렇게 뜰 차례였다.

"카이로 박물관에 있는 것은 아메스 네페르타리란다!"

"아메스 네페르타리요?"

네모와 린다가 동시에 되물었다.

"그래. 다른 왕비지. 람세스 2세보다 200년 앞선 시대에 살았고 무덤 장인들의 협동조합을 창시했던 아멘호테프 1세의 어머니야.

너희처럼 착각하는 사람들이 아주 많지. 책에서도 그 두 왕비를 혼
동하는 경우가 흔하니까."

"하지만, 하지만……. 그럼 네페르타리 왕비는요? 우리가 찾는
네페르타리 왕비는요?"

르누아르 박사의 말을 따라가기가 힘들었던 린다가 더듬거렸다.

"그래요. 진짜 네페르타리 왕비요. 람세스 2세의 부인!"

네모가 거들었다.

르누아르 박사는 안락의자에 편안히 자리를 잡고 목 뒤로 깍지를
꼈다.

"아! 네페르타리 왕비, '가장 아름다운', '무트가 사랑한 여인',
'사랑의 감미로움', '아름다운 외모', '매력이 넘치는 여인'…….
이집트에서 아주 유명한 여인들 중 한 명이지. 가장 위대한 왕비기
도 하고. 람세스 2세는 일찍부터 그녀를 자신의 하렘*에서도 특별
히 대했단다."

"하렘이요?"

네모는 관심을 보였고, 린다는 그런 모습을 놓치지 않았다.

"그래. 람세스 2세는 왕위에 즉위했을 때 이미 네페르타리, 이시
스노프레와 결혼한 상태였어. 그에겐 부인이 10여 명 있었고, 그들
사이에서 아이들이 아주 많이 태어났지. 아들이 마흔여덟 명, 딸이
예순 명이나 되었단다."

"네페르타리 왕비가 질투를 안 했나 봐요?"

* 하렘 : 전통적으로 일부다처제인 이슬람권 나라들에서 부인들의 거처를 일컫는 말이다.

린다가 짐짓 관심 없는 척하며 물었다.

"그 당시엔 대부분 그랬으니까. 하지만 람세스 2세와 네페르타리 왕비의 이야기에는 진정한 사랑이 담겨 있단다. 네페르타리 왕비는 왕에게 첫아들을 낳아 주었고, 대비가 되었지. 그녀는 아들을 보호하면서 조언도 해 주었어. 그리고 정치적이고 종교적인 임무들을 척척 해냈지. 그녀는 북쪽과 남쪽의 군주이자 온 나라의 여왕이었단다. 심지어 히타이트족과 치른 카데시 전투에서도 람세스 2세의 곁에 있었다는구나. 그녀가 히타이트족 왕비에게 쓴 편지가 발견되기도 했단다."

이집트학 학자는 실수하지 않으려고 책 한 권을 집어 그 내용을 읽어 내려갔다.

"'너의 자매인 나에게 아무 일도 없을 것이다. 나의 조국은 모든 일이 잘 풀릴 것이다. 나의 자매인 너에게도 아무 일이 없기를 바란다. 너의 조국도 모든 일이 잘 풀리기를! 그리고 지금 나는 나의 자매인 위대한 왕비와 친구이자 형제의 관계를 맺는다. 오늘, 그리고 영원히.' 이건 인류 최초의 평화조약이야. 아무튼 우리한테 전해 온 것 중에서는 첫 번째지."

르누아르 박사는 책을 내려놓았다.

"이집트 곳곳의 사람들이 네페르타리 왕비에게 기념물과 입상, 부조 등을 바쳤단다."

"우리도 라메세움 신전에서 보았어요……."

린다가 끼어들었다.

네모는 린다를 흘겨보았다. 도대체 린다는 왜 저렇게 입이 가벼운 걸까!

르누아르 박사는 말을 이어 갔다.

"네페르타리 왕비의 무덤은 테베에서도 가장 호화스러운 축에 속하지. 게다가 람세스 2세는 이집트 남쪽 아부심벨에 있는 자기 신전 옆에 그녀의 신전도 지어 주었어. 그건 위대한 사랑의 징표였지. 왕비의 상이 왕의 상 옆에 실물 크기로 세워졌어. 관습상 여자들의 상은 파라오보다 훨씬 작게 만든다는 거, 너희도 알고 있지? 보통은 크기가 파라오의 무릎 정도밖에 안 되거든."

"그게 정상이죠."

네모가 나서며 잘난 체했다.

린다가 매섭게 쏘아보았다.

"네페르타리 왕비는 그렇게 신성화되었지. 그녀는 살아 있는 신이었던 람세스 2세의 아내였고, 그녀 자신 또한 여신이 되었던 거야."

"하지만……. 람세스 2세와 네페르타리 왕비의 사랑은 정말 아름다워요. 그런데 이집트학 학자들은 자기들의 관심을 사로잡고 있는 단 하나의 질문에 여전히 답을 못 하고 있잖아요. 도대체 왕비의 미라는 어디에 있는가?"

르누아르 박사는 컴퓨터를 껐다. 대화도 막바지에 이르렀다.

"맞아요. 왕비의 미라는요? 네페르타리의 미라는요?"

네모가 조바심을 냈다.

"이탈리아의 위대한 고고학자 에르네스토 스키아파렐리가 1904년에 네페르타리 왕비의 무덤을 발견했을 때, 고대에 이미 미라가 약탈당했다는 사실을 금세 알아차렸지."

"람세스 2세의 미라처럼 말이지요?"

네모가 확인했다.

"그래. 부서진 석관 뚜껑이랑 작은 상자의 손잡이, 샌들 한 켤레, 미라를 만들 때 썼던 천만 남아 있었지……."

"그러면 미라는요?"

네모가 고집스럽게 물었다.

"무덤에는 네페르타리 왕비의 무릎 두 개만 남아 있었어."

"무릎요?"

린다가 메아리처럼 되풀이했다.

"그래, 남아 있던 미라는 그것뿐이었어. 제21왕조가 혼란하던 시기에 무덤이 도굴되면서 미라는 분명 함부로 다루어졌을 거야. 미라에서 보석과 부적을 떼어 내려고 했을 테니까. 좀 더 나중에 신관들이 그것을 복원했겠지. 다시 붕대로 감은 다음, 왕들의 미라를 그렇게 했던 것처럼 다른 곳으로 옮겨 놓았을 거야."

"옮겨 놓아요? 어디로요?"

르누아르 박사는 확실하지 않다는 표정으로 검은 눈썹을 찡긋거렸다.

"아! 그건……. 분명 왕들의 미라에게 했던 것과 똑같이 했겠지. 우리가 아직 발견하지 못한 신왕국 시대의 다른 왕비들 미라와 함께 비밀 장소에 묻었을 거야. 하지만 우린 아직 그 곳을 찾아내지 못했단다. 생각해 보렴. 벤타나트나 메리타몬 같은 람세스 2세의 딸들 몇 명도 그 미라를 아직 발견하지 못했잖아."

"예쁘던데요. 카이로에서 그들의 입상을 본 적이 있어요."

네모가 말을 받았다.

르누아르 박사가 계속 말했다.

"내 생각엔 여기 테베에 분명 왕비들의 비밀 장소가 또 있는 것 같아."

"왕비들의 비밀 장소요?"

"그렇지. 산속 어딘가에 말이다. 언젠가는 발견할 수 있을 거야……."

그 때 전화벨이 울렸다. 르누아르 박사는 짧게 통화하고 나서, 항상 쓰고 다니는 모자를 쓰고 스카프를 고쳐 매더니 자리에서 일어났다.

조제핀이 문가에 나타났다.

"안녕하세요. 우린 그냥……."

네모가 말했다.

"미안! 좀 급한 일이 생겨서. 나중에 보자!"

조제핀이 말을 가로막았다.

르누아르 박사가 뒤를 돌아보았다.

"나중에 다시 이야기하자. 내일 오후 늦게 람세스 2세의 무덤으로 찾아올래? 그 땐 내가 좀 한가할 테니까."

르누아르 박사는 걱정스러운 얼굴로 조제핀과 함께 성큼성큼 걸어 나갔다.

하지만 네모와 린다는 이제 더 이상 설명을 듣지 않아도 알 수 있었다. 네페르타리 왕비를 비롯해 가장 훌륭한 이집트 왕비들의 미

라가 숨겨져 있는 왕비들의 은신처…… 바로 그거였다. 교수님의
비밀 말이다.

　그 날 저녁 린다는 파멜라 고모의 화려한 유람선으로 돌아갔고,
네모는 오래 떨어져 지내는 동안 건강이 조금 좋아졌다는 친구를
만나러 갔다.
　말가타의 정원에서 저녁을 먹은 네모와 교수님은 식탁을 모두 치
운 뒤에도 한동안 자리를 지켰다. 밤공기는 맑고도 건조했으며, 별
은 한껏 빛을 뿜어내고 있었다. 몸엔 담요를 따뜻하게 두르고 머리
엔 작은 모자를 쓴 교수님은 안락의자 위에 다리를 뻗고 있었다. 방
으로 일찍 들어가고 싶지 않은 눈치였다.
　"사막의 밤은 그 무엇과도 비교할 수 없지……. 몇 년이란 시간
이 흘렀는데도 난 늘 똑같은 평화와 안정을 느끼고 있단다."
　교수님의 숨소리가 편안하게 들렸다.
　"아무것도 진정으로 심각한 일은 없는 것처럼요."
　네모가 교수님의 문장을 마무리 지었다.
　"맞아, 바로 그거야. 수천 년 동안 하늘 아래 그토록 많은 세대들
이 살아가고 사랑하고 고통을 받아 왔지……. 이제는 우리 차례이
고. 하지만 우리는 아주 하찮은 존재들이야. 그러니까 그저 우리 삶
을 잘 살 수 있도록 묵묵히 노력하면 되는 거야. 너에겐 이제 모든
것이 시작이구나. 나에게는……. 중요한 것은 언젠가 되돌아가서
이렇게 말할 수 있다는 거지. '그래, 난 살았다. 내 진정한 삶을 살
았다.'"

"내 '진정한 삶'이요?"

"그래, 나의 진정한 삶, 내가 가슴 깊이 바라는 게 바로 그거야. 나 대신 다른 사람들이 선택할 수 없는 삶 말이야."

"하지만 교수님은…… 교수님은 '진정으로 살아오셨어요!'"

네모가 왠지 불안한 마음에 조급하게 말했다.

교수님은 조용히 웃었다.

"누구에게나 후회하는 일과 작은 비밀들이 있는 거란다."

"그럼이요?"

네모는 아차 싶어 입술을 깨물었다. 하지만 이미 늦었다.

"그만 하자꾸나."

교수님은 굳은 얼굴로 잘라 말했다.

공연히 교수님을 괴롭힌 것 같았다. 왜 그렇게 바보같이 굴었을까! 심리학이라면 네모는 정말 소질이 없는 게 분명했다.

"하지만 내겐 기회가 많았지."

늙은 교수님이 다시 말을 이었다.

"난 길고 긴 인생을 살았어. 100년 가까이 말이야. 하지만 그건 아무것도 아니야. 아무것도! 눈 깜짝할 사이지! 별똥별처럼! 그러니 한순간도 헛되게 보내선 안 돼. 이 말을 잊지 마라. '단 하루도 영원만큼 중요하다. 그리고 단 한 시간도 미래를 위해서는 충분하다.' 마치 내일이 죽는 날인 것처럼 매 시간을 살아야 한다."

교수님의 가냘픈 옆모습이 겨우 눈에 들어왔다. 바다 위에 배가 떠 있는 것처럼 지평선 위 하늘에 초승달이 떠 있었다. 이집트의 달은 유럽이나 미국의 달과는 달라 보였다.

"살아가면서 만나는 모든 기회를 마치 그것이 마지막인 것처럼 잡아야 한다. 기회는 보통 다시 돌아오지 않으니까."

"하지만 때로는 두 번째 기회가 오기도 하잖아요……."

"그렇지. 하지만 그런 걸 믿지 않는 편이 더 현명하단다. 만일 내일 세상이 무너진다면, 만일 내일 우리 삶이 끝나 버린다면, 우리는 사랑하는 사람들에게 가장 중요한 것을 말할 수 있을까? 우리에게 진정으로 중요한 것을 할 수 있을까?"

교수님은 네모를 돌아보았다.

"예를 들면, 오늘 넌 네가 진정으로 가슴속 깊이 간직해 두었던 말을 했니?"

침묵이 흘렀다.

네모는 망설였다. 하지만 교수님의 진지함에 걸맞은 답을 하는 게 도리일 듯싶었다.

"아니요……."

네모는 더듬거렸다.

"그게 그렇게 어려운 일이니?"

"네, 어려워요."

네모는 린다를 생각했다. 그녀에게 하고 싶은 말이 너무 많았다. 하지만 선뜻 그 말들을 꺼내지 못했다. 왜일까? 이유는 자기도 몰랐다.

"린다에게 하고 싶은 말이 있는데 못 했구나. 그렇지?"

교수님은 알고 있었다.

네모는 비밀이 탄로 난 것만 같아서 고개를 숙였다. 얼굴이 화끈거렸다. 밤이라 잘 보이지 않는 게 그나마 다행이었다.

"네."

네모가 속삭이듯 대답했다. 말을 이어 나갈 수가 없었다.

"하지만 말을 해야 한단다. 여자들은 변덕스러워. 변덕스럽지만 예민해. 린다가 널 비웃을까 봐 두려운 거니?"

"아니요, 아니에요. 그렇진 않아요……."

네모가 웅얼거렸다.

교수님은 조용히 웃었다.

"놀림을 당하거나 거절을 당하는 게 뭐 어때서? 그런 건 아무것도 아니란다. 암, 아무것도 아니지. 그것을 깨닫게 되면 얼마나 자유로운지 넌 아마 모를 거야. 그저 허락이란 걸 받아 내려고 우리가 얼마나 바보 같은 짓을 해 왔는지! 인생은 너무나 짧은데, 얼마나 많은 시간을 허비했는지……."

교수님은 입을 다물었다.

네모는 별을 바라보았다. 우주 속을 떠돌고 은하수의 신비로운 비밀 속으로 빨려 드는 듯한 기분이 들었다. 교수님의 숨소리가 고르게 들려왔다. 주무시나? 아니었다.

교수님은 한결같이 차분한 어조로 다시 말을 이었다.

"무덤 내벽에서 영혼의 무게를 다는 순간을 표현한 그림을 본 적 있지? 「심장의 심판」이라고 하는……."

네모는 잠깐 기억을 더듬어 보았다.

"저울 그림이요?"

"그래, 바로 그거. 저울의 한쪽 접시 위에 죽은 사람의 심장을 올

미라의 일생

이집트인들의 영혼관은 정말로······ 골치 아프다! 영혼관을 이루는 요소들이 여러 개 있기 때문이다. 그 중 가장 중요한 것들은 아크, 바, 카이다. 아크는 죽음의 변화를 겪은 뒤의 '빛의 육체'이고, 바는 가시계와 비가시계 사이의 끈이며, 카는 생기이다. '죽음'이란 육체에서 카가 떨어져 나가는 것을 말한다. 그래서 죽음을 '자신의 카로 돌아가는 것'이라고 표현하기도 한다. 보이지 않는 내세는 어쨌든 죽은 자의 육체를 원한다. 육체는 현세와 만나는 지점이다. 만일 육체가 사라져 버린다면 아크, 바, 카를 비롯한 모든 것들이 흩어져 버리면서 카오스로 빠진다. 이는 재앙이다! 진정한 죽음을 맞게 되는 것이다. 내세에서 부활하려면 이시스가 오시리스의 육신 조각을 맞추어 생명을 불어넣었듯이, 자신의 육체를 보존해야만 한다. 그러므로 미라가 없으면 부활 자체가 불가능하다.

미라 만들기

미라를 만드는—얼마나 성스러운 일인가!—사람들은 먼저 시신에서 뇌를 비롯한 온갖 장기들을 꺼내 카노푸스 단지에 담는다. 시신은 몇 주간 천연 탄산나트륨에 담가 둔다. 시신에서 지방과 수분을 제거해 건조시키기 위해서이다. 시신을 탄산나트륨에서 꺼낸 뒤 깨끗하게 닦는다. 머리, 가슴, 배에는 향료에 적신 천과 방향 식물을 가득 채운다. 향유로 시신을 마사지하고 난 뒤 베티나 아마포로 친친 감싼다. 그러고는 부적과 보석들을 정해진 부분—예를 들어 심장에는 풍뎅이—에 놓아둔다. 마지막으로 시신의 몸에 딱 맞는 수의를 입히고, 얼굴에는 죽은 자와 닮은 장례 가면을 덮는다. 그러고는 석관에 넣는다.

장례와 입 여는 의식

무덤을 향해 출발! 장례 행렬이 이어지고, 여인들이 곡하는 소리가 퍼진다. 신관들은 향을 피우고 주문을 외운다. 무덤 입구에서 신관이나 유족의 장자가, 일으켜 세운 미라나 죽은 자의 석상에 '입 여는 의식'을 행한다. 일곱 가지 향유와 마법의 주문이 얼굴에 있는 일곱 구멍—눈, 귀, 코, 입—의 기능을 되살린다고 믿었다. 이제 죽은 자는 내세에서 보고, 듣고, 숨 쉬고, 먹을 수 있게 될 것이다. 그런 뒤 석관을 무덤으로 내려 보낸다. 식기, 식량, 하인들의 조각상, 미라로 만들어진 동물들을 비롯한 모든 부장품들과 함께 말이다. 이 모든 것들은 죽은 자를 위해 무덤 속에서 되살아나게 된다. 가족과 친구들은 죽은 자를 기억하려고 그의 조각상을 둘러싸고 만찬을 연다. 그 때부터 그들은 성실하게 제사를 지내야 한다. 죽은 자에게 바친 선물이 많을수록, 그의 이름이 불리는 횟수가 많을수록 죽은 자는 영원히 살 수 있기 때문이다. 하지만 주의해야 한다! 죽은 자를 무시하면 그는 되돌아와서 살아 있는 사람들을 괴롭히게 된다는 것을!

려놓고, 다른 쪽에는 세상의 질서와 균형을 상징하는 마트 여신의
타조 깃털을 올려놓았지. 저울의 접시가 어느 한쪽으로 기울지 않
고 평형이면 죽은 자는 '무죄임이 입증되어' 영원히 부활할 수 있
단다. 하지만 심장이 놓인 접시가 기울어지면……."

"심장의 주인에게 잘못이 있다는 뜻이죠?"

"그래. 그러면 저울 뒤에서 기다리고 있던 흉측한 괴물이 그를
덮쳐 버리지. 죽은 자는 소멸하고, 산 자의 기억 속에서도 지워지고
말아."

"신들은 어떻게 죽은 자의 심장 속에 무엇이 들어 있는지 아는
걸까요?"

"죽은 자는 '나는 사람들에게 죄를 저지르지 않았습니다. 나는
사람들을 함부로 대하지 않았습니다. 나는 악행을 하지 않았습니
다. 나는 가난한 자의 재물에 손대지 않았습니다. 나는 누군가를 울
리지 않았습니다. 나는 살생하지 않았습니다…….' 하는 '부정문으
로 된 고백'을 암송해야 한단다. 이어서 '나는 진실의 자리에서 죄
를 저지르지 않았습니다.' 하고, 마지막으로 '나는 진실을 말했습
니다.' 해야 해. 잊지 마라, 네모야."

하지만 지금 네모는 오히려 그런 암시를 이해하고 싶지 않았다.

"이집트인들은 항상 훈계를 하는군요! 하지만 제가 볼 땐 그렇게
인간적이지도 않은걸요. 어마어마하게 큰 기념물과 기둥과 거상 들
을 보면 이집트는 노예를 수백만 명씩 거느린 폭군들이 지배했던
무시무시한 세계란 생각이 들 뿐이에요."

노교수는 다시 한 번 살짝 웃었다.

내세로 떠나는 여행

미라가 무덤에서 쉬고 있는 동안 영혼은 내세의 시험을 치르게 된다. 육체에서 분리된 영혼은
나약하기 이를 데 없어서, 이집트인들은 죽은 자의 인격이 해체되고 카오스로 되돌아가는
진정한 죽음을 두려워했다.

죽은 자는 시험에 통과해야 하며, 신과 여신들에게 봉헌하고, 마법의 주문을 암송해야 한다.
이를 도우려고 '사자의 서'를 비롯한 여러 가지 문서를 만들게 되었다. 장애물은 시대에 따라
다양하게 변화한다. 고왕국 시대에는 죽은 자들이 이승과 오시리스의 왕국을 가르고 있는 호수
를 건너야 했다. 배에 올라타려면 뱃사공의 까다로운 질문에 답해야 했다. 신왕국 시대에는
오시리스 왕국의 무시무시한 문지기들이 시험의 당락을 결정했다.

심장의 심판

시험에 합격하여 오시리스의 왕국에 들어간 죽은 자는 신들의 재판에 불려 나가게 된다. 죽은
자의 생각이 담겨 있는 심장이 저울의 접시 위에 놓인다. 그리고 교수님이 네모에게 설명한
것처럼, 다른 쪽 접시에는 마트 여신의 깃털 하나가 놓인다. 오시리스는 이시스와 네프티스,
또는 라의 보좌를 받으며 심판을 주재하고, 아누비스가 저울의 눈금을 지켜본다. 아누비스
옆에는 '아마메트'라는 괴물이 있는데, 죽은 자가 심장의 심판에 통과하지 못하면 잡아먹을
준비를 하고 있다.

자기 심장이 깃털처럼 가볍다는 것을 심판관들에게 설득하려고 죽은 자는 무죄의 선언, 즉
부정의 고백을 암송하게 된다. "나는 사람들을 학대하지 않았습니다. 나는 진리에 어긋나는
죄를 짓지 않았습니다⋯⋯."

이 모든 절차는 죽은 자가 기도문의 내용을 잘 알고 있음을 보여 주기 위한 것이다. 하지만 만일
그가 거짓말을 한다면? 거짓말하지 못하는 심장은 저울의 쟁반을 기울게 할 것이다. 아마메트를
조심하라!

영혼이 빛으로 나오다

저울의 접시가 평형을 이루면 죽은 자는 무죄가 입증되어 오시리스의 축복을 받은 사람들 사이
로 들어갈 수 있게 된다. 서기관 신인 토트는 그의 무죄 판결을 기록한다. 축복받은 자들의 땅은
사람들이 열심히 밭일을 하고 있는 복된 시골의 모습을 하고 있다. 한편 쟁기 끄는 일을 좋아
하지 않는 자들을 위해서 모든 것이 미리 준비되어 있다. 입상의 형태로 무덤 속에 묻혔던 마법
의 일꾼들이 부역의 순간에 때맞추어 되살아나는 것이다.

아침이 되면 새로이 태어난 죽은 자는 빛으로 나와 태양신 라의 배를 타고 모든 신들과 합일해
이집트의 하늘을 운행하게 된다.

"농부들은 가난했지만 자유로웠단다. 거대한 기념물들에 대해 얘기하자면, 사람들을 놀라게 하려고 그걸 만든 건 아니야. 그들은 신의 기준에 따라, 영원의 척도에 맞춰 스스로를 북돋워 높이고 싶었던 거란다. 그리고 영원을 이루는 데 가장 중요했던 것이 바로 외관이었어."

"외관이요?"

"그래, 외관. 이집트 예술은 고대인들이 꿈꾸었던 이상적인 세계를 창조했어. 사카라에서처럼 말이야. 왕의 '카'는 가짜 문 덕분에 산 자들의 세계로 돌아올 수 있었잖니. 그리고 미라는 오시리스처럼 완전한 육체의 형태로 영원히 보존돼야 해. 이집트, 이 곳은 환영의 세계이기도 하단다."

또다시 침묵이 내려앉았다.

"자, 이제 들어가야겠구나. 잠이 올 것 같아."

교수님은 천천히 몸을 일으켰다.

두 사람은 함께 담요를 접고, 네모가 교수님의 팔을 잡고 부축했다. 두 사람은 작고 하얀 집으로 이어지는 오솔길을 따라 느린 걸음으로 올라갔다.

"네모야, 네 친구 린다가 혹시 이런 말은 안 알려 주던? 참 좋은 말인데. 'Live in the moment!'"

"이 순간을 살아라?"

"그래, Live in the moment……. 마치 내일이 없는 것처럼. 그러니까 네 인생이 고스란히 그 순간에 달려 있다는 듯이, 기회가 두 번 다시 오지 않는 것처럼 말이야. 네모야, 듣고 있니?"

"네."

교수님은 현관문을 열었다. 그리고 불이 켜지기를 잠시 기다렸다. 그 잠깐 사이 교수님은 네모에게 몸을 기울이더니 그 나이의 노인으로서는 꽤 놀랄 만한 행동을 했다. 무슨 음모라도 꾸미듯이 팔꿈치로 툭툭 치고는 귓속말로 속삭였다.

"아주 간단해. 네가 그 애를 사랑한다면 그냥 말해 버리면 되는 거란다."

9. 성스러운 산에서

'즐길 궁리를 하라! 너의 욕망을 따르라!' 이 옛날 시구 때문에 네모는 화가 치밀었다. 린다는 지치지도 않는지, 계단을 오르는 네모의 기운을 북돋워 준다며 우스꽝스러운 억양으로 똑같은 구절을 또박또박 끊어서 쉬지 않고 읊조렸다.

"즐길 궁리를 하라!"

그러고는 한 계단 올랐다.

"너의 욕망을 따르라!"

그리고 또 한 계단……

도대체 린다는 어디에서 그렇게 힘이 솟아나는 걸까? 네모는 힘겹게 린다를 쫓아갔다. 린다가 강요하는 리듬은 네모에겐 너무 벅차서 숨이 턱까지 차올랐다. 하지만 왠지 쉬자는 말은 하고 싶지 않았다.

"너 괜찮아?"

린다가 돌아보면서 물었다.

"응, 괜찮아."

네모가 아무렇지 않은 척 대답했다.

도대체 계단을 몇 개나 오른 걸까? 족히 천 개는 넘을 듯싶었다. 게다가 린다는 계단을 하나 오를 때마다 계속해서 같은 구절을 암송했으니…….

"즐길 궁리를 하라! 너의 욕망을 따르라!"

아래쪽에 있는 무덤을 둘러보다가 이 시구를 듣고는 린다는 곧 반해 버렸다.

그 시구는 네페르타리 왕비와 아무 관련도 없었다. 네모와 린다가 들어간 무덤에는 작은 방이 두 개밖에 없었는데, 그것도 먼지로 뒤덮인 아주 좁은 수직 통로를 통해서만 들어갈 수 있었다. 하지만 벽화들의 채색은 제대로 보존되어 있었다. 거기서 눈빛이 음흉한 경비원 한 명이 「하프 연주자의 노래」라는 시를 몇 구절 낭송하면서 린다에게 노골적으로 말을 건넸다. 그 구절이 무덤 내벽에 히에로글리프로 쓰여 있다고 했다. '살아 있는 동안 항상 너의 마음에 귀를 기울이라. 하루하루 행복하게 살라. …… 즐길 궁리를 하라. 너의 욕망을 따르라.'

네모는 여기서 두 가지 결론을 내렸다. 첫 번째는 고대 이집트 사람들이 슬프고 병적였다는 생각은 순전히 오해라는 것이다. 두 번째는 그들이 어마어마한 피라미드와 웅대한 무덤, 공포감을 주는 신들과 죽음을 둘러싼 그 모든 격식들 이면에서 인생을 즐기고 되도록 자주 축제를 열고 싶어했다는 것이다. 그러니까 람세스 2세와 그의 동료들은 행복하고 익살스러운 사람들이었다는 것이다. 그리고 네모의 생각일 뿐이지만, 그 경비원은 바람둥이라는 결론도 내렸다.

계단은 끝없이 이어졌다. 바위 사이에 파묻힌 커다란 계단은 테베 산을 차지하면서 지그재그로 뻗어 나갔고, 고대 장인 마을의 유적인 다이르 알마디나 위로 불쑥 튀어나와 있었다. 그러고는 위쪽으로 100여 미터 떨어진 곳에 자리한 군사기지로 이어졌다. 그 너머로는 이제 네모와 린다도 확실히 구별할 수 있는, '천연 피라미드'라고 불리는 산의 정상을 향해서 곧게 올라간 옛날 오솔길이 보였다. 그 오솔길에서는 네크로폴리스 계곡 전체가 내려다보였다. 네모와 린다는 3킬로미터 정도 되어 보이는 오솔길을 따라가 산등성이를 걸을 계획이었다. 혹시나 왕비들의 은신처를 추적할 만한 단서라도 찾아낼 수 있을까 싶어서였다. 의심스러운 왕래, 아니면 최근에 파헤쳐진 곳이라도?

이제 네모는 교수님이 '거의 다시 찾을 뻔했던' 것이 왕비들의 은신처라고 확신했다. 고대 이집트에 인생을 바친 대가로 얻은 영광이었는데, 도굴꾼들이 앞질러 그 영광을 가로채 버렸을 것이다.

뭔가 큰일이 일어날 것만 같았다. 전날 저녁, 네모가 말가타에서 교수님과 대화를 나누고 있던 그 시간, 린다는 분명히 그녀를 기다리고 있었을 끈질긴 셰익스피어와 부둣가에서 우연히 마주쳤다. 셰익스피어는 항상 모든 것을 알고 있었다. 그리고 네모와 린다의 행선지마다 졸졸 따라다녔다.

"고모님께 드릴 것이 있어."

셰익스피어가 말했다.

"뭔데요?"

린다가 물었다.

"고모님께 직접 말하겠어."

물론 린다는 고집스럽게 캐물었다.

"파피루스?"

셰익스피어는 웃었다.

"미라?"

그는 역시 대답하지 않았다.

"네페르타리 왕비의 미라?"

"네페르타리……."

셰익스피어는 묘한 억양으로 되받았다. 그러고는 더 이상 아무 말도 하지 않고 린다와 헤어졌다.

적어도 린다가 네모에게 들려준 이야기는 그랬다. 네모는 스스로에게 묻곤 했다. 과연 이 엉터리 같은 여자 애를 믿어야 하는 걸까? 린다는 자신이 거짓말할 수 있다는 걸 이미 스스로 증명해 보인 애였다. 그것도 기막히게 뛰어난 재능을 과시하며!

"헤이!"

네모는 숨을 돌리느라 잠깐 멈춰 선 린다와 부딪혔다.

"너의 욕망을 따르라!"

린다는 네모에게 몸을 기울이면서 감미로운 목소리로 말했다. 그러고는 네모의 입술에 짧게 입 맞추고 휙 돌아서서 다시 올라갔다. 네모에게는 반응할 시간조차 주지 않았다.

네모는 린다의 행동 때문에 정신이 나가서 하마터면 골짜기로 발을 헛디딜 뻔했다. 다행히 돌 위로 미끄러져서 팔다리를 쫙 뻗고 자갈들 틈에 벌러덩 넘어졌다. 휴! 린다가 돌아보지 않았다. 네모는 후다닥 일어나서 걸음을 재촉해 뒤처진 거리를 따라잡았다.

"즐길 궁리를 하라. 너의 욕망을 따르라."

린다는 네모 앞에서 콧노래를 부르며 오솔길을 올라가고 있었다. 피곤한 기색이라곤 전혀 없이 팔자걸음으로 가볍게 발을 떼어 포석 위에 내려놓았다. 꼭 무희들의 동작 같았다.

네모는 그런 동작을 자주 보았다. 레아 누나 역시 그런 동작으로 춤을 추었으니까. 무용 시간에 배운 것처럼 발은 '바깥쪽으로', 머리는 높이, 팔은 뒤쪽으로 가볍게 당긴 채 등을 평평하고 곧게 펴는 것이었다. 그런 동작을 하면 무용수들도 인정할 만한 우아하고 매혹적인 자태가 되었다.

린다는 유난히 긴 다리를 돋보이게 하고 산의 푸르름과도 잘 어울리는 착 달라붙는 베이지색 바지를 입었다. 그리고 흰색 티셔츠를 걸치고, 이집트학 학자들이 즐겨 쓰는 챙 가장자리가 살짝 위로 말린 모자를 쓰고 있었다. 무희이기도 했던 네페르타리 왕비의 섬세함과 우아함이 린다에게서도 엿보였다.

"사바할 카이르!"

'린다 네페르타리'가 말했다.

군 경비 초소에서 칼라시니코프에 기대고 있던—아마도 그 일대 군인들이 가장 좋아하는 자세인 것 같았다—보초 둘은 린다가 지나가는 모습을 목이 빠져라 쳐다보았다. 린다처럼 귀여운 여자가 지나가는 모습은 그들에게 분명히 커다란 사건일 것이다. 사막을

피라미드식 사회

이집트를 좋아한다면 이집트 사회가 교양 있고, 살기 좋고,
세련되었다고 생각하고 싶을 것이다. 말하자면, 안락한 사회!
그렇다면 실제로는 어떠했을까? 한마디로 결론을 내리기는
어렵다. 어쨌든 이집트는 천국도, 지옥도 아니었다.

맨 위 '신의 아들인 왕'에서 맨 아래 '수많은 농부들'까지 이집트
사회는 **피라미드 형태의 계층 구조를 이루고 있었지만 폐쇄적이지는 않았다.** 행운이
따르거나 노력만 하면 농부의 아들도 서기관이나 군인이 될 수 있었다.
왕은 마트를 유지해야 하는 막중한 임무를 수행하며, 모든 이집트인들을 다스려야 해서 함부로
행동할 수 없었다. 재판을 받을 때 남자든 여자든, 부유하든 가난하든 누구나 자신을 변호할
권리가 있었던 이집트 사회에서 재판관들은 진리를 찾는 임무를 맡았다.
재상은 많은 관리들을 지휘하는 임무를 수행하면서 왕을 보좌했다. **서기관은 이집트 사회에서
커다란 특권을 누렸다.** 가장 훌륭한 학자들은 의례 문서 연구에 몰두했다. 그 밖에 대부분의
학자들은 사법, 재정, 농업, 대형 공사 등에 관한 연구를 맡았다. 그들은 경영하고, 관리하고,
예산을 짜고, 흉년을 예측하거나 예비 식량을 비축하고, 운하나 제방, 댐 등의 건설을 추진했다.
군인들도 서기관 못지않게 사회적 위상이 높았다. 이집트인들은 공격보다는 방어를 더
좋아했다. 하지만 어쨌든……, 신왕국 시대에 힉소스족의 침입을 겪은 이래 전차와 기마를 갖춘
군대의 중요성이 더욱 커졌다. 람세스 2세가 통치하던 시대에는 군대의 규모가 약 2만 명이나
되었다. **신관들의 역할 역시 점점 중요해졌다.** 모든 의식에서 신관들은 이집트의 제1 신관인
왕을 대리했다. 하지만 정신적인 일에만 관여했던 것은 아니다. 신관들이 머무는 신의 땅은 밭과
과수원, 가축, 상점, 곳간, 공장 등으로 꽉 차 있었다. 덕분에 봉헌을 하고 제의를 치를 수
있었으며, 신관들의 생활이 보장되었다. 신을 향한 왕의 숭배심이 클수록 더욱 편안하게 살 수
있었다. 신왕국 시대에는 아몬의 신관들이 너무 많아진데다 부유해 져서 왕의 권력까지
위협했다. 결국 그들은 테베의 권력을 장악했다.
도시와 마을에는 상인들과 장인들이 많았다. 장인들 가운데 솜씨가 빼어난 사람들은 왕을 위해
일했다. 그러면 대형 사업은 어떻게 했을까? 피라미드나 신전을 지을 때는 전문 기술을 갖춘
일꾼들이 범람기의 농부들, 또는 이집트 사회의 유일한 노예인 전쟁 포로들과 합류했다.

그렇다면 이집트는 안락한 사회였다고 말할 수 있을까, 없을까? 어쨌든 당대의 다른 사회, 나아가
그 다음 시대의 다른 사회와 비교해 봤을 때 **이집트 사회는 분명히 한발 더 앞서가고 있었다.**

지키는 일은 지루하기 짝이 없을 테니 말이다.

작은 석조 건물 뒤로 네모가 생각했던 것보다 훨씬 더 가파른 오솔길이 나타났다. 햇볕은 점점 더 강하게 내리쬐었다. 하지만 허리 아래는 차가웠다. 배낭 아래쪽에 닿는 피부가 땀에 젖어 있었기 때문이다. 린다도 걸음이 조금 느려졌다. 그녀는 자외선 차단 크림을 다시 한 번 발랐다. 둘은 가끔씩 울퉁불퉁한 바위틈을 미끄러지기도 했고, 서로 손을 잡고 끌어 올려 주기도 했다. 이따금 바위틈을 조사해 보려고 멈추기도 했다. 하지만 깊은 구멍 같아 보이는 것은 하나도 없었고, 더더구나 무덤은 흔적조차 찾아볼 수 없었다.

툭 튀어나오고 조금 미끄러운 곳을 건너기 위해 네모는 린다의 손을 잡았다. 그러고는 놓지 않았다. 그렇게 하니까 훨씬 나았다. 초반에 느꼈던 피곤함이 싹 가셨다. 어쨌든 네모는 더 이상 피곤하다는 생각을 하지 않았다. 이제는 한결 기분이 좋았다. 오히려…… 행복했다. '너의 욕망을 따르라……' 정말 그 말이 옳았던 것이다. 교수님도 똑같은 충고를 하지 않았던가. '삶을 흐르는 대로 맡겨라. 내일 죽을 것처럼 매 순간을 살아라.' 여러 말 할 것 없이 그렇게 마음먹는 것만으로 충분했다. 두려워하지만 않는다면 말이다.

하지만 결국 그게 가장 어려운 일이었다. 두려움이란 것……. 네모는 그것을 잘 알고 있었다. 사람들은 항상 행동할 때 겁을 내고, 새롭게 뭔가를 하길 두려워한다. 예를 들면 여자 애의 손을 잡는 일. 또는 그저 예쁘다거나 같이 있어서 행복하다고 말해 주는 일……. 그런데 정말로 두려워하는 건 무엇일까? 두려워할 만한 일을 했을 때 과연 무슨 일이 일어날까? 린다는 자기 자신을 진지

나일 강 연안에서 살아가기

"하루하루 행복하게 살라.
  근심을 멀리 버리라.
  즐길 궁리를 하라."

이 구절은 노래를 부르는 눈먼 하프 연주자를 떠올리게 한다. 그렇다. 이집트인들은 죽음에 관심을 많이 기울이기는 했으나 삶 또한 사랑했다. 유적들의 내벽에서 발견된 그림이나 조각을 보면 이집트인들은 축제를 즐겼고 여럿이 함께 나누는 기쁨을 누릴 줄 알았다는 것을 알 수 있다. 대부분의 이집트학 학자들은 이집트 사회에서 남녀가 평등했다고 확신하며 말한다. 하지만 이혼할 때에는 여자들에게 보상받을 권리가 더 많이 주어졌다. 일반적인 견해와는 달리 이집트의 결혼 제도는 일부일처제였다. 오로지 왕만 하렘을 거느릴 수 있었다.

왕의 영향권 안에서 맴돌았던 테베의 관리들이나 부유한 귀족들은 편안하게 살았지만, **나일 강 계곡의 농부들과 단순한 기술을 지닌 장인들은 힘겹고 불안정한 삶을 살았다.** 3000년 전, 상인, 장인 같은 백성들은 단층이나 복층으로 된 아주 작은 집에서 생활했다. 집들은 좁은 골목을 사이에 두고 다닥다닥 붙어 있었다. 농부들은 괭이와 쟁기를 갖고 밀과 보리, 잠두콩 등을 재배 했으며, 소와 염소, 양을 길렀다. 당나귀는 정말로 쓸모가 많은 짐승이었다(고대 이집트에는 낙타가 없었음). 제2 중간기에 나타난 말은 전사들의 전유물이었으며, 두 마리씩 묶여서 전차를 끌었다. 빵과 맥주는 채소, 과일, 가금류 등과 함께 기본적인 식량이었고, 특별한 날에는 쇠고기를 먹었다. 그물이나 갈고리로 물고기를 낚아 먹고살기도 했다.

커다란 응접실, 별채와 대형 테라스, 연못으로 꾸민 울창한 정원…… **귀족들은 화려하게 꾸며 놓은 집에서 살았다.** 유적들에 있는 부조를 보면 그러한 모습이 잘 표현되어 있다. 당시에 부유한 귀족들은 성대한 잔치를 열고, 시스트럼(이집트 타악기의 일종)과 탬버린 소리에 맞춰 춤을 추었다. 그들은 호사스러운 취미로 사냥을 즐겼다. 나일 강 연안의 파피루스 숲에서 하마를 쫓기도 했고, 사나운 사자를 찾아 사막으로 원정을 떠나기도 했다.

이집트인들은 외모를 가꾸는 데 공을 많이 들였다. 특히 부유한 계층에서는 남녀를 가리지 않고 모두 화장을 하고, 향수를 뿌리고, 가발을 쓰고, 보석으로 치장하는 것을 즐겼다. 남자들은 앞치마가 달린 옷을 입었으며, 여자들은 속이 비치는 아마포로 된 드레스를 입었다. 몇 세기에 걸쳐 전해진 이집트의 조각과 그림들에 잘 묘사되어 있듯이, 여자들—네모의 말대로 무희일 수도 있다—의 섬세한 몸매, 그리고 매혹적이고도 평온함이 엿보이는 얼굴에는 고대 이집트의 신비로움이 깃들어 있다.

하게 생각하지 않는 걸까? 진지하게 생각하지 않는다면? 자신을 진지하게 생각하는 것이 정말로 그다지 중대하지 않은 일일까? 왜 린다는 항상 딴 사람처럼 행동해야만 했을까? 그냥 단순히 자기 자신이 될 수는 없을까? 말은 쉽다……. 하지만 네모도 여전히 자기가 누구이며 진정으로 원하는 것이 무엇인지 알아야 했다.

네모는 자신의 소심함에 무너지지 않고 어려운 상황들과 맞섰던 적이 몇 번이나 있었다. 한 번은 극장에서 줄을 서 있었는데, 어떤 덩치 큰 남자가 새치기를 하려 하자 화가 폭발했다. 네모는 그 남자의 어깨를 움켜쥐고 줄 밖으로 밀어내 버렸다. 그 남자는 너무 놀라서 어떤 대응도 못 하고 투덜거리면서 가 버렸다. 하지만 여자 애들과의 문제는 좀 더 복잡했다. 여자 애들은 너무 다르고 너무 특이하고 너무…… 매력적이었다.

"네모야, 꿈꿔?"

린다가 네모를 바라보며 놀렸다.

"저것 좀 보라고!"

린다는 계곡을 가리켰다.

네모는 조금 전부터 생각에 빠져서 어디로 가는지도 완전히 잊은 채 눈을 내리깔고 로봇처럼 걷고 있었다. 그런데 지금 린다의 손끝을 따라 아래쪽을 내려다보고는 몸이 굳어 버렸다. 지금까지 보았던 경치 중에서 분명 가장 빼어났다. 지평선은 티 없이 맑고 푸른 하늘과 황갈색 사막 사이에 뚜렷한 선을 긋고 있었다. 이러한 풍경을 배경으로 양쪽 농경지의 초록색 띠가 나일 강의 검은 물줄기를 둘러싸고 있었다. 색의 경계가 마치 화가가 그려 낸 듯 산뜻하고 완벽했다.

어떤 경치를 보면서 눈물이 난다면 우스운 일일까? 어쨌든 네모 눈엔 눈물이 고였다. 그리고 감동한 린다의 모습 또한 전류가 손가락을 타고 오듯이 느낄 수 있었다. 둘은 고대 이집트의 마법에 걸린 것처럼 황홀했다. 그 곳 지형에서 뚜렷하게 읽히는 어떤 것에 반해 버린 것 같았다. 바로 태양과 나일 강……

그렇다, 간단하다. 둘 다 생명을 준다. 태양은 온기와 빛을, 나일 강은 물과 비옥함을 준다. 그리고 둘 다 공간을 구성한다. 태양은 동쪽 사막에서 나타나 서쪽 사막으로 돌아가며, 나일 강은 남에서 북으로 흐른다. 또한 둘 다 시간을 구성한다. 나일 강은 주기적으로 범람해서 1년의 주기를 알려 주었고, 태양은 하늘에 그리는 곡선으로 하루의 흐름을 알려 주었다. 한편 둘 다 고대 이집트인들의 신앙을 한층 더 깊이 이해할 수 있게 한다. 태양이 솟아오르는 나일 강 동쪽은 당연히 살아 있는 자들의 왕국이며, 태양이 스러져 가는 서쪽은 죽은 자들의 왕국이었다. 태양이 자기가 출발한 지점으로 되돌아가려고 밤새 땅속을 운행한다고 믿었던 것도 '논리적'이다. 이로써 나일 강은 두 세계의 경계가 되었다. 삶과 죽음, 현실과 상상의 두 세계. 신들과 죽은 자들을 총괄하는 신인 태양은 쉬지 않고 이 세계에서 저 세계로 운행하면서 산 자들과 죽은 자들을 영원히 이어 주고 있었다. 그것은 완벽한 순환의 세계였다. 영원의 세계.

네모와 린다 모두 깊은 생각에 빠져 한동안 아무 말도 하지 못했다. 그러고는 다시 오르기 시작했다. 정상에 오르기 바로 전, 툭 튀어나온 어떤 것이 두 사람의 눈길을 사로잡았다. 눈에 잘 띄지 않는 바위 아래, 천장이 낮은 동굴 하나가 열려 있었다. 네모와 린다는 그쪽으로 돌진했다.

"뱀은 없을까?"

파충류를 특히 무서워하는 린다가 물었다.

"뱀? 여긴 널린 게 코브라야. 굉장히 위험하지. 물리면 죽을지도 모른다고."

네모가 짓궂게 대답했다.

그렇게 말한 이상 당연히 의연한 척을 해야 했다. 이제 와서 물러설 수는 없었다. 네모는 별것 아니라는 듯이 ─ 사실은 겁이 나서 죽을 지경이었지만 ─ 린다를 입구에 두고 동굴 속으로 슬금슬금 기어들었다. 그런 말은 공연히 왜 해 가지고……. 진짜로 코브라가 있으면 어떻게 해야 하나? 여기 사는 사람들은 누구나 알고 있었다. 코브라야말로 산속의 유일한 주인임을. 물론 전갈도 있지만, 아무 소리도 들리지 않았다. 동굴은 그다지 깊지 않은 것 같았고, 빛이 안쪽까지 충분히 비춰 주고 있어서 벽도 보였다. 네모 앞쪽에서 뭔가가 반짝였다. 아니, 그것은 움직이지 않았다. 네모는 천천히 다가갔다.

네모가 다시 밖으로 나왔을 때, 린다는 배꼽이 빠져라 웃음을 터뜨렸다. 네모 손에는 오래된 플라스틱 병이 들려 있었다. 그 지역 광천수인 '바라카'라는 상표가 찍혀 있었다.

"이런 것들이 열댓 개는 더 있어. 진짜 쓰레기장이 따로 없더라니까. 운도 없지!"

그래도 네모는 뿌듯했다. 아무튼 들어갔다 왔으니 말이다. 용맹

스러운 기사 네모는 린다의 손을 잡고 기세당당하게 오솔길을 안내했다.

드디어 정상에 이르렀다. 그러고 나서도 한참을 더 간 뒤에야 천연 피라미드를 이루고 있는 암석 더미 사이로 미끄러져 들어갈 수 있었다. 그 곳에서 보면 테베의 네크로폴리스가 한눈에 들어온다는 말은 거짓이 아니었다. 먼저 나일 강 쪽으로 사막 가장자리의 돌밭을 뒤로한 채 '수백만 년의 신전'의 잔해가 뚜렷하게 모습을 드러냈다. 그리고 바로 그 발치 오른쪽으로는 왕들의 계곡이, 왼쪽으로는 왕비들의 계곡이 뻗어 있었는데 무덤 입구까지 훤히 보였다. 여기선 죽은 자들의 왕국 전체를 굽어볼 수 있었다. 왕가의 비밀 장소도 여기 어딘가에 파묻혀 있을 것이다. 도대체 어디란 말인가?

그 때 휴대전화가 울렸다. 어쨌든 우리는 21세기에 살고 있었으니까. 휴대전화 송수신망은 파라오들의 네크로폴리스에서도 완벽하게 작동하고 있었다. 린다는 한껏 들뜬 상태로 주머니를 뒤져 전화를 찾았다.

"고모야."

린다는 좀 짜증이 난다는 투로 네모에게 속삭였다.

우아한 사모님께서 수다를 떨고 싶으셨나 보다. 하지만 린다는 통화하기에 그다지 좋지 않은 곳에 있다는 걸 예의 바르게 이해시켰다.

"고모한테 오늘 저녁에는 말가타에 있게 될 것 같다고 말씀드렸어. 배 타는 것도 이젠 지겨워."

전화를 끊으면서 린다가 말했다.

네모는 아무 대꾸도 하지 않았지만 그 말에 기분이 좋아졌다. 적어도 그 진드기 같은 셰익스피어를 따라다니진 않겠다는 말이니까.

돌 몇 개가 산 정상을 가리키면서 바위 위에 피라미드 모양으로 쌓여 있었다. 네모와 린다가 첫 번째 방문객이 아니라는 건 분명했다. 린다는 납작하고 앙증맞은 돌 하나를 올려서 작은 건축물을 완성했다. 그 곳을 지나는 사람들의 긴 행렬에 동참하는 순간이었다.

이집트 빵―반죽을 잘해서 구워 낸 동글납작한 빵―을 검은 올리브와 염소 치즈랑 같이 먹으니까 맛이 참 좋았다. 산 위에서 먹는 음식이라 입맛을 더욱 당기는 것 같았다.

네모가 왕들의 계곡에서 비죽 나온 바위를 가리키면서 말했다.

"있잖아, 르누아르 박사님이 우리에게 얘기해 준 왕들의 비밀 장소는 저쪽 뒤 갈라진 틈에 있었어. 사람들은 한밤중에 작은 오솔길을 따라 왕들의 미라를 몽땅 옮겨 놓았던 거야."

린다가 생각에 잠겼다.

"하룻밤 사이에 산속에서 미라들을 옮기려면 멀리 가지는 못했겠지?"

"아마 그랬겠지."

"미라가 많았으면 더더욱 멀리 못 갔을 거야."

"그래, 맞아……."

네모는 린다가 무슨 말을 하는 건지 알아들었다. 고대의 신관들은 도굴꾼들에게 위협받는 왕비들의 미라를 지키려고 그것들을 비밀리에 무덤에서 꺼내 다른 곳으로 옮겨 놓아야 했다. 그것도 단 하룻밤 새에. 왕들의 미라를 옮겼던 것처럼 말이다. 그러니까 그렇게 멀리는 갈 수 없었을 것이다……. 왕비들의 계곡 무덤에서 찾아내지 못한 그 많은 미라들을 옮겨야 했던 만큼 그들의 여정에는 더욱 제약이 많이 따랐을 것이다…….

네모는 목소리를 높여 말했다.

"좀 정리해 보자. 그러니까 네페르타리 왕비와 다른 왕비들은 분명히 가까운 곳에 묻혀 있을 거란 말이지."

"…… 왕비들의 계곡에서 가까운 곳. 바로 그게 핵심이야, 친애하는 왓슨 박사! 그게 핵심이라고!"

네모와 린다는 동시에 몸을 돌렸다. 아래쪽으로 왕들의 계곡―좀 더 인간적으로 보인다―보다 폭이 좁은 왕비들의 계곡이 펼쳐져 있었다. 네모는 네페르타리 왕비의 무덤 입구와 람세스 2세 가족의 무덤들이 줄지어 있는 모습을 보았다. 틀림없었다. 비밀 장소는 틀림없이 이 구역 어딘가에 있을 것이다.

"이번에는 정말 맞을 것 같아."

네모가 외쳤다.

"상상해 봐……. 혹시 우리가 도굴꾼들을 찾아낸다면……. 파멜라 고모가 얼마나 기뻐하실까!"

"고모는 찾아낸 사람들에게 대가를 치르시겠지. 도굴꾼들은 누구든 분명 아주 가난한 사람들일 거야. 그리고 고모는 그들이 도굴한 유물들을 이집트에 고스란히 넘겨주실 테고. 하지만 만약 정말로 왕비의 비밀 장소에서 도굴한 유물이라면 고모가 전부 다 살 수는 없을 거야."

"고모도 알고 계셔. 그러니까 그냥 상상해 보자. '파멜라 해링턴

부인 컬렉션'이란 이름표를 달고 카이로 박물관에 진열돼 있을 네
페르타리 왕비의 미라를 말이야. 혹시 이렇게 쓸지도 몰라. '파멜
라와 린다 해링턴!'"

"이 곳 사람들의 눈에 띄지 않고 비밀 장소를 비울 순 없을 거야.
산에는 밀매매꾼들의 왕래가 잦을 테니까."

"자, 어서 가 보자."

린다가 얼굴에 자외선 차단 크림을 다시 덧바르고 나서 두 사람
은 산등성이를 따라 탐험을 계속했다. 왕비들의 계곡 일대를 샅샅
이 조사할 작정이었다. 이번에는 길이 끊겼다. 둘은 네크로폴리스
의 윤곽을 지표 삼아 어림잡아 앞으로 나아갔다. 하지만 네크로폴
리스가 시야에서 벗어나기 일쑤였다. 실수로 단층을 따라가는 바람
에 몇 번씩 되돌아가기도 했다. 뜨겁게 달구어진 돌밭에서 미끄러
져 가며 되짚어 올라가 한 바퀴를 돌고도 여전히 왼쪽으로 가야 할
지 오른쪽으로 가야 할지 몰라 티격태격했다.

"아니야, 왼쪽이 확실해."

"아냐, 오른쪽이라니까."

두 사람은 이렇게 옥신각신하면서 다시금 길을 떠났다.

한 시간 이상 걷고 나서야 왕비들의 계곡에서 앞쪽으로 튀어나온
부분에 도착할 수 있었다. 산비탈에는 동굴 입구나 구멍 같아 보이
는 것들이 전혀 없었다. 아니, 오히려 전부 그렇게 보였다. 높낮이
가 조금만 차이 나도, 조금만 그늘져도 죄다 구멍 같았다. 하지만
모두 아니었다. 게다가 아래쪽으로 내려갈 수도 없었다. 절벽이었
으니까.

"우리 꼭 바보들 같다. 지금 짚더미 속에서 바늘 찾는 거랑 뭐가 달라?"

린다가 투덜거렸다.

네모는 등이 아파 오기 시작했다. 날씨도 점점 더워졌다. 돌아갈 길이 아직 멀었다. 문제는 아래로 내려가는 길을 찾는 것이었다.

네모와 린다는 왕비들의 계곡을 지나온 것을 후회하면서, 산등성이를 한참 더 걷다가 어느 자그마한 골짜기로 접어들었다. 왠지 그쪽에서는 내려가는 길을 찾을 수 있을 것만 같았다. 돌무더기들 때문에 어찌나 미끄러운지, 린다는 오래된 스키 기술을 생각해 냈다. 비탈길에 몸을 맡기고 회전경기를 하듯이 오른쪽, 왼쪽으로 번갈아 몸을 비틀어서 미끄러져 나가는 방법이었다.

"야아아아아아호!"

혹시라도 파라오와 왕비의 영혼들이, 그러니까 '카'나 '바'들이 근처에서 떠돌고 있었다면, 아마 두 눈이 휘둥그레졌을 것이다. 테베 산을 스키 타듯 내려간 건 아무래도 린다가 최초였을 테니까.

네모와 린다는 튀어나온 바위들에 가려진 작고 험준한 골짜기를 수직으로 빠져나왔다. 예전에 급류가 흐르던 곳이 말라서 깊은 고랑으로 남았는데, 멀리서는 잘 보이지 않았다. 거긴 불가마 내부만큼 뜨거웠다. 미라를 옮겨 놓고 영원히 건조한 상태로 보존하기에는 안성맞춤이었다. 그 곳은 사람의 손길이 전혀 닿지 않은 것 같았다. 예전에 왕들의 계곡과 왕비들의 계곡이 그랬듯이.

"사람들이 말하던 세 공주의 계곡 같아. 아무도 관심을 갖지 않는 깊은 무덤이 세 개 있다고 했어. 아마 여기 어딘가에……."

네모가 말끝을 흐리며 생각에 잠겼다.

"그리고 아마 비밀 장소도……."

"저기 좀 봐!"

다른 쪽 비탈에서 갈라베야를 입은 남자가 다가오고 있었다. 뒤에는 고집 세어 보이는 당나귀 한 마리가 짐을 잔뜩 싣고서 끌려오고 있었다. 네모와 린다는 눈에 띄지 않게 몸을 납작 엎드렸다. 저 아저씨는 이런 사막 한가운데서 뭘 하는 걸까? 음식을 가져다줄 만한 사람도, 아무것도 없는데 말이다. 암거래를 하려는 걸까? 어디로 가려는 걸까? 혹시…… 도굴꾼?

"분명히 그 비밀 장소로 가는 걸 거야."

린다가 소곤거렸다.

"아니면 다른 어떤 비밀 장소로……."

"따라가 보자!"

농부 차림의 남자는 당나귀를 끌고 바위 뒤로 사라져 버렸다. 네모와 린다는 그 방향으로 부지런히 달려갔다. 린다는 비탈로 내려가면서 가속도가 붙었고, 흙더미와 자갈이 쏟아져 내리는 통에 미끄럼을 타게 되어 더 빨리 산을 내려갈 수 있었다. 네모는 균형을 잃지 않으려고 팔을 이리저리 내저으며 기를 쓰고 린다를 쫓아갔다. 흙덩이와 자갈이 떨어져 내리는 소리가 계곡을 울려 댔다. 공명을 만들어 내는 계곡이라 메아리가 수십 개씩 터져 나오며 점점 더 커져 갔다. 정말이지 조용히 비밀스럽게 움직이고 싶었지만, 돌무더기를 우박처럼 쏟아지게 만들고 말았다.

"니이이이모……."

린다는 평상시와는 다르게 개미처럼 작고 껵껵 쉰 듯한 소리를 냈다. 그녀는 자갈밭에 무릎을 접고 앉아 움직이지 못했다.

"다친 거야?"

"니이이이모……."

린다는 고개를 돌리지도 못했다. 하지만 눈은 정면을 똑바로 응시하고 있었다. 린다가 제발 다치지 않았기를…….

"니이이이모……."

드디어 린다가 뭐라고 중얼거렸다!

네모는 린다의 시선을 따라갔다. 몇 미터 앞, 둥글고 길쭉한 돌 옆에 검은 기둥 같은 게 서 있었다. 그 꼭대기쯤에 서로 닮은 노르스름한 후광 같은 것 두 개가 보였다. 세상에, 파라오 아버지! 섬뜩한 전율이 머리에서 발끝으로 빠르게 퍼지더니 곧 온몸이 떨려 왔다. 두 개의 눈이 네모를 빤히 바라보고 있었다. 몸을 꼿꼿하게 세우고 머리를 앞으로 뺀 커다란 코브라의 동그란 금빛 눈이었다. 날름날름 물결치는 그 파충류의 작은 혀까지 똑똑히 보였다. 한바탕 돌덩이들이 쏟아지는 바람에 화가 머리끝까지 솟은 것 같았다. 코브라의 싸늘한 분노였다.

네모는 어찌할 도리가 없었다. 어쨌든 자기는 '인디아나 존스'가 아니었으니까. 인디아나 존스는 영화 속 영웅일 뿐이다. 자기는 뭐든지 척척 해낼 수 있는 사람이 아니었다. 문제는 코브라였다! 너무 뻔한 얘기 아닌가! 왜 악어나 털보 괴물은 안 될까? 아니면 외계인은? 하지만 안타깝게도 코브라는 바로 눈앞에 펼쳐져 있는 현실이었다. 의심할 여지가 없는 진짜 코브라. 게다가 무지하게 컸다.

놈들이 우글거리는 사막에서 놈을 만난 것처럼 당연한 일이 또 어디 있겠는가!

"일단 절대로 움직이지 마."

네모가 중얼거렸다. 그 말을 한 순간 자기 충고가 얼마나 어리석은지 깨달았다. 린다는 이미 조각상이나 화석처럼 온몸이 **빳빳하게** 굳어서 숨마저 막혀 있었으니까. 속눈썹만 바르르 떨리고 있었다.

저 무시무시한 코브라 앞에서 도대체 어떻게 해야 할까? 움직이지 않는다. 좋아, 그럼 그 다음엔? 학교에서 바로 이런 것들을 가르쳐 줘야 한다. 온갖 바보 같은 것들만 머릿속에 잔뜩 쑤셔 넣는 대신에. 네모는 50미터는 족히 되는 코브라를 단칼에 베어 버렸다고 자랑하던 말가타의 요리사 아저씨가 떠올랐다. 하지만 자기가 가진 것이라곤 피크닉용 플라스틱 칼뿐이었다. 그리고 자기가 그런 상황에서 결투를 벌일 수 있을지도 장담하기 어려웠다.

코브라는 뭔가를 씹는 것처럼 이따금 머리를 부풀렸다. 아, 그래. 이제야 기억이 났다. 눈……. 더 생각할 겨를도 없이 네모는 왼손을 천천히, 아주 천천히 뻗어 린다의 눈을 가렸다. 영문을 모르는 린다는 얌전히 있었다. 천천히 다른 손으로 린다의 손을 잡았다. 곧 린다의 손톱이 자기 살을 파고드는 것이 느껴졌다. 그리고 린다를 가만히 일으켜 세웠다. 네모는 돌을 건드리지 않으려고 조심하면서 아주 느릿느릿 움직였다. 그러고는 살짝 뒤로 물러났다. 한 발짝 뒤로. 뱀이 쉭쉭거리기 시작했다. 다시 한 발, 또 한 발……. 뱀은 꿈쩍도 하지 않았다. 다시 한 발……. 심장이 쿵쾅거리면서 숨이 가빠 왔다. 무서워서 죽을 지경이었다. 하지만 다른 한편으로는 자기들의 꼴이 우습다는 생각이 절로 들었다. 어린 코미디언 둘이 사막 한가운데서 길을 잃고 슬로비디오로 돌아가는 영화의 한 장면처럼 뒷걸음질 치고 있었던 것이다.

"자, 이제 뛴다."

네모가 속삭였다. 그러고는 린다의 눈에서 손을 떼고 팔을 세게 끌어당겼다.

그 날 두 사람은 울퉁불퉁한 자갈투성이 땅에서 단거리달리기 신기록을 세웠다.

"너, 내 눈은 왜 가린 거야?"

멀리까지 도망치고 난 뒤 간신히 안정과 호흡을 되찾은 린다가 물었다.

네모는 조금 우쭐대며 대답했다.

"그야 네 눈을 보호하려고 그런 거지."

네모는 케이블텔레비전에서 방영된 다큐멘터리 프로그램을 통해 코브라가 멀리서 독을 뿜어내 쥐를 건드리지도 않고 죽이는 모습을 본 적이 있었다. 아까 그 코브라가 무시무시한 머리를 부풀린 건 분명히 벌써 독을 발사할 준비를 끝냈다는 뜻이다.

"오, 나의 영웅! 넌 정말로 나를 사랑하는구나. 넌 정말로 날 사랑해!"

린다가 네모의 목에 매달려 소리 질렀다. 그리고 네모를 좀 더 꽉 끌어안았다.

네모 역시 감격스러웠다. 린다가 제 입으로 '넌 정말로 날 사랑하는구나.'라고 말해 주었던 것이다. 그건 며칠 전부터 네모가 호시 탐탐 고백할 기회만 노리고 있었던 바로 그 말이었다.

하지만 사랑한다는 걸 어떻게 알 수 있을까? 네모는 샌프란시스코 해변에서 아주 로맨틱하게 첫 입맞춤을 했던 날 저녁, 린다가 자기에게 했던 말을 잊을 수가 없었다. '사랑하는 것은 사랑에 빠지는 것보다 훨씬 강한 거야. 사랑하는 것은 자기 자신보다 그 사람이 잘되길 바라는 거야. 그 사람이 행복하길 원하는 거지.'

"넌 네 눈이 아니라 내 눈을 생각해 줬어. 그래, 넌 나를 사랑하는 거야."

린다가 아주 감미로운 목소리로 말했다. 그렇게 말한 건 그녀였다……. 심리 전문가인 린다가 그렇게 말했던 것이다.

둘은 평평하고 널찍한 바위 위에 앉아 한동안 얼싸안고 있었다. 온 세상 뱀들을 피해 안전하게. 농부와 고집불통 당나귀도, 세 공주의 무덤도, 왕비들의 비밀 장소도, 무시무시한 코브라도 모두 잊은 채……. 둘은 테베 산보다 높이 날아올랐다. 두 사람은 똑같은 감정으로 하나 된 네모와 린다, 람세스 2세와 네페르타리 왕비, 오시리스와 이시스였다.

오솔길 끝에 다다랐을 때는 이미 꽤 늦은 오후였다. 오솔길은 생각지도 못했던 절벽 가장자리에 가로막혀 있었다. 나일 강 계곡으로 돌아가려면 딱 한 가지 방법밖에 없었다. 가파르게 갈라져 있는 좁은 틈으로 미끄러져 내려가는 것이었다. 네모와 린다는 잠시 머뭇거렸다. 하지만 더위와 피곤함—그들은 이른 아침부터 하루 종일 걸었다―이 두려움을 이겨 냈다. 뱀들에겐 안된 일이지만! 둘은 좁은 틈 사이로 조심스럽게 내려가기 시작했다. 처음 몇 미터 정도는 별것 아니었다. 그런데 중간쯤 가니까 틈이 더 넓어지면서 모래땅이 심하게 기울어져 있었다. 벽을 붙잡고 매달리는 것도, 뒷걸음질 치는 것도 불가능했다. 네모와 린다는 둘 다 그 길고 긴 미끄럼틀 속에 전속력으로 내동댕이쳐지면서 뒤로 벌렁 자빠지고 말았다. 몇 미터 아래로 떨어지며 조금 튀어올랐지만, 다행히 모래가 쌓여 있는 데 착지해서 충격은 덜했다. 산은 그렇게 네모와 린다를 뱉어 냈다.

또다시 넓은 사막지대를 가로지르고 나서야 첫 번째 오아시스가 있는 농경지 주변에 다다를 수 있었다. 말가타였다. 멀리 야자나무의 낭창낭창한 가지들이 비어져 나온 조사단 숙소의 높은 담벼락도 보였다. 그 곳도 산과 마찬가지로 시원한 바람 한 점 불어오지 않았다. 더위가 기승을 부렸다. 네모와 린다는 진이 다 빠져 무거운 다리를 질질 끌며 황량한 풍경 속을 헤쳐 나아가고 있었다. 오로지 목적지에 시선을 고정한 채로. 장인들이 만들었을 법한 컵 받침이나 달걀 반숙 프라이처럼 생긴 부싯돌, 모서리가 날카로운 자갈들이 땅 위에 흩어져 있었다. 네모와 린다는 가끔씩 몸을 구부려 특이하게 생긴 돌을 주웠다.

다가가면 다가갈수록 숙소는 멀어지는 것만 같았다. 마치 신기루처럼. 사막에서는 아주 흔한 일이었다. 눈부신 햇빛 때문에 모든 것의 부피가 줄어 보이고 거리감이 사라져 버리는 것이었다. 그들은 점점 더 풀이 죽어서 로봇처럼 앞으로 나아갔다. 이따금 멈춰 잠시

쉬기도 했다. 그럴 때면 무언가 독특한 느낌에 사로잡혔다. 비현실적인 어떤 것. 그것이 무엇인지 깨닫기까지는 시간이 좀 걸렸다. 그건 바로 정적, 여태껏 느껴 본 적 없는 진정한 정적이었다. 절대적이고 완벽한 정적. 먼 곳에서 들려오는 소리나 소음도 전혀 없었다. 바람 한 점 불지 않았고, 곤충들이 윙윙거리는 소리조차 없었다.

"화성에 와 있는 것 같아."

린다가 아주 부드러운 목소리로 말했다.

"그래. 정말 다른 행성 같다."

네모가 대답했다. 그러고는 입을 다물고 잠시 생각에 잠겼다.

"넌 아직도 그 곳에 가고 싶니? 그러니까 화성 말이야. 여전히 우주 비행사가 되고 싶어?"

린다가 고개를 끄덕였다.

"전보다 더 간절해."

"전보다 더?"

"응, 그래."

"하지만……."

네모는 말을 잇지 못했다. 갑자기 슬퍼졌다. 화성이라……. 너무 먼 곳이었다. 그리고 여행도 길고. 길어도 너무 길었다.

"화성은 너무 멀어."

네모는 소리를 질러 버렸다.

린다는 아무 말 없이 다시 한 번 네모에게 몸을 기댔다. 네모는 자기 입술에 포개진 린다의 뜨거운 입술을 느꼈다.

둘은 또다시 끝없는 여정을 시작했다. 말가타의 벽에 닿으려면 도대체 시간이 얼마나 흘러야 할까? 네모와 린다는 허기에 시달리고 더위와 감정에 취해서 비틀거리며 마침내 도착했다.

"아, 드디어 탐험가들이 돌아오셨군!"

요리사가 농담을 하며 차와 이집트 과자가 담긴 쟁반을 가져다주었다. 둘은 며칠 굶은 사람들처럼 정신없이 달려들었다.

"이런!"

린다가 갑자기 생각난 듯 외쳤다.

"왜?"

네모가 입 안 가득 과자를 물고서 더듬거렸다.

"르누아르 박사님⋯⋯."

세상에! 하마터면 잊을 뻔했다. 르누아르 박사가 왕들의 계곡에서 기다리겠다고 했는데⋯⋯. 지금 와서 약속을 깰 수는 없다.

"조사단 운전기사가 곧 박사님을 모시러 갈 거야. 너희도 같이 갈래?"

요리사 아저씨가 끼어들었다.

왕들의 계곡에 도착했을 때 네모와 린다를 본 르누아르 박사는 놀라는 눈치였다. 람세스 2세의 무덤 깊은 곳에서 일을 마치고 조사단 숙소로 데려다 줄 차를 기다리고 있던 그도 두 사람과 했던 약속은 까맣게 잊고 있었던 것이다. 네모와 린다가 다시 무덤을 보러 온 거라고만 생각한 르누아르 박사는 자기가 떠난 뒤 잠깐 더 있어도 좋다고 친절을 베풀었다. 그러고는 밤에 경비원이 문을 잠글 때쯤 나와 경비 초소 옆에서 택시를 잡아타고 돌아오면 된다고 일러 주었다.

"하지만 조심해야 한다. 특히 지금 우리가 분류 작업 중인 프레스코화 조각들은 절대로 만지면 안 돼."

네모와 린다는 네페르타리 왕비 이야기를 하러 왔다는 말은 차마 하지 못하고 그저 그러겠다고 약속했다.

"좋아, 그럼 우린 이제 뭘 하지? 이건 정말 바보 같은 짓이야."

이집트학 학자가 떠나자마자 네모가 말했다.

"아무것도 하지 말자."

린다가 몸을 둥글게 웅크려 네모에게 기대면서 대답했다.

둘은 석관실 가장자리의 긴 의자처럼 생긴 모서리에 나란히 누웠다. 무덤 속의 희미한 불빛은 한낮의 강렬한 빛을 너무 많이 쬐었던 눈의 피로를 풀어 주었다. 온도도 딱 좋았다. 다른 무덤보다 한결 시원했다. 찜통 같았던 더위 뒤에 느끼는 달콤함이었다. 그들은 정말로 더위를 먹었었다.

린다의 머리가 미끄러졌다. 숨소리가 느려지고 규칙적이게 되었다. 네모는 린다가 잠들었다는 것을 알고 린다의 머리칼을 부드럽게 어루만졌다. 네모는 린다를 보호하고 꼭 안아 주고 싶었다. 그런 게 사랑일까? 그것을 어떻게 알 수 있을까? 진실로 사랑하고 있는지 아닌지 잴 수 있는 기구나 온도계는 없다. 오히려 그런 것들이 없는 편이 나을 것 같기도 했다. 하지만 무엇이 사랑인지, 진실한 사랑을 어떻게 알아보는지는 스스로 깨달아야만 했다. 많은 사람들이 사랑의 문제에서 자주 틀리는 것도 놀랄 일은 아니었다.

그 날 어찌나 많이 걸었던지 다리에 아무런 느낌이 없었고, 몸도

천근만근이었다. 네모는 좀 더 편안한 자세로 누웠다. 이집트의 가장 위대한 파라오의 무덤에 그렇게 누워 있다는 것이 좀 이상하긴 했다. 닭 모가지를 한 그 늙은 미라가 자기 자리에 버젓이 누워 있는 네모를 본다면 뭐라고 할까? 네모는 생각하지 않기로 했다. 그대로 기분이 아주 좋았다. 한순간 네모의 눈이 스르르 감겼다.

10. 미라들의 밤

  뭔가가 서로 부딪는 듯한 둔탁하면서도 맑은 소리가 드문드문 들려왔다. 돌이 부딪히는 소리 같기도 했고, 공연장에서 박수 치는 소리 같기도 했다. 멀리서 들려오는 소리였기 때문에 귀를 기울여야만 분간할 수 있었다. 네모는 몸을 일으켜 주의 깊게 들어 보았다. 그것은 지금 자기가 있는 석관실에서 나는 소리가 아니라 더 멀리, 아마도 그 옆의 다른 방들 가운데 한 곳에서 나는 것 같았다. 무덤 바깥에서 나는 소리가 아니라면 말이다.

  놀란 네모는 배낭을 베고 깊이 잠들어 있는 린다를 깨우지 않으려고 조심하면서 천천히 일어났다. 광중* 한가운데 박힌 기둥들의 잔해 주변을 돌아보고 나서 왼쪽 방으로 통하는 판 위로 기어 올라갔다. 네모는 조심스레 옆방으로 들어갔다. 이상한 점은 전혀 없었다. 탁탁거리는 소리가 조금 더 멀어진 것 같았다.

---

* 광중 : 무덤 내부에서 시체를 안치하는 구덩이 부분.

네모는 그 방에서 나와 이번엔 오른쪽 방으로 가 보았다. 사방 벽 아래쪽으로 프레스코화 조각이나 꽃병, 조각상이 가득 들어 있는 바구니가 줄지어 놓여 있었다. 이집트학 학자들이 분류 작업을 하고 있는 물건들이었다. 소리가 좀 더 가까워졌다. 통로를 따라 고리버들로 짠 바구니들과 궤짝들이 빼곡히 들어찬 두 번째 방에 이르렀다. 커다란 석재 뚜껑으로 굳게 닫혀 있는 궤짝이 하나 있었다. 네모는 그 뚜껑을 들어 올렸다. 잿빛 소금 같은 오톨도톨한 가루가 가득했다. 천연 탄산나트륨…… 분명히 천연 탄산나트륨이었다. 다른 궤짝도 열어 보았다. 향이 나는 노란 액체가 담겨 있는 먼지 낀 작은 병들이 잔뜩 있었다. 미라를 만들 때 없어서는 안 될 향유였다. 또 다른 바구니에는 천 뭉치가 있었다. 네모는 천을 쥐고 구겨 보았다. 최고급 아마포, 그러니까 왕가의 미라를 만들 때 쓰는 것이었다.

네모는 고개를 들었다. 삐걱거리는 소리가 더 가까워졌다. 맨 끝에 있는 방으로 들어갔다. 무덤의 가장 끝, 즉 르누아르 박사가 말했던 곳이다. 오목하게 파 놓은 벽감* 한 곳에 처음 왔을 땐 보지 못했던 오시리스 입상이 있었다. 좀 더 가까이 다가간 네모는 조각상 오른쪽 벽면에 그려진 옛날 문의 윤곽을 보았다. 그러니까 무덤은 계속 이어지는 것이었다. 그렇다면 어디로? 무엇 때문에? 통로는 침전물로 위에서 아래까지 막혀 있었지만, 몸을 구부리니 땅과 경계를 이루는 부근에 좁은 틈이 보였다.

---

* 벽감 : 장식하려고 벽면을 오목하게 파서 만든 공간.

그 곳을 통과할 만큼 몸이 날씬할까? 네모는 등을 땅에 대고 틈으로 몸을 밀어 넣어 보았다. 높고 널찍한 방이 눈앞에 펼쳐졌다. 네모는 깜짝 놀라 앞으로 성큼 나아갔다. 내벽은 휘황찬란한 색깔의 히에로글리프와 프레스코화로 뒤덮여 있었다. 거기에는 없는 게 없었다. 짐승 머리의 신들, 즉 풍뎅이 머리의 케프리 신, 숫양 머리의 오시리스 신, 목둘레에 빨간색 천을 두르고 있는 자칼 머리의 아누비스 신, 그리고 가슴을 드러낸 요염한 여신들…….

끽끽거리는 소리가 점점 더 분명하게 들려왔다. 경사가 완만한 복도가 다른 방으로 연결돼 있었다. 네모는 복도를 타고 내려갔다. 복도 벽 역시 일렬로 늘어선 히에로글리프로 완전히 덮여 있었다. 또다시 새로운 방이었다. 또다시 눈부시게 빛나는 프레스코화들, 또 새로운 방으로 이끄는 새로운 복도들이 있었다.

네모는 슬슬 지치기 시작했다. 하지만 돌 위로 걸음을 내딛지 않을 수가 없었다. 얼마 동안이나 그렇게 걸었을까? 화려하게 장식된 또 다른 방이 나타났다. 하지만 텅 비어 있었다. 그리고 또 다른 복도가 있었고, 소리는 여전히 잦아들지 않았다. 이제는 누군가가 손뼉을 치는 소리처럼 들렸다.

한순간에 문도, 복도도 사라져 버렸다. 마지막 방은 막다른 길 같아 보였다. 그럴 리가 없었다. 분명 어딘가로 연결되어 있을 텐데……. 하지만 아무것도 없었다. 벽에 미세한 틈도 없었다. 옛날식 문의 그림조차 없었다. 그게 아니라면……. 네모는 단숨에 뒤로 물러났다. 그렇다, 수직 통로! 한 걸음 더 내딛는 순간 뭔가에 걸려 넘어졌다. 이집트인들은 이런 종류의 깜짝 쇼에 열광했다. 하지만 왜 애꿎은 자기한테 이러는 것일까? 몸을 기울여 보았다. 벽면을 따라서 밧줄 하나가 매달려 있었다. 네모는 그것을 두 손으로 꽉 쥐었다. 그러고는 체육 시간에 배웠던 것처럼 미끄러져 내려갔다. 예상했던 대로 낮은 문 하나가 가장 안쪽에 열려 있었다. 그리고 몇 미터 되는 복도가 또 나타났다. 네모는 몸이 굳었다. 방은 매우 좁고 길었다. 양옆으로 10여 개의 미라가 벽에 기대서 있었다. 비밀 장소였다. 자기가 비밀 장소를 발견한 것이었다!

하지만 왜 미라가 전부 서 있는 것일까? 왜 전부 네모를 바라보고 있는 것일까? 미라는 한결같이 관 속에서 몸을 일으켜 세우고 있었다. 머리—남아 있는 만큼은—를 살짝 옆으로 기울인 채. 어떤 미라는 얼굴이 벗겨져 있었다. 푸줏간 갈고리 같은 것에 걸려 있는 바로 옆의 미라는 두개골이 부서지고 군데군데 작은 구멍이 나 있었다. 뭐라 표현할 수 없는 고통에 경련이 일어난 듯한 몇몇 미라들은 소리를 지르거나 구원을 요청하는 것 같았다. 비웃는 것이 아니라면 말이다. 방 맨 안쪽에서 검은 머리를 길게 땋아 내린 미라가 천천히 손뼉을 치고 있었다. 돌 두 개가 부딪는 것처럼 딱딱거리는 소리가 났다.

네모는 떨리지 않았다. 겁도 나지 않았다. 그냥 자기도 미라들과 같이 웃고 싶었다. 지금 이 상황이 몹시 우스꽝스러웠다. 느릿한 박수 소리에 맞춰 미라들이 전부 고개를 끄덕거렸다. 오른쪽으로, 왼쪽으로, 또다시 오른쪽으로. 몇몇 미라들은 박자에 맞춰 구멍난 발가락을 들어 올리기도 했다. 미라들은 춤을 추었다.

"애, 너는 진품이니, 모조품이니?"

갑자기 미라 하나가 턱을 삐걱거리며 물었다.

"쟤는 진짜야. 맛이 좋을 것 같아."

희멀건 두 눈으로 네모를 뚫어져라 쳐다보면서 옆에 있는 미라가 대꾸했다.

"난 네페르타리 왕비를 찾고 있어요."

네모가 감히 쳐다보지는 못하고 더듬거렸다.

미라가 고개를 뻗어 벗겨진 잇몸을 네모의 입 근처에 들이댔다.

"즐길 궁리를 하라! 너의 욕망을 따르라!"

미라가 중얼거렸다.

네모는 튕기듯 뒤로 물러나면서 소리를 질러 댔다.

"아니야! 놔줘! 날 놔줘요!"

"네모! 네모!"

미라가 네모의 어깨를 붙잡았다.

네모는 뼈가 불거진 미라의 손을 움켜쥐고서 온 힘을 다해 발버둥을 쳤다.

"네모야! 일어나!"

네모는 눈을 떴다. 어두워서 앞이 안 보였다.

"나야, 나, 린다! 왜 그래? 무슨 일이야?"

네모는 손으로 얼굴을 쓰다듬어 보았다. 악몽을 꾸었던 것이다. 이 모든 게 사실이 아니었다. 그저 잠이 들었을 뿐, 그게 다였다.

"불 좀 켜 봐."

네모가 속삭였다. 그리고 자기 손을 잡고 있는 린다의 손을 느끼고는 세게 쥐었다.

"불이 없어! 말도 안 돼. 네모야, 우리가 람세스 2세의 무덤에 갇혔나 봐. 몇 시지? 르누아르 박사님은 어디 계셔?"

네모는 정신을 가다듬었다.

"아까 조사단 숙소로 가셨잖아. 우리가 오래 잤나?"

"모르겠어, 모르겠어……."

린다의 목소리가 떨렸다.

"무서워하지 마. 나한테 손전등이 있을 거야."

네모가 린다를 달랬다. 그러고는 더듬더듬 배낭을 뒤져 손전등을 찾아냈다.

불이 들어왔다! 그러나 빛이 약했다. 건전지가 곧 바닥날 것 같았다. 너무 오래 사용할 일이 없기만 바랄 뿐이었다. 네모는 손전등을 벽에 비춰 보았다. 석관실의 깨진 기둥들이 눈에 띄었다. 동그래진 린다의 눈을 보고 나니 두려움이 훨씬 커졌다.

"벌써 11시가 다 됐어."

네모가 손목시계를 비추며 말했다.

"11시?"

린다는 얼른 이해가 되지 않는 모양이었다.

"밤 11시. 돌아가야 해."

네모가 조용히 말했다.

"하지만……. 밖에는……."

린다가 중얼거렸다.

"뭐, 밖에? 걱정 마, 문제없어. 이 주변은 밤에도 경비가 삼엄해.

우리를 데려다 줄 누군가를 찾을 수 있을 거야."

"맞아, 내 휴대전화!"

린다가 불현듯 소리쳤다. 벌써 휴대전화를 손에 쥐고 번호를 누르고 있었다.

네모는 파멜라 고모가 아주 능숙한 솜씨로 경찰 한 부대를 이끌고 구조하러 오는 모습을 상상해 보았다. 하지만 부질없는 짓이었다. 이렇게 깊은 땅속에서는 휴대전화 전파가 잡히지 않았다.

"신호가 안 가……."

"자, 밖으로 나가 보자."

네모는 린다의 손을 꼭 잡은 채 앞으로 나아갔다. 울퉁불퉁한 바닥을 비추면서 복도를 찾아내서 나무로 된 다리로 올라가 수직 통로를 뛰어넘었다.

린다는 아무 말 없이 따라왔다. 사실 네모도 확신이 없었다. 왕들의 계곡 한복판에 둘만 있는 거라면? 한밤중에 단둘이 미라와 코브라가 득실거리는 곳에서?

"네모야……."

"응?"

"무덤에도 뱀이 있을까?"

자기 생각을 읽은 것일까? 하지만 괜히 린다를 걱정시키고 싶지 않았다.

"절대 없어! 무덤에서 뱀을 봤다는 소린 들어 본 적이 없어."

네모가 힘주어 대답했다. 그냥 아무 말이나 둘러댄 것이었다.

걸음을 재촉했다. 출구까지 이어진 가파른 길을 따라 올라갔다.

이것이 마지막 단계였다. 하지만 끝이 보이질 않았다. 오후 늦게까지 너무 걸은 탓에 장딴지가 아파 죽을 지경이었다. 위쪽에서 빛이 어렴풋이 스며들었다. 문이었다. 마침내 도착했다. 그리고 밖에는 빛이 있었다. 초소의 철조망 사이로 가로등 불빛이 희미하게 비치고 있었다. 차가운 밤공기도 느껴졌다.

린다는 벌써 손잡이를 이리저리 돌려 보고 있었다.

"네모야, 잠겨 있어!"

"갇혔나 봐!"

네모도 흥분해서 같이 문을 흔들어 댔다. 문의 가로대를 빼내려고 애쓰면서 손잡이를 돌려 보았다. 아무 소용이 없었다. 문은 이중으로 굳게 잠겨 있었다. 네모는 영화에서처럼 어깨로 문을 몇 번이나 들이받았다. 하지만 꿈쩍도 하지 않았다.

"자물쇠를 열어 봐야겠어."

네모가 흥분하며 말한 뒤 가방 안을 샅샅이 뒤졌다.

연장으로 쓸 만한 것은 그나마 피크닉용 플라스틱 칼이 전부였다. 하다못해 손톱 다듬는 줄이나 머리핀 같은 것도 없었다. 네모는 큰 기대 없이 플라스틱 칼을 자물쇠 안으로 애써 밀어 넣어 보았다. 효과가 전혀 없으리라는 걸 아주 잘 알고 있었다.

"야아아아아아압! 야아아아아아압!"

린다가 기를 불어넣었다.

둘은 아무 말도 하지 않았다.

"도와줘요! 누구 없어요? 여기 사람이 갇혔어요!"

네모가 있는 힘껏 소리를 질러 보았다.

이번에는 웅성거리고 경보음이 울리고 야단법석을 치는 소리가 났다. 아마 초소의 군인들이 소스라치게 놀라 잠에서 깼나 보다.

"여기예요! 여기라고요, 람세스의 무덤 안이에요!"

네모가 다시 한 번 소리쳤다.

쇠붙이가 끽끽거리는 소리가 연달아 들려왔다. 바로 그 때 린다가 네모의 입을 손으로 틀어막더니 벽으로 끌어당겼다. 가로등 불빛에 몸이 드러나지 않도록.

"쉿…… 칼라시니코프야. 난 그 소리를 들은 적이 있어. 영화에서도 본 적이 있고. 저걸로 우리를 쏠지도 몰라! 군인들이 방아쇠를 당길 거라고!"

어린 뉴요커의 현명한 생각이었다.

린다 말이 옳았다. 한밤중에 귀신들이 득실거리는 계곡에서 자기들을 공격할지도 모른다는 공포에 사로잡힌 군인들이 이런 외침을 듣고서 방아쇠를 당기는 것 말고 무엇을 할 수 있단 말인가. 네모와 린다는 다시 한 번 호흡을 가다듬고서 숨을 죽이며 꼼짝도 하지 않았다. 두런거리는 목소리들이 계곡 안쪽으로 멀어져 갔다. 그리고 다시 정적이 감돌았다. 둘은 여전히 움직일 엄두가 나지 않았다.

또다시 발자국 소리가 나고 군인들이 가까이 다가왔다. 하지만 미처 네모와 린다를 찾아내지 못하고 무덤 입구에 있는 초소로 되돌아갔다. 환청이라고 생각했을까? 네모와 린다는 천천히 뒷걸음질을 치다가 히에로글리프가 새겨져 있는 벽에 스쳤다. 느린 걸음으로 다시 무덤 깊숙한 곳으로 내려갔다.

갑자기 린다가 네모의 손바닥에 손톱을 세웠다.

"불 좀!"

손전등이 가물거렸다. 불빛이 잠깐 동안 깜박거리더니 결국 꺼져 버렸다. 두 사람은 칠흑 같은 어둠 속에 갇히게 되었다. 린다가 숨 죽여 울기 시작했다.

"진정해!"

네모가 부드럽게 달래며 린다를 향해 팔을 뻗었지만 허공만 휘젓고 말았다. 이젠 거리도 제대로 가늠할 수 없었던 것이다. 간신히 린다의 어깨에 손이 닿았다.

"진정해!"

네모가 다시 한 번 말했다.

자기도 손이 그렇게 떨리고 심장이 마구 쿵쾅거리는데 왜 영웅처럼 자신만만한 체하는 것일까? 그건 린다가 겁에 질려 있었기 때문이다. 자기보다 더 무서워하고 있으니까.

"이젠 어떻게 하지?"

"걱정하지 마, 별일 없을 거야. 석관실로 가서 돌 의자에 앉자. 나한테 기대면 돼. 자, 이리 와."

말은 늘 행동보다 쉽다. 네모는 순간순간 몸의 균형을 잃을까 두려워하면서 간신히 움직여 앞으로 나아갔다. 수직 통로 위에 있던 다리를 넘었던가? 다행히 그랬다. 하지만 사방에 기둥과 더미와 궤짝과 울퉁불퉁한 돌이 있다는 걸 알았기 때문에 마음을 놓을 수가 없었다. 발끝으로 땅을 더듬어 가며 다리를 쭉 뻗었다. 그렇게 한 발씩 내디뎠다.

어렸을 때 네모는 캄캄한 밤에 파니 할머니와 계단 내려가기 놀이를 하곤 했다. 그 때도 계단을 제대로 짚었는지 알아보려고 그렇게 보이지 않는 눈으로 바닥을 더듬거렸다. 하지만 그 때의 어둠은 이렇게 '완벽한 어둠'이 아니었다. 문 밑으로 빛줄기가 새어들어왔고, 너무 무서울 때는 스위치에 손을 갖다 대기만 하면 언제든 그 상황을 끝낼 수 있었다.

"불을 다시 켤 순 없을 거야. 배전반이 무덤 밖 문 옆에 있거든."

"어, 이게 뭐야!"

"제기랄!"

네모와 린다는 먼지 바닥에 넘어지면서 동시에 외쳤다.

린다가 손가락으로 자기들이 걸려 넘어졌던 물체를 가리켰다. 널빤지 더미였다.

"관이야!"

네모는 등줄기를 타고 기분 나쁘게 식은땀이 흘러내리는 것을 느꼈다.

"아마 시체도 있을 거야, 진짜 시체. 너무 무서워."

린다가 목소리를 잔뜩 낮추어 말했다. 거의 울고 있었다.

네모는 겁에 질린 린다의 모습에 오히려 용기가 솟았다.

"그냥 궤짝일 뿐이야."

"관도 궤짝이야."

"아냐, 이건 고고학 재료와 연장을 담아 둔 궤짝이야."

그렇다고는 해도 그들은 거기서 멀리 떨어지기로 했다. 또 넘어질까 봐 무릎으로 기었다. 네모가 넓고 평평한 돌 같은 것을 찾아냈다. 마침내 두 사람은 벽에 등을 기대고 앉을 수 있었다. 하루 종일 미라를 찾아 산속을 미친 듯이 돌아다녔던 피로와 긴장 때문에 진이 다 빠져서 한 마디도 못 하고 꼼짝 않고 있었다.

"네모야⋯⋯."

"응?"

그렇게 깜깜한 어둠 속에서 눈을 뜬다는 건 참 이상했다. 네모는 눈과 귀와 입에 두꺼운 담요가 딱 붙어 있는 느낌이었다. 주변의 모든 것이 사라져 버린 것 같았다. 자기 육체도 지워졌다. 목소리까지도 어둠 속에 뺏겨 버린 기분. 린다가 손을 잡았다. 그것이 외부 세계와 자기를 이어 주는 전부였다. 밤새도록 죽은 자들의 세계를 돌아다니는 건 그다지 유쾌한 일이 아니었다. 미라의 삶은 즐거울 것 같지 않았다.

"누가 우리를 가둔 거지? 왜 그런 걸까?"

린다가 물었다.

네모는 자기를 짓누르고 있는 현기증에서 벗어나려고 이성적인 질문에 매달렸다.

"르누아르 박사님은 열쇠가 없어. 밤에 무덤을 잠그러 오는 건 이집트인 감독관이야."

"우리를 깨우지도 않았잖아. 일부러 여기에 가둬 버린 거라고."

"아니야. 누가 그런 짓을 하겠어? 그리고 왜?"

"우리를 없애 버리려고."

린다의 말에 네모는 잠시 잠자코 있었다. 그러고는 말을 이었다.

"만일 누군가가 우리를 없애 버리려고 했다면 그건 우리가 문제를 일으켰단 얘기지. 우리가 일으킬 만한 문제라면 왕비들의 은신처를 찾아 헤맸다는 것뿐이잖아. 누군가가 그것을 방해하고 싶은 거야. 그런데 그걸 알고 있는 사람이 누구지?"

"우린 아무한테도 얘기한 적이 없어."

"르누아르 박사님만 빼고. 아니야. 오히려 그 반대지. 처음에 우리에게 그 얘기를 한 사람은 박사님이었다고."

"혹시 교수님이 비밀리에 왕비들의 은신처를 발견했는데, 그 사실을 르누아르 박사님이 몰래 캐낸 게 아니었을까? 셰익스피어가 말했었잖아. 서양인들을 경계하라고."

네모는 그렇게 짙은 어둠 속에서도 린다가 불만스러워하며 부르르 떠는 모습이 느껴졌다.

"셰익스피어……"

네모가 중얼거렸다.

"셰익스피어가 왜?"

"우리가 네페르타리 왕비의 미라를 찾고 있는 걸 알잖아."

네모는 '너 때문에'라고 덧붙이고 싶은 걸 꾹 참았다.

"…… 그리고 셰익스피어는 파멜라 고모에게 뭔가를 팔고 싶어하잖아. 혹시 그가 미라를 갖고 있는 건 아닐까?"

"네페르타리 왕비의 미라를 갖고 있다면 그는 상관이 없지. 우리를 가둘 필요도 없잖아."

린다는 왕자병에 걸린 그 느끼한 셰익스피어를 의심하고 싶지 않은 게 분명했다.

"하지만…… 어쨌든 그는 이 지역에서 일어나는 일은 뭐든 알고 있잖아. 만약에 우리가 산속의 밀매매를 방해했다면 그도 알고 있을 거야. 그리고 아마 자기도 위험해지겠지. 생각해 봐. 만일 지금 도굴되고 있는 무덤이 왕비들의 비밀 장소라면 그건 정말 대단한 보물이잖아. 도굴꾼들은 자기들이 발견한 것을 보호하기 위해서라면 무슨 짓이라도 할 거라고. 평생 감옥에서 썩거나, 아니면 그보다 더 심한 것도 감수하겠지. 옛날 라술 형제처럼 말이야."

"발이 벗겨지는 고문……."

"발가락이 떨어져 나가는 고문……."

네모가 바로잡으며 말을 이었다.

"아마 교수님도 무덤 도굴로 돈을 번 이 동네 사람들한테 협박을 받았을 거야. 그래서 포기했을 테고……."

"그리고 우리 고모 친구도 있잖아. 그 아저씨…… 이름이 뭐더라? 아서……."

"계속 넘어지던 그 아저씨?"

"응, 그 아저씨도 우리가 그림에 대해 이야기하는 걸 들었잖아."

린다 말이 맞았다. 아무튼 파멜라 고모의 친구들도 보물을 찾고 있는 중이었다. 그들도 분명히 비밀 장소의 존재를 궁금해하고 있을 테고, 혹시 도굴꾼들과 연락이 닿았을 수도 있었다.

"정리해 보자."

네모가 제일 좋아하는 표현을 쓰며 말을 이었다.

"우리의 탐험을 알고 있는 사람이 누구누구지? 르누아르 박사님, 파멜라 고모, 물론 셰익스피어, 그리고 또…… 조제핀! 조제핀이 오늘 오후에 우리랑 말하지 않으려던 게 좀 이상하긴 했어."

"아니야. 조제핀은 우리를 도와줬잖아. 라메세움 신전 얘기도 해주었고."

"하긴 그래……. 그러면 누구지? 도굴꾼들이 우릴 감시하고 있는 게 분명해. 누군가 따라다니는 것 같은 기분이 든 게 한두 번이 아니었다고. 우리가 진실에 너무 가까이 간 거야. 틀림없어……."

하지만 네모는 끝까지 생각할 엄두가 나지 않았다. 만일 그들이 자기들을 가둔 거라면 도대체 얼마 동안이나 그렇게 있어야 하는 것일까? 다시 침묵이 흘렀다.

몇 시나 되었을까? 몇 분이 지났는지, 몇 시간이 지났는지도 제대로 알 수가 없었다. 네모는 팔을 뻗어 린다의 머리카락과 앙상한 어깨를 감싸 안았다. 린다는 팔로 머리를 감싸고 몸을 동그랗게 웅크리고 있었다.

"내일 르누아르 박사님이 오지 않으면 우리는 여기서 죽을지도 몰라. 다시는 밖으로 나갈 수 없을 거야."

린다가 울음 섞인 목소리로 신음하듯 말했다.

네모는 오한으로 몸이 떨렸다. 르누아르 박사가 날마다 무덤으로 내려올지 확신이 안 섰다. 그는 주로 라메세움 신전에서 일하고 카이로에도 자주 간다.

"마실 것도, 먹을 것도 없잖아."

린다가 계속 걱정스럽게 말했다.

"초콜릿이 좀 남았어."

네모는 은박지에 싸여 있는 다 찌부러진 초콜릿 한 조각을 린다에게 내밀었다. 린다는 아주 잠깐 미소짓고 나서 울음을 터뜨렸다.

"람세스 2세가 그런 거야."

린다가 흐느꼈다.

"람세스 2세?"

"우리가 자기 무덤을 어지럽혔잖아. 왕이 우리를 나가지 못하게 막는 거야."

네모는 마지막 애원을 하듯 팔을 쳐든 미라를 생각했다. 그것이 제발 저주가 아니었기를. 이제 린다는 어린애처럼 목청 높여 엉엉 울고 있었다.

"미라들이 복수를 하러 돌아올 거야."

린다가 간신히 말을 이었다.

"그건 영화에서나 그렇지."

네모가 자신 없는 목소리로 말했다.

"그러면 투탕카멘은? 그를 괴롭혔던 사람들은 모두 죽었잖아. 모두 저주받았잖아. 그가 저주를 내린 거였다고!"

"아냐, 그렇지 않아. 그냥 소문일 뿐이야."

하지만 네모도 공포가 엄습하는 걸 느꼈다. 심장도 마구 뛰고 한기도 느껴지고 식은땀도 났다. 어둠이 자기를 짓누르고 있는 것만 같았다. 오른쪽도, 왼쪽도 아무것도 보이지가 않았다. 출구로 올라가는 복도가 어디서 시작되는지도 이제는 알 수 없었다. 출구를 찾지 못하고 며칠 동안 그 자리만 빙빙 돌지도 몰랐다. 찾을 수 있는 표지가 전혀 없었다. 린다 말이 맞았다. 죽은 자의 세계를 헤집고 다니지 말았어야 했다. 오시리스의 왕국으로 내려오지 말았어야 했다. 그 곳엔 산 자들의 자리가 없었다. 그건 금지된 일이었다.

네모와 린다는 무덤에, 죽은 자들의 집에, 귀신들과 시체들 한가운데 있었다. 어느 날 사람들이 숨이 끊어질 때의 모진 고통으로 입술이 비틀리고 완전히 말라 버린 자기들을 발견할지도 모른다. 그리고 자기들의 시신을 빛이 있는 곳으로 옮기려다가 먼지 같은 가루로 만들어 버릴지도 모른다. 도굴꾼들이 먼저 와서 정말로 죽었는지 확인하려고 가슴과 머리에 구멍을 뚫어 놓지만 않는다면 말이다. 네모는 부모님과 가스파르 형과 파니 할머니가 떠올랐다.

"난 죽고 싶지 않아! 난 죽고 싶지 않아!"

린다의 울음이 신경질적인 발작으로 바뀌었다.

네모가 린다의 머리를 쓰다듬어 주려고 팔을 뻗자 손에 닿은 것은 눈물로 뒤범벅이 된 채 얼음장처럼 차가워진 얼굴이었다. 네모는 용기를 내어 린다를 팔로 꼭 안아 주었다. 아까부터 하고 싶던 일이었다. 어린애를 달래듯 린다를 다독여 주었다. 린다도 가끔은 어린애 같았으니까. 자기를 부드럽게 만드는, 자기가 가장 많이 사랑하는 어린애!

"린다, 린다……."

어찌할 바를 모르며 네모가 중얼거렸다. 그러고는 린다를 껴안았다. 아침까지 그렇게 있고 싶었다. 사람들이 구하러 올 때까지.

"어이! 어이! 거기 누구 있어요? 거기 누구 있어요?"

네모와 린다는 눈이 부셔 한동안 눈을 깜박거렸다. 빛이었다! 빛이 돌아왔다! 네모와 린다는 마비된 팔다리를 쭉 펴면서 주변을 둘러보았다. 두 사람은 옆쪽으로 뚫려 있는 작은 방 입구에서 깨진 도

자기를 잔뜩 넣어 둔 바구니에 기댄 채 잠이 들었던 것이다.

"누구 있어요?"

"네! 네! 여기 있어요! 여기요!"

네모와 린다는 비틀거리면서도 있는 힘을 다해 죽은 자들의 왕국의 가파른 비탈길을 기어올라 출구를 향해 달려들었다. 마지막으로 큰 걸음을 내디디며 두 사람은 밖으로, 자유로운 공기 속으로, 왕들의 계곡의 무더위 속으로 나왔다. 마침내 태양을, 자유를, 삶을 되찾았다!

세 사람이 입구에서 기다리고 있었다. 감독관 둘과…….

"셰익스피어!"

"여기서 뭐 하고 있는 거야?"

감독관들은 셰익스피어에게 말없이 고개를 끄덕여 인사하고는 멀어졌다. 린다는 햇빛에 피곤해진 눈을 손으로 가렸다. 네모는 어떤 태도를 취해야 할지 몰랐다.

"무슨 뜻이에요? 농담인가요?"

"농담인가요?"

셰익스피어가 네모의 말을 그대로 따라 했다.

"내 말이 농담처럼 들리니? 난 너희를 구하러 왔다고."

하지만 네모는 해명을 원했다. 그래서 팔짱을 끼고 셰익스피어 앞에 똑바로 섰다.

"그럼 누가 우릴 가두었죠?"

"그건 위험한 일이야. 그런 일을 하기에 너희는 너무 어려. 고모님이 계시잖니……. 난 고모님과 함께 뭔가를 할 수 있을 거라고 믿어."

이 알쏭달쏭한 말들은 무슨 뜻일까? 허기가 지고 햇빛에 눈이 따갑고 다리에 힘이 풀리기 시작했다. 린다는 무덤을 따라 난 아스팔트 길에 주저앉았다. 베이지색 강아지 한 마리가 린다의 좁다란 그림자 위에 누워 있었다. 네모는 강아지 털빛이 모래 빛깔이랑 같아서 변장용 털이 아닐까 생각했다. 그렇다면 셰익스피어는 어떤가? 그는 친구로 변장했을까, 음흉한 암거래상으로 변장했을까?

"그러니까 당신은 도굴꾼들을 알고 있고, 그들에게 손님을 찾아주기도 하는군요, 그렇죠?"

잠시 침묵이 흐른 뒤 린다가 물었다.

"일종의……. 그런 셈이지."

셰익스피어가 털어놓았다.

"그럼 파멜라 고모가 그들의 고객으로 알맞다고 생각하나요?"

"그래, 내 생각엔 무덤 발굴자들이 고모님과 거래하길 원할 것 같아."

린다는 사태를 확실히 해 두려고 다시 한 번 물었다.

"무덤이 있고, 미라가 있나요? 네페르타리 왕비의 것인가요?"

"미라가 하나 있긴 하지."

셰익스피어가 간단히 말했다.

"그럼, 가요!"

"어딜?"

"고모한테!"

린다는 기운이 조금 나는지, 왕들의 계곡 입구에 서 있는 셰익스피어의 택시 쪽으로 걸음을 옮겼다. 그러다 갑자기 자기를 따라 걷고 있는 두 남자를 향해 돌아섰다.

"아, 잊은 게 있어요."

린다는 셰익스피어의 어깨를 잡고 그의 뺨에 가볍게 입을 맞추며 속삭였다.

"고마워요."

네모는 린다를 혼내고 싶었다. 린다에게는 그럴 만했다.

11. 게임

셰익스피어는 파멜라 고모를 바라보았다. 고모는 셰익스피어를 바라보았다. 두 사람의 눈길은 강렬하게 고정된 채 레이저광선처럼 번뜩였다. 둘 다 눈을 깜박이지도, 고개를 움직이지도 않았다. 두 사람 다 꼿꼿이 앉아 탁자 위에 팔꿈치를 대고 얼굴 높이쯤에서 두 손으로 카드를 굳게 쥐고 있었다. 두 적수가 한창 혈전을 벌이고 있었다.

포커는 신경전이다. 냉혈을 시험하는 게임이다. 온 몸을 들여야 한다. 이 적수들은 그것을 잘 알고 있었다. 어떻게 해서라도 냉정함을 유지해야 하고, 어떠한 감정이나 기분에도 흔들리지 않아야 했다. 특히 절대로 상대방에게 자기 생각을 읽혀서는 안 된다. 상대방을 좀 더 잘 속이려면 심지가 돌처럼 굳어야 하고, 석관에 누워 있는 파라오처럼 무감각해야 했다.

"난 가겠어……."

파멜라 고모가 말했다.

고모는 입술조차 함부로 움직이지 않았다. 게임이 시작된 지 벌써 한 시간째였다. 열기가 점점 더해지고 있었다.

네모와 린다는 가볍게 게임을 즐기고 있었다. 말도 하고, 우스갯소리도 하고, 웃기도 하면서. 게임은 그냥 재미 아닌가?

아니다. 그렇지 않았다. 이번 게임에는 큰 것이 걸려 있었다. 셰익스피어와 파멜라 고모는 결정했다, 미라를 걸기로! 이 결정은 길고 긴 대화 끝에 내려졌다.

무덤에서 뜨거운 밤을 보낸 네모와 린다는 셰익스피어를 곧장 파멜라 고모의 유람선으로 데려갔다. 시간을 허비할 수 없었다. 모든 것을 명확히 해야 했다.

"자, 정리를 해 볼게요."

린다가 탐정 영화에서 본 것처럼 심각한 얼굴로 팔짱을 끼면서 네모식 표현을 빌려 말했다.

"우리 친구 셰익스피어가 우리에게 팔고 싶은 미라가 있대요."

막 아침 식사를 마친 고모는 누가 찌르기라도 한 것처럼 화들짝 놀라면서 소리쳤다.

"미라! 미라!"

"그래요."

린다가 아주 우쭐해하며 되받았다.

"그리고 그 미라는 네페르타리 왕비일 수도 있어요……."

네모가 덧붙였다.

"왕비? 람세스 2세의 부인?"

고모는 어린아이처럼 손뼉을 쳐 댔다.

244

"어쩌면요. 하지만 셰익스피어는 중요한 얘기를 하고 싶어하지 않아요."

"이 사람 혼자 하는 일이 아니에요. 미라는 도굴꾼들이 발견했어요. 셰익스피어는 도굴꾼들과 상인들을 연결해 주는 임무를 맡았고요. 그러니까 신중해야겠죠."

네모가 말을 받았다.

"그 도굴꾼들을 어떻게 만날 수 있는지만 말해 줘요. 셰익스피어씨……."

파멜라 고모는 다정한 말투를 택했다. 고모는 사업에선 두려운 상대였다.

"…… 그러니까 우리가 그들과 타협을 하면 되지요."

셰익스피어는 물러서지 않았다.

"내 생각에 당신은 그 일의 대가로 돈을 원하겠죠."

고모가 말했다.

그는 대답하지 않았다.

"좋아요. 당신이 일단 그 깜찍한 도굴꾼들을 만나게 해 준다면 돈을 지불하기로 하죠."

침묵.

"그러면…… 지금 바로 받기를 원하나요?"

셰익스피어는 고개를 끄덕여 그렇다고 표시했다.

"하지만 당신에게 정말로 미라가 있다는 걸 누가 보장해 주죠? 당신이 진실을 말하고 있다는 증거가 필요해요. 몇 가지 질문을 해 보기로 하죠."

셰익스피어는 당당하게 고모를 바라보았다.

"내가 왜 질문에 답해야 하죠?"

"왜냐하면 나는 파멜라 해링턴이니까요. 그게 이유예요!"

확실히 늙은 고모에게는 수완이 있었다. 고모는 그 작은 키로 셰익스피어 앞에 당당하게 버티고 서서 힘 있게 맞섰다. 오래전부터 자기 의지를 관철하고 목적을 이루어 온, 철의 의지를 지닌 여인이었다.

셰익스피어는 어떤 행동을 할지 망설이는 것 같았다. 고모가 밀어붙였다.

"나는 이 순간을 10년 넘게 기다려 왔어요, 셰익스피어 씨. 세상 그 무엇도 내게서 이 기회를 빼앗을 순 없어요! 지금 당장 경찰청장에게 전화를 걸 수도 있어요……. 경찰은 고대 예술품 밀매매꾼들에게 그다지 관대하지 않을 텐데요. 자, 어떡할래요?"

젊은 이집트인은 여전히 입을 다물고 있었다. 파멜라 고모는 엄지손가락과 집게손가락으로 입술을 비틀고 있었다. 생각에 깊이 빠졌다는 표시였다.

"내게 생각이 있어요. 당신에게 제안을 하나 하죠. 게임을 합시다. 시험이에요."

고모가 선언하듯 말했다.

네모와 린다는 이해가 되지 않아 서로 마주 보았다.

"그래요. 포커 게임. 결국 당신은 이집트 사람이잖아요, 안 그래요? 여기서는 죽은 자들이 밤마다 자기 운명을 걸고 보이지 않는 적들과 게임을 하죠. 우리도 우리 운명을 시험해 봐요. 하지만 정면으로요! 내겐 돈이 있어요. 당신, 당신에겐 귀중한 정보가 있죠. 그러니까 자, 당신이 질 때마다 당신은 내 질문에 한 가지씩 답해야 해요. 나는 질 때마다 1000리브르씩 주겠어요. 이만하면 거래가 성립되겠어요?"

셰익스피어에게서 명쾌한 웃음이 길게 흘러나왔다. 고모는 참 교활한 분이었다. 이집트 사람들이 게임을 즐긴다는 것도, 진정한 도박사는 절대로 새로운 도전을 거절하는 법이 없다는 것도 알고 있었다. 파멜라 고모와 셰익스피어가 치른 마지막 게임은 가히 기념비적이었다. 그걸로 하룻밤을 고스란히 보냈으니까.

침묵이 길게 이어지는 동안 셰익스피어는 야수처럼 빙빙 돌았다. 그리고 고모의 눈을 똑바로 쳐다보고는 선언했다.

"좋습니다."

동틀 무렵이 되었다는 것도 그다지 중요하지 않았다. 파멜라 고모는 나일 강에서 불어오는 부드러운 산들바람과 햇빛을 피해 모두를 안으로 데리고 들어갔다. 짙은 색 내장재로 마감이 되고 고대풍 양탄자가 깔려 있는 게임 룸까지. 그러고는 오랫동안 자리를 비우고는, 아름다운 보석들과 이브닝드레스로 치장을 하고서 다시 나타났다. 목걸이, 귀걸이, 팔찌까지 모두가 조화롭게 잘 어울렸고, 눈부시게 반짝거렸다. 유리 조각과 보석조차 구분할 줄 모르던 네모도 그것이 최상품 다이아몬드라는 것을 한눈에 알아볼 수 있었다. 여태껏 그런 걸 한 번도 본 적 없는 셰익스피어는 어안이 벙벙해진 모습으로 굳어 있었다. 파멜라 고모는 그런 효과를 기쁜 마음으로 만끽했다.

"고모가 부적처럼 여기는 옷이야. 워낙 중대한 순간이잖아."

린다가 네모에게 속삭였다.

드디어 네 사람 모두 게임 룸 한가운데 당당하게 놓여 있는 둥근 탁자를 둘러싸고 자리를 잡았다. 나일 강을 향해 난 커다란 둥근 유리창으로 서쪽 연안의 멋진 전망이 펼쳐졌다. 테베 산 정상, 그리고 네모와 린다가 광적인 모험을 할 때 오솔길을 따라 걷던 산등성이도 또렷하게 보였다. 왕비들의 비밀 장소는 어디에 있는 것일까?

네모는 포커 게임은 허세를 부릴 줄도, 상대방을 속일 줄도 알아야 한다는 걸 알고 있었다. 처음에 받은 카드 다섯 장은 패가 좋을 수도, 나쁠 수도 있다. 하지만 모든 기술은 상대방으로 하여금 자기 패가 그의 것보다 좋다고 믿게 만드는 데 달려 있다. 그러니까 어떤 경우엔 상대방을 제대로 속이기만 하면 좋지 않은 패를 가지고도 이길 수가 있는 것이다. 훌륭한 게이머는 자기가 어디까지 갈 수 있으며, 어떤 적수와 어떤 위험에 맞닥뜨릴지 훤히 안다. 하지만 지나치게 신중한 네모는 쉽게 포기했고, 이기는 경우가 거의 없었다. 그리고 지나치게 무모한 린다는 자주 모험을 했지만, 지기 일쑤였다.

네모와 린다는 상대방의 거동을 금방 분석해 냈다. 둘은 부차적인 역할을 할 뿐이었다. 진짜 게임은 셰익스피어와 파멜라 고모 사이에서 벌어지고 있었다. 한 시간 만에 분위기는 팽팽해졌다. 두 사람 모두 프로 게이머처럼 게임을 하고 있었다. 상대방의 눈을 뚫어져라 응시하면서.

"난 포기할래요……."

네모가 자기 패를 내보이며 한숨을 쉬었다. 다이아몬드 두 개짜리, 스페이드 네 개짜리, 하트 일곱 개짜리, 클로버 열 개짜리……. 전부 낱장이 되는 카드들뿐이었다. 하다못해 눈에 확 띄는 일렬로 늘어서는 패도 아니었다. 다이아몬드 잭을 쥐었지만 네모는 뾰족한 수가 없었다. 게다가 앞에 남아 있는 칩도 한 개뿐이었다.

린다는 이겼다고 확신하고서 자기가 가지고 있던 소박한 3 한 쌍을 보여 줬지만 셰익스피어는 9를 석 장 들고 있었다.

"풀하우스!"*

파멜라 고모가 승리의 미소를 애써 감추며 공표했다. 벌써 탐욕스럽게 두 팔을 뻗어 탁자 한가운데 쌓여 있는 칩들을 자기 쪽으로 그러모으고 있었다.

"자, 셰익스피어 씨, 이제 난 한 가지 질문을 던질 권리가 생겼어요. 그리고 당신은 내게 답을 해야 할 의무가 있죠."

젊은 남자는 체념한 채 호의적으로 고개를 끄덕였다.

"당신과 관련 있는 그 도굴꾼들은 어떤 사람들인가요?"

고모는 다이아몬드 팔찌를 매만지면서 질문을 던졌다.

"우리 마을 사람들이에요."

셰익스피어가 간단하게 대답했다.

"깊은 산속까지 샅샅이 뒤지고 다녔던 농부들이죠. 당신도 알다시피 난 프랑스어와 영어를 할 줄 알아요. 그 사람들은 그런 나에게 관광객들을 살피고 정말로 수단이 있는 사람들을 고르는 임무를 맡겼어요. 물론 비밀리에요."

---

* 풀하우스 : 포커 게임에서 트리플(같은 수의 카드가 세 장)과 원페어(같은 수의 카드가 두 장)가 같이 들어온 경우를 일컫는 말이다.

"그렇다면 내가 유일한 사람은 아니겠네요……."

"하지만 난 당신을 선택했지요."

셰익스피어가 정중하게 고개를 숙이면서 말했다.

다시 게임이 시작되었다. 두 판이 돌아가고 나서 린다는 게임에서 빠졌다. 진짜 장관—셰익스피어와 자기 고모의 맞대결—을 볼 수 있다는 생각에 오히려 맘이 편하다면서 두툼한 초록색 쿠션이 있는 안락의자에 앉아 네모 옆에 파묻혔다. 네모는 셰익스피어가 게임에 완전히 빠져서 린다에게 눈길 한 번 건네지 않는다는 걸 알아채고 기분이 좋았다.

냉정함을 유지하던 파멜라 고모가 이번에는 졌다. 당황한 고모의 입가에 미세한 주름이 새겨졌다. 배팅을 하기 전에 고모는 앉은 채로 몸을 움직여 혹시 무슨 흠이라도 있는지 확인하려는 것처럼 카드를 여러 번 뒤집어 보았다. 그러고는 새 카드를 요구해서 위대한 이집트 파라오들의 초상화가 그려져 있는 멋진 카드를 가져오게 했다. 카드의 뒷면은 히에로글리프로 장식되어 있었다.

셰익스피어는 놀랍도록 능숙한 솜씨로 카드를 섞고 가르고 나누었다. 그 순간 네모는 셰익스피어가 무릎 위로 카드를 한두 장 떨어뜨리는 걸 본 것 같았다.

"셰익스피어가 속임수를 쓰는 것 같아."

네모가 린다에게 속삭였다.

"걱정하지 마. 고모도 그래."

린다는 눈썹을 살짝 움직여서 셰익스피어 뒤에 가만히 다가가 있는 아서 아저씨 ─ 엔다이브 클럽의 멤버 말이다 ─ 를 가리켰다.

셰익스피어는 잔뜩 경계하면서 카드를 아주 조심스럽게 다루었다. 하지만 아서 아저씨가 파멜라 고모에게 보내는 은밀한 신호는 효과가 아주 좋았다. 나이 든 고모가 연거푸 두 번의 승리를 이끌어 냈다.

"좋아요, 좋아요. 내 귀여운 셰익스피어…… . 내게 두 번 답해야 하는 걸로 알고 있는데…… ."

고모는 매우 만족스러워하며 웃었다.

사실 파멜라 고모는 지는 거라면 질색하여 이길 때만 게임을 좋아했고, 승리를 맹렬하게 쫓았다. 셰익스피어는 명배우의 능청스러움으로 아무렇지 않다는 듯이 냉정한 척했다. 위선자 같으니라고. 네모는 그렇게 생각했다.

"첫 번째 질문은…… 미라가 어디에 있지요?"

파멜라 고모는 가볍게 머리를 매만지며 물었다.

"왕비들의 계곡 가까운 곳에 있습니다."

네모가 팔꿈치로 린다를 찔렀다. 그렇다. 자기들이 옳았다. 신관들은 그렇게 무거운 짐을 지고 그다지 멀리 가지 못했던 것이다. 만일 네모와 린다가 좀 더 용의주도했다면, 좀 더 인내심이 있었다면, 좀 더 체계적이었다면…… .

갑자기 들려온 린다의 목소리에 네모는 꿈을 깨고 현실로 돌아왔다. 린다가 셰익스피어에게 말을 걸었던 것이다.

"정확히 어디요?"

젊은 이집트인의 입술에 애매모호한 미소가 떠올랐다.

"린다, 네 함정은 좀 지나치다. 더 이상은 말하지 않을 거야."

"자, 내 두 번째 질문은……."

파멜라 고모가 말을 이었다.

셰익스피어는 웃음을 지었다.

"하지만 벌써 두 가지 질문을 다 하신 것 같은데요."

"아니죠, 셰익스피어 씨. 당신은 하나밖에 답하지 않았어요. 그리고 두 번째 것은 내 질문도 아니었고. 이것 봐요, 여기서 돈을 치르는 건 바로 나예요."

고모는 의미심장한 손짓으로 칩 더미를 가리켰다.

셰익스피어는 기꺼이 수락했다.

"당신은 너무 강하네요."

"맞아요."

고모의 얼굴에 기쁨이 번졌다.

이집트 젊은이는 고모 취향에 딱 맞는 적수였다. 끈질기고 의지가 강한데다 강자의 우위를, 그러니까 해링턴 부인의 우위를 인정할 줄 알았던 것이다. 도박판에서 돈을 따기도 하고 잃기도 했던 고모의 우위를 말이다. 고모의 반짝이는 눈이 셰익스피어의 눈에 꽂혔다.

"무덤에 미라 말고 뭐가 있지요?"

셰익스피어는 잠깐 뜸을 들이다가 천천히 입을 열었다.

"말린 꽃으로 만든 화환……. 입상 몇 개……. 깨진 꽃병……. 작은 상자 등이 있어요."

"좋아요. 계속합시다."

파멜라 고모는 침착했다.

셰익스피어가 뒤를 돌아보았다.

"아서 씨, 좀 앉아 주시겠어요? 신경이 쓰이는군요."

'항상 넘어지는' 아서 아저씨는 귀까지 빨개진 채 파멜라 고모 옆에 있는 안락의자에 몸을 맡겼다.

고모가 고개를 들어 셰익스피어를 쳐다보았다.

"계속합시다."

고모가 한 번 더 말했다.

시간이 흘렀다. 과자를 몇 접시나 비운 린다는 슬슬 졸린 것 같았다. 지난밤은 견디기 어려웠다. 사람들이야 뭐라고 하든 무덤에서는 편히 잘 수 없는 법이다. 네모는 린다 옆에서 계속해서 주의 깊게 게임을 지켜보았다. 서투른 아서 아저씨의 퇴장 때문이었을까? 판세가 뒤바뀌어 속임수를 쓰는 셰익스피어 앞에 칩이 쌓여 갔다.

"투 페어."

파멜라 고모였다.

"스리 오브 식스."

셰익스피어의 승리였다.

다음 판도 그랬다.

"스리 오브 잭."

"풀하우스."

네모는 파멜라 고모의 침착함에 경탄했다. 고모는 연달아 졌는데도 눈 하나 깜짝하지 않았다. 이상했다. 셰익스피어는 오히려 신경이 예민해져 있었다. 고모의 완벽한 평온함이 마음을 동요시키는 모양이었다. 판이 몇 번이나 돌았다. 두 적수는 한 치의 양보도 없이 눈싸움을 했다. 드디어 파멜라 고모가 올인을 결정했다. 고모가 배팅을 할 차례였다.

"가요!"

고모는 탁자 중앙으로 칩 더미 네 개를 밀었다.

"갑니다."

셰익스피어가 냉정하게 말했다.

"한 번 더 가요!"

셰익스피어는 파멜라 고모의 말에 놀라서 눈을 쳐들었다. 완전히 잃느냐, 두 배를 따느냐 하는 중요한 순간이었다.

파멜라 고모는 마지막 칩까지 모두 걸었다. 자기 차례가 되자 필요한 수를 센 다음 탁자 중앙에 작은 칩까지 모두 쌓았다.

"셰익스피어 씨, 이제 내 마지막 질문을 걸겠어요."

파멜라 고모는 이상하게 숨 가쁜 목소리로 말했다.

셰익스피어는 눈썹을 세우고 자기 패를 살펴보았다. 아무 대답도 하지 않았다. 파멜라 고모는 꼼꼼히 카드를 정리했다. 하나, 둘, 셋, 넷, 다섯……. 고모는 무엇을 숨기고 있을까? 환상적인 조합? 아니면 환상적인 허풍?

선풍기가 규칙적으로 돌아가는 소리만 들릴 뿐이었다. 네모는 파멜라 고모가 셰익스피어의 카드 뒷면에 눈을 고정하고 있는 모습을 지켜보았다. 카드를 장식하고 있는 히에로글리프들 사이에 무슨 표시라도 숨겨 놓은 걸까? 고모는 분명히 셰익스피어가 속임수를 쓴다는 걸 알아차렸다. 그런데도 자기 적수가 속임수를 쓴다는 걸 폭로하지 않았다!

진실을 가릴 시간을 뒤로 미루면서 패가 몇 번 더 돌아갔다. 아서 아저씨는 쥐 죽은 듯이 조용했다. 파멜라 고모가 자기의 불찰로 게임에서 진다면 자기를 냉랭하게 대할 것이 뻔했으니까. 그리고 셰익스피어는 자신의 비밀을 지키고 유물들을 다른 곳에 팔아넘길 테니까. 하지만 파멜라 고모가 이긴다면 그 엄청난 유물들이 고모의 손안에 떨어질 것이었다. 고모는 그것들을 얻을 수만 있으면 아무리 거액이라도 지불할 테니까.

갑자기 셰익스피어가 긴장을 풀면서 얼굴 가득 미소를 띠며 자신감 있게 고모를 바라보았다. 승리를 확신하는 듯했다. 그는 승리의 감정을 좀 더 만끽하려는 듯이 카드를 차례차례 천천히 뒤집어 보였다.

"클로버 잭, 스페이드 잭, 다이아몬드 잭, 클로버 8, 다이아몬드 8입니다!"

네모와 린다는 카드를 좀 더 자세히 보려고 목을 쭉 빼면서 일어났다. 그러고는 파멜라 고모를 돌아보았다. 이젠 고모가 카드를 공개할 차례였다. 다른 방법이 없었다. 고모 얼굴엔 그 어떤 감정도 나타나지 않았다. 고모는 한꺼번에 카드를 뒤집었다.

"퀸 넉 장!"

침묵이 엄습했다. 아무도 움직이지 않았다.

셰익스피어는 불쾌한 듯 쇳소리 나는 웃음을 터뜨렸다. 자기가 진정 훌륭한 게이머였나? 어떤 반전을 기대했던가? 그는 자기를 녹아웃시킨 퀸 넉 장을 꼼꼼히 살펴보았다.

"하트셉수트, 네페르티티, 네페르타리, 클레오파트라……. 내겐 희망이 전혀 없었군요."

파멜라 고모는 살며시 안도의 숨을 내쉬었다. 접전은 치열했다. 하지만 시간을 허비한 것은 아니었다.

"운명이 정해졌군요. 자, 이제 내 마지막 질문이에요. 당신이 갖고 있는 미라는 네페르타리 왕비인가요?"

셰익스피어는 말없이 고개를 끄덕였다.

"그걸 어떻게 확신하죠?"

"간단해요. 미라의 수의와 석관 위에 왕비의 카르투슈가 적혀 있으니까요."

파멜라 고모는 깍지 낀 손에 턱을 괴고서 셰익스피어를 유심히 살폈다.

"하지만 그것만으론 충분하지 않아요."

"충분하지 않다니 무슨 말씀이죠?"

"그 미라를 묘사해 봐요. 네페르타리 왕비라는 걸 내게 증명해 줄 만한 다른 특징들은 없나요?"

"해링턴 부인, 그건 다른 질문이에요."

고모는 잠자코 귀걸이를 빼서 탁자 위에 던졌다. 그것 역시 고모의 배팅 방식이었다.

"그래, 보석을 거는 거야."

린다가 중얼거렸다.

몸을 앞으로 기울이는 셰익스피어는 나이 든 여인의 위용에 매혹된 것처럼 보였다.

"그녀는 여전히 매우 아름다워요……. 늙었지만 아담하고 가냘프고 섬세하고……."

"지금 네페르타리 왕비를 말하는 거야, 아니면 우리 고모를 말하는 거야?"

린다가 목소리를 낮추어 말했다.

셰익스피어는 계속했다.

"하지만 미라는 고대에 무덤이 도굴되었을 때 곤욕을 치렀습니다."

"무슨 말이죠?"

고모가 냉정하게 물었다.

"이탈리아 고고학자들이 네페르타리 왕비의 무덤을 발견했을 때 무릎밖에 찾아내지 못했다는 사실을 아시죠? 다리가 몸통에서 떨어져 나간 거지요. 어쨌든 우리가 발견한 것은 다리가 없는 미라예요."

파멜라 고모는 셰익스피어를 한동안 바라보았다. 고모는 여전히 경계를 했던 것일까? 발굴 생각에 흥분을 했던 것일까? 아니면 다음을 준비했던 것일까? 그러니까 다리 없는 미라에 대한 흥정을?

고모는 갑자기 웃음을 크게 터뜨리며 박수를 치기 시작했다. 너무 웃어서 눈물까지 흘릴 지경이었지만 멈출 줄을 몰랐다. 네모와 린다, 아서 아저씨는 소스라치게 놀랐다. 승리의 기쁨에 취했기 때문일까, 아니면 아침부터 홀짝거린 위스키 때문일까?

"오, 나의 셰익스피어! 셰익스피어 씨!"

고모는 킥킥대다가, 딸꾹질을 하다가 말했다.

"내 생애 최고의 포커였어요. 그 속임수하며! 멋있었어요! 대단해요! 훌륭한 기술이야!"

네모와 린다는 어떻게 해야 좋을지 몰랐다. 셰익스피어는 아무 말도 하지 않았다. 그는 다음 반응을 기다리며 팔짱을 끼고 있었다.

"대단해!"

파멜라 고모는 간신히 안정을 찾으며 다시 한 번 말했다. 그러고는 벌떡 일어나더니 엄숙하게 선언했다.

"자, 게임은 끝났어요. 이보세요, 친애하는 셰익스피어 씨, 당신에겐 미라가 없어!"

"뭐라고요? 무슨 말이지요? 미라가 없다니요?"

네모와 린다가 합창으로 소리쳤다.

"그래, 없어. 그에겐 미라라곤 전혀 없어. 천재적인 허풍쟁이지! 난 조금 전부터 그걸 알아차렸지. 하지만 모처럼 멋진 게임을 망치고 싶지 않았어."

고모는 알 수 없는 표정으로 칩 더미 앞에 가만히 앉아 있는 젊은 이집트인에게 몸을 돌렸다.

"셰익스피어 씨, 당신은 똑똑하고 교양 있는 젊은이예요. 하지만 이집트학에 대한 당신의 지식은 아직 초보적인 수준이군요. 당신은 하나의 미라에 대해 이야기했어요……. 단 하나의 미라. 하지만 고대의 신관들은 네페르타리 왕비의 미라를 다른 왕비들, 왕가의 자식들과 함께 숨겼지요. 람세스 2세의 은신처와 견줄 만한 곳에 말이에요."

셰익스피어는 여전히 차분함을 잃지 않았다.

"다른 미라가 있었다는 걸 밝히고 싶지 않았을지도 모르지요."

파멜라 고모는 겉으로는 평소와 다르지 않게 웃어 보였다. 하지만 네모는 고모가 심하게 화났다는 걸 알아차렸다. 르누아르 박사도 왕비들의 은신처가 있을 거라는 가정을 했었다. 단 한 명의 왕비의 미라가 아니라. 분명 파멜라 고모 말이 맞았다.

"당신은 또 다른 실수도 했어요. 한 가지는 용서할 만해요. 당신은 수의와 석관 위에 쓰인 왕비의 카르투슈 이야기를 했지요. 신왕국 시대의 미라들을 구했던 신관들은 그 미라들을 숨기기 전에 새로운 관에다 정성껏 이름을 새겼어요. 하지만 그건 당신이 언급한 것처럼 히에로글리프는 아니었어요, 친애하는 셰익스피어! 그들은 히에라틱(신관 문자)로 이름을 새겼지요. 좀 더 빨리 쓸 수 있는 필기체 말이에요."

셰익스피어는 그 어떤 반응도 하지 않았다.

"하지만 당신이 저지른 가장 큰 실수는……."

파멜라 고모는 꿀을 훔쳐 먹다 들킨 아이를 혼내는 것처럼 손가락으로 가리키며 말했다.

네모는 얼핏 셰익스피어의 얼굴을 한 대 치고 나면 참 후련할 거라는 생각을 했다. 하지만 파멜라 고모가 설명을 끝낼 때까지 기다리기로 했다. 그런데 고모가 틀리고 셰익스피어가 미라의 존재를 증명해 주기를 바라는 모순된 생각이 들기도 했다.

"당신은 다리 없는 미라에 대해 말했지요! 그래요, 다른 모든 사람들처럼 나도 당연히 그 음산한 이야기를 알고 있어요. 네페르타

히에로글리프

문자가 없었어도 이집트 문명이 3700년 동안이나 지속될 수 있었을까? 분명 아니었을 것이다. 문자는 신앙을 더욱 굳건하게 만들고 나일 강의 물과 같은 중요한 자원을 공동 관리할 수 있도록 해 주었다. 그리고 정확한 의사소통을 할 수 있는 효과적인 수단이었다.

히에로글리프로 소통하기란 쉬운 일이 아니었다. 이집트 대형 건축물이나 무덤 속에 새겨져 있는 이 문자는 **공부하는 데에만 몇 년씩 걸리는 진정한 예술품**이었다. 이것은 신화나 의식, 왕의 업적을 기리는 데에만 쓰는 문자로, 가장 많은 교육을 받은 신관들과 서기관들만 쓸 줄 알았다. 히에로글리프는 세상의 질서와 균형을 보존하는 데도 이바지했다. 이집트인들은 히에로글리프에 그것이 담고 있는 내용이 실제로 일어나게끔 하는 힘이 있다고 믿었다.

히에로글리프는 좀 더 단순하고 빠르게 쓸 수 있는 문자로 발전했다. 그 결과 생겨난 것이 **히에라틱**이다. 이는 관리, 상업, 소설, 문학에 쓰이는 문자였다. 도자기나 석회암 조각 위에 초안을 잡고, 가죽이나 파피루스 위에 붓으로 베껴 넣었다. 서기관들이 활동했던 '생명의 집'에 주로 보관되었다. 시간이 흐르면서 히에라틱은 점점 더 알아보기 어려운 잔글씨가 되어, 비정상적인 히에라틱인 **언셜**이 되었다가 **데모틱**으로 바뀌었다.

히에로글리프는 수직, 수평으로 모두 쓸 수 있다. 오른쪽에서 왼쪽으로, 또는 그 반대로도 쓸 수 있지만 **언제나 아래에서 위로만 써야 한다.** 몇 가지 문자는 메달처럼 타원형으로 빙 둘러 쓰기도 한다. 이를 카르투슈라고 하는데, 왕이나 중요한 인물들의 이름 주위를 둘러싸는 데 쓰였다. 히에로글리프는 다음과 같은 요소로 이루어져 있다.

: **표의문자**_새의 이미지는 '새'를, 뱀의 이미지는 '뱀'을, 샌들의 이미지는 '샌들'을 뜻한다.
: **표음문자**_바다를 뜻하는 '괭이'는 바다를 발음할 때 나는 소리를 기호로 나타낸 문자이다. 추
  상어들도 표음문자로 쓸 수 있다. 그렇다면 표의문자와 표음문자를 어떻게 알아볼 수 있을까?
  표음문자에는 작은 선을 표시해 두었다.
: **한정사**_읽지 않는 문자로, 단어의 뜻을 뚜렷하게 해 주는 기능을 한다. 즉 그 단어가 어떤 범
  주에 들어가는지 알려 준다. 어떤 단어가 동물에 속할 때는 소나 염소 이미지가, 식물에 속할
  때는 꽃 이미지, 추상어일 때는 파피루스가 따라 붙는다.

히에로글리프에 대한 지식은 신전—마지막 신전은 기원후 6세기에 문을 닫는다—이 폐쇄되면서 이집트 종교와 함께 사라졌다. 데모틱은 그리스 문자에 차용되었고, 사업상의 언어가 되었다.

리 왕비의 진짜 무덤을 발견했던 이탈리아 고고학자들이 미라의 무릎 부분밖에 찾아내지 못했다는 이야기 말이에요. 그리고 미라의 나머지 몸은 고대 신관들이 수습해서 왕비의 은신처에 숨겨 두었다는 이야기. 하지만 절대 그렇지 않아요. 절대로. 신관들은 완전하지 않은 미라는 절대로 다시 묻지 않아요."

"하지만 무릎은……."

이야기를 제대로 따라가지 못한 린다가 물었다.

"사랑스런 린다야, 이시스와 오시리스를 기억해 보렴……."

혼동을 바로잡는 데 이 둘을 언급하는 것만 한 게 없었다. 만일 파멜라 고모가 이집트학 강의를 장황하게 늘어놓으려 했다면 네모는 폭발해 버렸을지도 모른다.

"전설에 따르면, 이시스는 조각난 오시리스의 시신들을 모두 거두어들였지. 심지어 찾아내지 못한 작은 부분, 그러니까 예민한 남성의 상징인 성기는 다시 만들기까지 했어."

고모는 아주 의미심장하게 살짝 웃었다.

"그렇게 해서 그녀의 남편 오시리스는 생명의 숨을 되찾을 수 있었던 거지."

"그런데 그게 무슨 상관이에요?"

네모는 참지 못하고 물었다.

"좋아, 이집트에서 죽은 자들의 종교란 오시리스 신화의 영원한 반복이란다. 육체를 보존한다는 것이 기본일 뿐만 아니라 육체 전부를 보존해야 하는 거야. 만일 부족한 부분이 있다면 가지고 있는 것으로 다시 복원해야 해. 미라를 싼 천 밑에 뼈가 잘못된 방향으로 배열되어 있다거나 야자나무로 기관을 대신했다거나 하는 따위는 중요한 문제가 아니야. 오직 외관만이 중요하지. 온전한 육체의 외관! 그러니까 다리가 없는 미라란, 셰익스피어 씨, 존재할 수 없답니다."

세상에! 네모는 그 순간 교수님이 '오시리스의 형태'에 대해 이야기했던 게 기억났다. 이집트인들은 항상 온전한 육체의 형태를 보존하려고 애써 왔다는 이야기. 파멜라 고모가 옳았다. 그리고 셰익스피어는 거짓말쟁이였다.

셰익스피어는 고개를 뒤로 젖히고 팔을 하늘로 쳐든 다음 파멜라 고모에게 고개를 숙였다.

"고백하건대, 당신은 저에게 너무 강한 상대예요."

그는 우아한 여인의 가냘픈 두 손을 기품 있게 꼭 잡았다. 감정이 한껏 무르익은 고모는 뺨에 입맞춤을 하도록 허락했다. 두 적수는 서로에게 매혹된 듯했다.

네모는 그 장면을 도저히 받아들일 수 없었다. 모든 사람들이 셰익스피어를 비웃어야 마땅하다고 여겼다. 네모는 팔짱을 끼고 일어나서 분노가 가득한 눈빛으로 그를 쏘아보았다.

"도대체 이게 다 무슨 이야긴가요? 미라가 없다고요? 그렇다면 도굴 중인 무덤이 있긴 한 건가요?"

"아니야, 미라도 없고 무덤도 없어. 은신처도 없고. 아무것도 없단다. 다 허상이야. 그리고 우리 친구 셰익스피어의 마을에도 도굴꾼은 없어."

고모가 웃으면서 답했다.

셰익스피어는 고개를 끄덕이며 고모의 말에 동의했다.

"그러면 당신은 줄곧 우리를 속여 왔단 말이에요? 도대체 왜 그랬죠?"

"난 당신들에게 거짓말하지 않았어요."

셰익스피어가 불편한 표정으로 말했다.

"이것 봐요! 우리를 정말로 바보로 여기나요? 일단 당신은 사람들이 룩소르 시장에서 진품들을 팔고 있다고 알렸잖아요. 파피루스와 꽃병 조각, 풍뎅이까지."

"아니야. 난 그런 말 한 적 없어."

정말 뻔뻔스럽긴……. 그런데 그 순간 네모 머릿속에 지난 며칠 동안의 일들이 빠르게 스쳐 지나갔다. 파피루스는 카이로의 정신 나간 미라 제조자가 한 얘기였고, 꽃병 조각과 풍뎅이는 마을 아이들이 한 얘기였다는 것을 시인해야 했다.

그래도 네모는 소리를 질렀다.

"당신이 사는 동네에서 풍뎅이를 팔던 남자 애가 당신을 보러 가자고 내게 말했단 말이에요. 그 물건이 진품인지 확인해 줄 거라고. 그럼 그건 뭐죠?"

셰익스피어는 어찌할 도리가 없다는 듯이 두 팔을 벌리고 한숨을 쉬었다.

"감언이설을 늘어놓으며 가짜 물건들을 팔아야만 할 때가 있어. 먹고살아야 하니까. 하지만 너희에게는 아무것도 제안하지 않았어. 너에게도, 린다에게도."

그는 안락의자 위에 몸을 웅크리고 앉아 입을 꾹 다물고 있던 린다에게 돌아섰다.

"린다…… 내가 너에게 뭘 사라고 권한 적이 있었니? 없잖아. 이 지역에서 발견된 무덤 얘기를 내게 들려준 건 너였어. 난 한 번도 그런 이야기를 상상해 보지 않았다고. 무덤이 있다고 말한 적도 없어. 물론 그것을 부인하지도 않았지만. 모든 얘기를 지어낸 건 바로 당신들이라고. 난 당신들의 환상을 뒤쫓았던 것뿐이야. 결국 대발견에 대한 꿈을 꾸었던 건 바로 당신들이잖아. 해링턴 부인은 미라를 꿈꾸었고……."

린다가 이해할 수 없다는 듯 흐릿한 눈빛으로 그를 올려다보았다. 린다는 뭘 어떻게 해야 할지 몰랐고, 어떤 말을 해야 할지도 몰랐다.

셰익스피어는 조금 수치스러워하는 것 같았다.

"난 그저 즐기고 싶었어……."

"그래, 이것 보세요. 즐기기도 한데다 달러까지 몽땅 챙기고. 만약 파멜라 고모가 당신의 사기극을 폭로하지 않았다면……."

"과장하지 마! 난 이런 장난이 어디까지 갈지 짐작도 못 했다고. 아무튼 내가 포커 게임으로 돈을 좀 땄다고 해도 올드 윈터 팰리스에서 차를 마실 수 있는 사람에게 그 정도는 아무것도 아니야."

파멜라 고모는 날카로운 눈길로 세 젊은이를 관찰하고 있었다. 신중한 아서 아저씨는 동상처럼 꼼짝도 하지 않았다. 네모는 갑자기 화가 누그러졌다. 짓다 만 셰익스피어의 집, 텅 비어 있던 방들, 천장에 매달려 있던 귀한 전등, 그리고 단 하나밖에 없는 장난감을 애지중지하던 어린 여자 애가 떠올랐다. 사미르 셰익스피어에게 진정한 부는 이렇게 요약되었던 것이다. 궁전 같은 곳에서 차를 마시는 것…….

린다는 아주 작은 목소리로 입을 열었다.

"하지만 지난밤 부둣가에서는 분명히 내게 이렇게 말했어요. '네 고모님을 위한 것을 가지고 있어.'"

"그래."

셰익스피어가 인정했다.

"네가 내게 파피루스나 미라가 있는지, 미라가 있다면 네페르타리 왕비의 것인지 물었어. 하지만 난 명쾌한 긍정도, 부정도 하지 않았지. 그게 다야. 그리고 난 생각했어. 네가 네페르타리 왕비의 미라에 대해 전부 상상하고 있으니까 난 그냥 그렇게 내버려 두기만 하면 된다고."

그러니까 이 모든 이야기를 지어낸 사람은 바로 네모와 린다였다. 셰익스피어는 그들의 광적인 상상력을 내버려 두었을 뿐이다.

네모는 자리에 앉아 손을 무릎 위에 올려놓았다.

"어쨌든 당신은 우리를 무덤에 가두었잖아요!"

네모는 또다시 외쳤다.

"무슨 소리야. 절대 아니야! 너희를 지켜보았던 건 맞아. 난 너희가 람세스 2세의 무덤으로 들어가는 것을 보았지. 해가 지고 나서 경비원이 문을 잠갔어. 그 사람은 너희가 거기에 있다는 걸 모르고 있었으니까."

"우린 잠이 들었어요."

린다가 당황하며 설명을 했다.

"난 아무 말도 안 했어. 그게 다야."

셰익스피어가 말을 이었다.

"결국 당신은 또 아무 말도 안 했을 뿐이로군요."

네모가 비꼬았다.

"하지만 다음 날 아침 감독관에게 알려서 너희를 구해 줬잖아."

"우린 그동안 얼마나 무서웠는지 몰라요."

린다가 숨을 내쉬었다.

네모는 어깨를 으쓱해 보이며 퉁명스럽게 말했다.

"그렇게 많이는 아니었어……."

"너흰 전혀 위험하지 않았어. 그리고 그런 게 진짜 모험이잖아, 안 그래?"

"지금 우리를 즐겁게 해 주려고 일부러 그랬단 말을 하고 싶은 거예요? 감사라도 해야 하나?"

네모는 또다시 화가 치밀었다. 이놈의 셰익스피어는 정말 아무 상관도 없단 말인가!

"혹시 너희가 위험을 느꼈다면 발굴에 대한 이야기가 좀 더 그럴 듯하게 느껴졌을 거 아니야? 도굴꾼들이 있는데 그들은 뭐든 저지를 태세이고……. 게다가 너희는 무덤에서 나오자마자 다시 질문을 퍼붓기 시작했어. 미라, 네페르타리 왕비……. 난 어느 정도 긍정해 주었을 뿐이야. 너희가 너무 절실히 원했으니까."

셰익스피어는 잠시 침묵하고는 시선을 떨구었다. 바닥에 깔려 있는 양탄자 문양을 자세히 연구하기라도 하듯이.

"난 너희가 꿈꾸게 놔두었을 뿐이야. 그게 다야. 그리고 해링턴 부인, 저는 게임만큼은 열중했어요……."

다시 한 번 침묵이 감돌았다.

미라도, 은신처도 아무것도 없었다니. 처음부터 끝까지 전부 허상이었다! 환상이었을 뿐이다! 이 영리한 이집트인이 자기들의 망상을 이용했던 것뿐이다. 네모는 완전히 넋이 나간 기분이었다. 아니, 그보다 더 안 좋았다. 자신이 우스꽝스럽고, 바보 같고, 멍청해 보였다.

한참이 지난 뒤 파멜라 고모가 목청을 가다듬었다.

"나는, 난 이 이야기가 참 좋아요. 셰익스피어 씨."

고모는 보통 때와 달리 아주 부드러웠다.

"그래요. 우린 모두 꿈을 꾸고 싶었어요. 그래서 이집트에 온 게 아닐까요? 우리는 상상력이 제멋대로 펼쳐지게 내버려 두었죠. 당신은 우리에게 절제라는 아름다운 교훈을 주었어요. 우리 서양인들은 꿈을 현실처럼 여기려는 경향이 지나치지요. 여기서는 모든 것이 외관일 뿐인데. 눈속임, 그림자들의 무대……."

외관, 그림자들의 무대……. 교수님도 사카라와 영혼의 사후 존속에 관해서 그렇게 말했었다.

"교수님!"

네모가 소리쳤다.

린다도 갑자기 잠에서 깨어난 것처럼 말했다.

"그래, 교수님! 그림! 무희! 교수님이 '거의 다시 찾을 뻔했던' 이집트 여인! 모든 게 다 거기서 시작된 거야. 어쨌든 그건 우리가 지어낸 게 아니잖아."

"맞아. 그걸 잊고 있었구나."

고모가 놀라며 말했다.

"무슨 그림? 어떤 무희? 무슨 얘기를 하고 있는 거죠?"

셰익스피어가 답답한 마음에 다그치듯 말했다.

"당신에게는 얘기하지 않았군요. 어쨌든 당신을 경계한 거죠. 그건 교수님 일이에요."

네모가 설명했다. 열에 들뜬 네모는 배낭을 뒤져 늘 가지고 다니던 그림을 꺼내 이집트 청년에게 내밀었다.

셰익스피어는 희한한 자세를 하고 있는 아름다운 네페르타리 왕비를 보자마자 몸을 떨기 시작했다. 파멜라 고모와 아서 아저씨, 네모와 린다 모두 깜짝 놀라 쳐다보았다. 셰익스피어는 충격을 받은 것 같았다.

12. 나의 소중한 여신……

나일 강 서쪽 연안 '죽은 자들의 세계' 위로 솟은 산이 깊은 어둠 속에 잠겨 있었다. 멀리 경비 초소의 희미한 불빛만이 깜박이고 있었다. 하지만 말가타는 잠들어 있지 않았다. 늦은 시각이었지만 교수님의 작은 집에는 사람들이 모여 있었다. 네모와 린다, 셰익스피어와 파멜라 고모가 긴 의자에 앉아 있는 노인을 둘러싸고 있었다.

셰익스피어는 포커 게임을 끝내고 나오면서 곧장 교수님을 보러 가자고 고집을 부렸다. 그의 결심이 어찌나 굳은지 네모와 린다는 받아들일 수밖에 없었다. 둘 다 이집트 청년의 그런 태도에 당황한 데다 자기들이 막 깨닫게 된 사실에 기가 꺾여 있었다. 그런 그를 따르다니 웬 망신이람!

"이집트학 학자님!"

셰익스피어는 가장 공들인 프랑스어로 말을 시작했다.

손에는 이집트 여인의 그림을 쥐고—그는 고모의 유람선에서 그것을 손에 쥔 뒤로 놓지 않았다—늙은 교수님의 의자 곁에 몸을 웅크리고 앉았다. 교수님은 왠지 셰익스피어와 비슷하게 정중한 태도로 잠자코 있었다. 린다는 말가타에서나 구할 수 있는 희귀한 안락의자 하나를 차지한 파멜라 고모의 다리에 몸을 둥그렇게 기대고서 비슷한 자세를 잡았다. 네모는 창가에 기대고 있는 편을 택했다. 사태를 더 잘 파악하기 위해서.

"박사님……"

셰익스피어의 목소리가 강렬한 감정에 짓눌려 떨려 왔다.

"이…… 그림이…… 당신에게 왜 그렇게 소중한가요?"

교수님은 눈빛이 불타고 있는 검은 피부의 낯선 청년을 뚫어져라 바라보았다. 그는 꼭 사막의 왕자 같았다. 그랬다. 네모도 인정해야 했다. 그 순간에도 셰익스피어는 기품을 잃지 않았다. 교수님은 '누구에게나 비밀은 있는 법이지……'라고 대답하는 대신 잠시 침묵을 지켰다. 예전에 네모는 교수님에게서 그런 대답이 나오게 만들었다. 교수님은 평소보다 낯빛이 창백하고 숨도 가빴다.

"그걸 왜 알고 싶은 거지?"

드디어 교수님이 물었다.

셰익스피어는 교수님의 손을 꼭 잡았다.

"왜냐하면 이 그림은…… 이것은 제 어머니의 추억이기 때문입니다."

또다시 침묵이 흘렀다.

네모와 린다는 어리둥절하게 그 모습을 지켜보았다. 파멜라 고모는 벌레라도 삼킨 듯이 눈을 크게 뜨고 입을 벌리고 있었다. 셰익스피어의 어머니? 지금 여기서 어머니 이야기가 왜 나오는 걸까?

"당신인가요? 네?"

셰익스피어가 물었다.

"그 옛날 이집트학 학자가 당신인가요? 어머니를 네페르라고 불렀던 분이?"

교수님은 긴 의자의 쿠션 위에 머리를 기대며 눈을 감았다.

"네페르…… 나의 작은 여신……"

교수님이 중얼거렸다. 그러고는 몸을 일으켜 팔을 벌리고 셰익스피어를 부드럽게 자기 쪽으로 끌어당겼다.

시간이 멈춘 것만 같았다. 네모와 린다는 무언가 중요한 일이 일어났으며, 그것은 자기들과는 상관없는 일이라는 생각이 들었다. 자기들한테는 방 안에 흐르는 감정을 깨뜨릴 권리가 없다고 생각했다. 파멜라 고모마저 감히 나서지 못했다. 교수님은 차분하게 눈물을 닦고 야윈 뺨 위에 잠시 손을 대고 있었다.

"얘기해 주세요……"

거의 애원하는 목소리로 셰익스피어가 부탁했다.

교수님은 정신을 가다듬고 천천히 말하기 시작했다.

"1964년이었어. 난 그때 수단의 국경선에 있는 누비아에서 일하고 있었지. 우리는 '불행한 나일 강'을 몇 년 동안이나 체험하고 있었어."

"'불행한 나일 강'이요?"

이해하지 못한 네모가 되물었다. 자기도 모르게 교회에서처럼 목소리를 잔뜩 낮추었다.

"그래, 범람이 너무 약해서 농경지에 물을 대기가 어려웠어. 아

프리카의 사헬에서처럼 가뭄과 기근이 일어날까 정부가 염려할 정
도였어. 큰 댐을 건설하는 일이 점점 더 시급해졌지……."

교수님은 잠시 말을 멈추었다. 기력이 없어 보였다.

파멜라 고모가 때맞추어 그 뒤의 설명을 이어 나갔다.

"교수님은 이집트 남쪽에 있는 아스완하이 댐을 말씀하시는 거
야. 아스완하이 댐은 나일 강의 물이 1년 내내 주기적으로 흐를 수
있도록 강물을 저장해 두려고 건설했지. 그래서 강물이 주기적으로
불어나 범람하는 일이 사라지게 된 거야. 그런데 댐이 건설되면서
누비아의 넓은 지역이 물에 잠기게 됐어. 영원히 말이지."

"나세르 호수……."

네모는 머리를 끄덕이며 중얼거렸다. 아스완하이 댐이 건설되면
서 나일 강 계곡에 형성된 거대한 인공 호수가 떠올랐다.

"그래, 람세스 2세가 수많은 신전과 성소를 지었던 바로 그 곳이
야. 그 중에서 가장 아름다운 곳은 아부심벨 신전이지."

교수님이 부드러운 목소리로 설명해 주었다.

이 말에 파멜라 고모가 설명을 덧붙였다.

"아부심벨 신전은 두 곳으로 나뉜단다. 하나는 람세스 2세 자신
을 위한 대신전이고, 또 하나는 자신이 그토록 사랑한 네페르타리
왕비를 위한 소신전이지."

교수님은 파멜라 고모에게 설명을 계속 부탁한다는 뜻의 손짓을
보냈다. 이야기를 마치지 못할까 봐 두려운 마음에 힘을 아껴 두려
는 것이었다.

고모는 엄숙하게 말을 이어 나갔다.

"이 신전들은 댐을 만들면 생겨날 호수 아래로 잠겨 버릴 위기에 처해 있었어. 그래서 유네스코의 후원을 받아 여러 나라의 학자들이 어느 누구도 상상할 수 없는 최초의 계획을 세웠지. 아부심벨의 두 신전을 톱으로 조각조각 잘라서 100미터 더 높은 곳인 절벽 꼭대기에 옮겨 놓는 것이었어. 물을 피해서 말이야."

"그리고 그들 중에 교수님이……."

이미 그 이야기를 알고 있다는 듯이 셰익스피어가 고모의 말을 잘랐다.

교수님이 다시 말을 이었다. 이제는 이야기를 하면서 활기를 찾았다. 셰익스피어는 꼼짝 않고 앉아 눈을 반짝이며 침묵을 지켰다.

"1964년 여름에 일어난 범람은 그 어느 때보다도 굉장했단다. 마치 나일 강이 이집트의 땅을 뒤덮을 마지막 기회라는 것을 알아차린 듯이. 우리는 밤낮으로 일했지. 시간이 촉박했거든. 아스완하이 댐이 완공되고 물이 점점 차올랐지. 누비아의 주민들이 곧 침수될 자기 마을을 떠나야만 할 때가 되었어. 어떤 사람들은 마지막 순간까지 자기 집을 붙들고 있었지……."

교수님은 눈을 감고 머리를 뒤로 젖혔다. 감은 눈꺼풀 아래로 그때의 광경들이 스쳐 지나갔다.

"난 누비아의 새하얀 집들과 가시 달린 아까시나무, 미모사 꽃의 향기, 느린 걸음으로 사막을 건너던 낙타들을 절대로 잊을 수 없을 거야. 수송선이 날마다 나일 강을 거슬러 올라와서 농부들과 그 가족들, 검은 염소 떼와 자질구레한 가구, 그리고 심지어 자기 집에서 떼어 온 문짝과 덧창까지 모두 북쪽으로 실어 날랐어. 주민들은 자기 고향 땅을 떠나 새로운 인생을 시작해야 했지."

네모는 여전히 이 이야기와 무희의 그림이 무슨 상관이 있는지 이해할 수 없었다. 하지만 잠자코 있었다. 교수님이 이야기를 계속했다.

"그 날 나는 나일 강 연안의 절벽 안에 있는 동굴 속에서 고고학 연구 목록을 작성하고 있었어. 시급한 일에 완전히 열중하느라 주변에서 어떤 일이 일어나는지 관심조차 기울이지 못했단다. 그런데 동굴 밖에서 날카로운 비명이 들려와서 정신이 번쩍 들었지. 나는 밖으로 뛰쳐나갔어. 한순간에 재난이 터졌다는 것을 알 수 있었지. 강물이 갑자기 불어나서 식량 항아리며 바구니, 수박 같은 것들이 물에 떠내려가고, 그것들을 잡느라 마을 주민들이 어깨까지 차오른 물속에서 안간힘을 쓰고 있었어."

네모는 신경이 곤두선 듯 아랫입술을 깨물고 여전히 한 마디도 하지 않고 있는 셰익스피어를 쳐다보았다.

"다친 사람들도 있었나요?"

네모는 이집트 청년이 차마 꺼내지 못하는 말을 했다.

"그렇지는 않은 것 같았어……. 중앙아프리카에 비가 억수같이 쏟아져서 이런 예기치 못한 재난이 터졌는데, 며칠 뒤 모든 것이 제자리를 찾았고 나세르 호수도 완만하게 불어나게 됐지. 하지만 난 안정을 찾지 못했단다. 사람들이 수해를 입어 버리고 간 집들을 친구들 몇 명과 함께 돌아보았어. 물난리에 기겁한 주민들이 미처 챙기지 못한 베일과 어망이 천장 위에 그대로 매달려 있었지. 사람들은 우리더러 게들을 조심하라고 일러 주었어. 누비아 마을 사람들이 데려가지 못한 개들 말이야. 하지만 전혀 겁내지 않아도 된다는 걸 금방 알게 됐지. 그 불쌍한 짐승들은 살아남으려고 정신이 하나도 없었으니까. 개들은 나일 강의 물고기들을 잡아채느라 여념이 없었거든."

"개들이 낚시를 해요?"

린다가 깜짝 놀랐다.

셰익스피어는 신경질적으로 린다를 쏘아보았다. 그는 아주 작은 간섭도 용납할 수가 없었던 것이다.

"그래……."

교수님이 멍하니 대답했다.

"그리고…… 나는 이미 물속에 잠긴 어느 학교 교실 안에서 하얀 벽 위에 대피해 있던 그 애를 보았단다."

"누구요?"

린다는 참지 못하고 또다시 물었다.

"아주 작은 여자 애, 거의 아기라고 할 수 있는……. 몇 살이나 되었을까? 나로서는 알 수 없었어. 아마 한 살은 더 되었을 것 같고, 18개월은 안 되었을 것 같고……. 아기는 아무것도 바라지 않는 것처럼, 아니면 위험이라는 걸 전혀 이해하지 못하는 것처럼 울지도 않았어. 베이지색 개 한 마리가 아기 옆에 있었지. 누가 누구를 보호하고 있는지도 모르게 말이야. 개가 벽 위로 그 아이를 피신시켰을까? 아니면 그 아이가 범람의 위험에서도 자기 개를 버릴 수 없어서 마을에 남았을까?"

교수님은 잠시 호흡을 가다듬었다.

셰익스피어는 두 손으로 턱을 괴고 있었다.

"부모님은요? 다른 가족은요?"

네모가 물었다.

"찾아보았지. 사람들에게 물어도 보고……. 하지만 그 아이에겐 특별한 표시가 전혀 없었어. 그 애는 빨간색 원피스를 입고 있었고, 이집트에서는 아무리 가난하더라도 누구나 차고 있는 금팔찌를 하고 있었지. 아무도 그 애가 누군지 몰랐어. 그 애의 가족은 아마도 아이가 물에 빠졌을 거라고 생각하고 겁에 질려 북쪽으로 떠났던 것 같아."

"교수님은 그 애를 '물에서 구해' 주셨죠."

셰익스피어가 알아들을 수 없는 쉰 목소리로 중얼거렸다.

이번에는 교수님이 셰익스피어에게 손을 내밀어 그의 손을 꼭 잡아 주었다.

"그래. 내게는 아이가 없었단다. 난 둘을 입양했어. 그 여자 아이와 귀여운 개, 둘 다를. 우린 여기 룩소르에 자리를 잡고 살았지. 난 람세스 2세의 치세를 연구하느라 라메세움에서 일해야 했으니까."

"그 여자 애를 신전의 유적으로 데리고 가셨나요?"

셰익스피어가 물었다. 그는 늙은 교수님에게로 몸을 기울이고 말을 이었다.

"제가 이해할 수 있는 나이가 되고 나서 어머니는 그 얘기를 몇 백 번도 더 했어요. 신과 여신들이 살고 있던 라메세움 신전에서 '물에서 자기를 구해 준' 사람과 함께 놀았던 이야기 말이죠. 어머니는 항상 이 말을 입에 달고 살았어요. '물에서 구해 준'! 교수님이 일할 때 어머니는 춤을 추었대요. 신전의 기둥들 사이에서요."

교수님은 추억에 잠겨서 미소를 지었다.

"그 애는 정말 예뻤지……. 어느 날 '오페라 드 파리'의 무용단이 라메세움을 방문해서 우리를 위해 춤을 추었어. 그 애가 그걸 보고 어찌나 좋아하던지."

"교수님은 어머니에게 람세스 2세와 네페르타리 왕비에 대한 이야기를 들려주셨죠. 그리고 어머니를 위해 탑문 꼭대기에 있는 네페르타리 왕비의 춤추는 모습을 그려 주셨고요. 어머니가 말했던 것처럼 자기를 닮은 무희를."

"그래, 음악이 흐르기만 하면 그 애는 옛날 요정처럼 우아하고 가볍게 날아올랐지. 그래서 나는 그 애를 '네페르', '어여쁜 소녀', 아니면 '네페르타리', '내 작은 무희'라고 부르곤 했지."

셰익스피어는 소중한 추억이 깃들어 있는 이집트 여인의 그림을 흔들었다.

"네페르……. 나의 어머니……. 어머니 역시 교수님이 그려 주신 그림을 평생 지니고 살았어요. 그건 어머니가 겪은 요정 이야기였죠……."

셰익스피어는 교수님을 어린아이처럼 열렬히 쳐다보았다. 그 순간만큼은 그에게서 일부러 비꼬는 듯한 태도가 조금도 엿보이지 않았다.

"그런데 그 뒤에는요? 무슨 일이 일어난 거죠?"

성급한 린다가 물었다.

교수님은 갸름한 얼굴이 많은 추억을 불러일으키는 청년에게서 눈길을 거두었다.

"나의 귀여운 딸이 열 살 정도 되었던 어느 날이었어. 일거리를 찾아 삼각주에서 배를 타고 되돌아오던 누비아 출신의 농부 가족을 만났지. 그들은 나와 네페르를 놀란 눈으로 바라보았어. 웬 서양 남자가 누비아의 아름다운 여인들처럼 피부가 검은 여자 아이를 데리고 있는 모습이 이상했던 거지. 우리는 함께 이야기를 나누었단다. 그들은 내게 강물이 불어났을 때 잃어버린 딸과 그 아이를 떠날 줄 모르던 개에 대해 이야기하면서, 자기의 다른 딸들이 모두 차고 있는— 뭔가가 새겨져 있었다— 금팔찌를 보여 주었어. 그건 네페르의 팔찌와 똑같았지. 의심의 여지가 없었어. 그들은 내 딸 네페르의 친부모였지."

"그래서 어떻게 하셨어요?"

가슴을 졸이며 린다가 걱정스럽게 물었다. 린다는 이별이나 어긋난 약속, 불행한 우연 같은 이야기들을 끔찍해했다.

교수님은 한숨을 쉬었다.

"그들은 선량한 사람들이었어. 돈보다는 자기들의 아이를 원했지. 나는 네페르를 보내지 않겠다고 오랫동안 버텼어. 특히 어머니가 완강하게 반대하셨지. 과연 누가 어머니에게서 자식을 빼앗을 수 있을까? 내가 유럽으로 다시 떠나야 했을 때, 그들은 네페르를 그렇게 먼 타향으로 데려가지 못하도록 나를 설득했지. 그 곳으로 떠나면 네페르는 추위를 탈 것이고, 모든 것이 낯설 거라면서. 나는 그들에게 네페르를 돌려보낼 수밖에 없었어."

"달리 선택의 여지가 없었네요."

모든 것에 주관이 뚜렷한 파멜라 고모가 딱 잘라 말했다.

"나도 그렇게 생각했지……. 하지만 난 그 때의 결정을 늘 후회하면서 살아왔단다. 난 파리 연구소에서 2년 동안 일해야 했지. 파리엔 5년 동안 머물렀어. 물론 그동안 네페르를 만나려고 그 아이 집을 두 번 방문했지. 그러곤 홀로 프랑스로 돌아갔어. 그 애는 내게 편지를 썼어. 그리고……."

늙은 교수님은 계속 말하는 게 힘들어 보였다.

"그리고 난 마지막 편지를 받았단다. 그 애가 결혼을 해야 했거든……. 겨우 열다섯 살이었는데……."

"열다섯이요?"

린다가 경악하며 되물었다.

"그 애는 자기 남편이 나와 편지를 주고받는 걸 원하지 않는다고 알려 왔어."

네모는 셰익스피어가 창피하다는 듯이 고개를 숙이는 모습을 보았다. 하지만 그가 무엇을 할 수 있었겠는가? 우리는 아버지도, 가족도 선택할 수가 없다.

"그렇게 된 거야. 그 뒤로 난 두 번 다시 그 애를 보지 못했어. 내가 이집트에 다시 왔을 때, 그 애의 가족이 룩소르를 떠났다는 사실을 알게 됐지. 시간이 흘렀고, 나는 포기했어. 그 애는 결혼했고, 자기 나라의 관습대로 살아갔겠지. 내가 뭘 할 수 있었겠니?"

교수님의 목소리가 갈라졌다.

"그렇지만 난 그 애를 한순간도 잊은 적이 없어. 단 한순간도. 그리고 1년 전…… 그 애를 영원히 다시 볼 수 없을지도 모른다는 예감이 들었단다. 나도 이제는 오시리스의 길로 떠날 때가 되었으니까……."

교수님은 네모에게 은은한 미소를 지어 보이고는 말을 이었다.

"난 네페르를 마지막으로 꼭 한 번만 보고 싶었어. 그래서 그 애의 소식을 다시금 알아보았지. 결국 그 애가 여기 룩소르로 돌아왔고, 그 뒤에 죽음을 맞이했다는 소식을 알아냈단다. 그 애를 거의 다시 찾을 뻔했는데……. 하지만 너무 늦었지……."

네모는 교수님의 이 말이 꿈결처럼 들렸다.

'거의 다시 찾을 뻔했는데…….' 네모의 늙은 친구는 사카라에서 이집트 여인의 그림을 앞에 두고 감상에 젖어 이렇게 말했었다. 네모는 그것이 무덤이나 미라의 발굴과 관련된 것이라고 생각했는데, 결국 자기가 제멋대로 상상 속의 단서를 찾아 모험을 떠났던 것임을 알게 되었다.

"교수님은 결혼하지 않았나요? 아이는 없었어요?"

파멜라 고모가 조심스럽게 물었다.

교수님은 고개를 돌려 '포기'라는 말의 뜻을 모르는 늙은 여인을 쳐다보았다.

"아니요. 내게 다른 아이는 없었답니다."

교수님이 느릿느릿 대답했다.

바로 그 때 영화에서처럼 누군가 문을 두드렸다. 배의 요리사―네모는 그녀를 '작은 보석'이라고 생각했다―가 파멜라 고모의 운전사와 함께 들어왔다. 두 사람은 종 모양의 뚜껑을 덮은 쟁반을 여러 개 들고 있었다.

"이야기하는 데 방해되지 않게 여기로 식사를 가져다 달라고 했어요."

파멜라 고모는 사교계에서 저녁 식사를 대접하는 것처럼 우아하게 설명했다.

사실 이 예상치 못했던 저녁 식사의 등장으로 그녀의 기분이 썩 좋아졌다. 적어도 그 순간만큼은 발굴을 향한 자기 꿈이 산산조각 났다는 사실도 중요하지 않았다. 하지만 이야기의 전개를 놓치고 싶진 않았다. 그녀는 이 저녁 모임이 오래갈 것이란 걸 이미 알아채고 있었다.

상차림을 마칠 때까지 요리사는 몇 번이나 더 왔다 갔다 하면서 접시와 잔, 음료수 등을 날라야 했다. 책과 종이를 치운 책상은 후머스, 바바 가누그, 타불레 같은 음식으로 뒤덮었다.

"린다야, 좀 도와줄래?"

파멜라 고모에게 직접 상을 차린다는 것은 있을 수 없는 일이었다. 고모는 요리사와 운전사를 돌려보내고 린다가 그들과 교대할 수 있도록 아주 자연스럽게 몸을 돌려 앉았다. 하지만 네모가 끼어들었다.

"놔둬. 내가 할 테니."

솔직히 네모는 식사 시간에 여자가 시중드는 모습을 별로 달가워하지 않았다. 자기 부인에게 시중들라고 요구하고는 '오늘 메뉴가 뭐지?'라고 묻는 남자들을 경멸했다. 우린 더 이상 중세 시대에 살고 있는 게 아니었다.

"이제, 나에게 얘기해 주겠니? 네페르가 평생 동안 어떻게 살아

왔는지."

교수님이 셰익스피어를 바라보며 물었다.

"두 분만 따로 있게 해 드릴까요?"

그렇게 개인적인 비밀 이야기를 듣는 게 머쓱해진 네모가 물었다.

파멜라 고모는 어리둥절해서 눈썹이 올라갔다. 별다른 이유도 없이 다음 이야기를 놓칠 그녀가 아니었다. 하지만 그보다 먼저 교수님이 고개를 저었다.

"아니야, 아니야. 바로 네 덕분에, 여러분 모두 덕분에 사미르가 오늘 이렇게 나와 함께 있게 된 거잖아."

"내 어머니는……."

힘없는 목소리로 셰익스피어가 입을 열었다.

"어머니는 늙은 노인의 네 번째 부인이 되었어요."

"뭐라고요!"

격분한 린다가 소리쳤다.

"네 번째 부인? 어머니는 그런 결혼을 왜 했어요?"

셰익스피어는 슬픈 눈으로 린다를 바라보았다.

"바르게 자란 소녀였으니까. 부모님께 복종한 거야."

"나 같으면 절대로 어림도 없어."

린다의 대답이 곧장 튀어나왔다.

모두가 감상에 젖어 있긴 했지만, 린다의 말에 웃음을 터뜨릴 수밖에 없었다. 특히 파멜라 고모는 그걸 아주 재밌어했다.

"너는 미국인이잖아."

셰익스피어가 말을 이었다.

282

"넌 이해할 수 없을 거야. 관습이라든가 가족이라든가……. 그리고 우리는 종교를 따라야만 해."

"만약에 종교가 당신을 존중하지 않는다면요? 종교가 당신을 갑갑하게 가두어 버린다면요?"

린다가 셰익스피어를 다그치듯이 말했다.

"어쨌든 내 어머니는 행복하지 않았어……. 어머니는 시집간 집안에서 나이도 가장 어렸고, 아무런 권리도 없었지. 아버지가 돌아가시자 상황은 더욱 나빠졌어. 다른 부인들이 어머니를 미워해서 음식을 나누어 먹지도 않았거든. 어머님은 '우리가 먹고살 방법을 찾아야' 했어."

"그 애가 뭘 했는데?"

교수님이 한숨을 내쉬며 물었다.

"어머니는 교수님 덕분에 교육을 받았지요. 하지만 이집트에서 어린 여자가 할 수 있는 일이란 없었어요. 그래서 어머니는 자기가 지닌 유일한 열정으로 되돌아갔지요. 바로 춤이었어요. 지금은 없어진 룩소르의 카바레에서 춤을 추었지요. 카바레 이름은 '이집트의 장미'였고요. 가끔씩 어머니가 절 데리고 갔어요. 자기가 어린 소년의 어머니로서 존중받아야 하는 여인이라는 것을 손님들에게 알리려고요. 의상도 정말 환상적이었어요. 헐렁한 바지에 실크 블라우스, 커다란 허리띠에 금빛 터번까지."

셰익스피어는 자기만 볼 수 있는 장면을 보고 있는 것처럼 웃음을 지었다.

"자랑스러웠겠군요."

린다가 부드럽게 말했다.

"그래, 난 어머니가 자랑스러웠지. 집안의 다른 여자들은 어머니를 '정신 나간' 여자로 취급했지만, 나는 진실을 알고 있었어. 우리 어머니는 예술가였고, 사람들은 어머니에게 감탄했지. 우리는 참 희한하게 살았어요. 동이 트기 직전에 집으로 돌아와서 어머니는 자신의 어린 시절 이야기를 들려주며 제가 잠들기를 기다렸지요. 어머니는 저한테 네페르타리 왕비의 아름다운 모습도 그려 주었어요. 네페르타리는 어머니의 가명이기도 했어요."

교수님은 감상에 젖어서 이야기를 듣고 있었다.

네모와 린다는 어느새 자신들도 모르게 손을 꼭 맞잡았다. 그리고 같은 생각을 하고 있었다. 바로 그녀가 자신들이 헛되이 찾아 헤맸던 그 네페르타리였다고. 교수님이 '거의 다시 찾을 뻔했던' 네페르타리, 산속 굴에서 몇천 년 동안 잠들어 있는 건조된 미라가 아니라 진짜 무희였던 오늘날의 젊은 여인, 교수님의 수양딸이자 그토록 신비로운 셰익스피어의 어머니였다고.

"어머니는 제가 공부하기를 바랐습니다. 그건 어머니의 꿈이자 자랑이었죠. 저도 '다른 아이들 같은 아이'가 되기는 싫었어요. 이집트학 학자가 되고 싶었지요. 어머니를 물에서 구해 준 남자처럼……."

셰익스피어가 교수님을 바라보았다.

"…… 바로 교수님처럼 말이에요. 어머니는 제가 학교에 들어가고부터 저를 카바레에 데리고 가지 않았어요. 마흐모드 형이 저를 돌봐 주었죠. 저녁에는 어머니가 일하러 나가기 전에 영어와 프랑스어를 가르쳐 주었어요. 때때로 어머니는 신경이 예민해져서 '이런! 프랑스어를 다 잊어버렸네. 아무도 내게 프랑스어로 말하지 않으니까.'라고 말하곤 했죠."

"당신은 어머니가 원했던 것처럼 정말로 공부를 했잖아요."

이집트학과 '도굴학'에 관한 자기들의 토론이 기억난 린다가 덧붙였다.

"그래, 난 카이로에서 언어와 역사를 공부했지. 1년이 지나 집에 돌아왔을 때는 어머니가 이미 시력을 잃은 뒤였어요. 어머니는 제게 사실을 알리길 원하지 않았습니다. 어머니는 야위어 갔고 너무 빨리 쇠약해졌어요. 의사를 불렀을 땐 이미 늦었어요. 의사가 할 수 있는 일은 아무것도 없었죠."

"빌하르츠주혈흡충증……."

교수님이 중얼거렸다.

빌하르츠주혈흡충증은 나일 강의 오염된 물 때문에 생기는 치명적인 병으로, 강가에 사는 주민들이 곧잘 걸린다.

더 이상 말을 이을 수 없다는 듯이 다시 한 번 침묵이 내려앉았다. 네모는 네페르타리가 발끝으로 사뿐히 멀어져 가서 어둠 속으로 사라지는 상상을 해 보았다. 그녀에 대한 것은 아무것도 남아 있지 않았다. 사진 한 장도. 하지만 네모는 생각했다. 셰익스피어가 있었다! 셰익스피어가 남아서 교수님을 다시 만났다. 결국 그 광적인 상상과 추적은 헛된 것이 아니었다.

"그러니까 사미르는 교수님의 손자네요?"

마침내 네모는 소리 높여 말했다.

"그래, 사미르는 내 손자야."

"그리고 미래의 이집트학 학자죠."

린다가 덧붙였다.

파멜라 고모는 일이 이렇게 된 것을 아주 기뻐했다.

"친애하는 교수님, 제가 이 아이들을 아부심벨로 데려갈 거라는 걸 알고 계시죠? 그 곳이 이번 여행의 종착지고, 또 다른 무희인 레아와 만날 장소니까요. 그런데 셰익스피어와 교수님도 우리와 함께 가면 안 될까요? 그러면 우리는 젊은 누비아 여인인 네페르타리의 자취를 끝까지 따라가 볼 수 있을 텐데요."

네모는 린다와 함께 '아이들'로 분류되었다는 데 깜짝 놀랐다. 아무리 좋은 뜻에서 나온 초대라고는 해도……. 하지만 교수님은 슬픈 미소를 지었다.

"내겐 더 이상 그런 여행을 할 만한 힘이 남아 있지 않아요. 내가 거기 가서 무엇을 하겠습니까? 내 기억 속엔 이미 모든 것이 새겨져 있고, 모든 것이 살아 있는데. 게다가 내 기억은 오늘 사미르 덕분에 누비아를 바로 어제 떠나온 것처럼 환해진걸요."

"저도 누비아까지 갈 필요 없어요. 전 교수님과 같이 있을래요."

네모가 조급하게 중얼거렸다.

"아니다, 네모야. 난 네가 이 나라를 둘러보고, 람세스 2세의 영원한 사랑이었던 네페르타리도 만나 보았으면 싶구나. 난 네가 와 줘서 아주 행복했어. 네가 나에게 이런 선물을 안겨 줄지는 꿈에도 몰랐단다."

네모는 눈가에서 뭔가가 따끔거리기 시작하는 걸 느꼈다. 네모는 감정에 맞서 심호흡을 크게 했다.

"가 봐!"

린다가 네모를 교수님 쪽으로 밀며 숨을 몰아쉬었다. 린다는 적절한 시기에 해야 할 행동을 알아차리는 감각이 뛰어났다. 이번에는 네모가 자기 덕분에 비로소 양손자를 찾은 할아버지 옆에 주저앉았다. 그랬다. 자기 덕분이었다. 하지만 정작 자기는 사실을 제대로 알지도 못한 채 새로운 인디아나 존스 역할을 하고 있다는 망상에 젖어 있었다. 네모는 셰익스피어가 자기에게 손을 내미는 걸 보았다.

"자, 친구?"

네모는 묘한 기품이 흐르고 '눈빛이 불타오르는' 듯한, 그리고 대단한 오만과 비밀스런 상처를 지닌 젊은이를 바라보았다. 이번에는 네모가 힘차게 손을 잡았다. 솔직담백하게, 아무런 꿍꿍이도 없이.

"친구."

네모도 따라 말했다.

어느덧 귀뚜라미 소리도 잦아들고 새벽이 밝아 왔지만 아무도 잠들지 않았다.

"사미르야!"

교수님이 부드럽게 불렀다.

"부탁이 하나 있다. 산 자들의 나라 위로 돌아오는 태양을 너와 단둘이 보고 싶구나. 테라스까지 함께 가 줄 수 있겠니?"

사미르는 잠자코 일어나 자기 할아버지인 교수님의 야윈 어깨 아래를 아주 조심스레 한쪽 팔로 받치고 교수님이 일어나는 걸 도왔

신의 상징들

이집트의 대형 건축물과 무덤 속에 그려진 신과 여신들의 주변 또는 목걸이나 팔찌 같은 장신구에서 볼 수 있는 예쁜 문양들은 무엇을 의미할까? 행운의 상징, 부적, 종교적이거나 정치적인 기호들은 모두 나름대로의 의미와 역사가 있다. 여기에서 몇 가지 예를 살펴본다.

두 개의 관(푸셍) 왕권과 왕국의 통일을 상징한다. 상이집트를 상징내는 흰 왕관과 하이집트를 상징내는 붉은 왕관을 합친 모양이다.

생명의 부적(앙크) 죽은 자의 제2의 삶을 보장해 주려고 신과 여신들이 손에 쥐는 부적이다.

풍뎅이 신의 수호를 부르는 부적이다. 오시리스의 심판 때 자기 주인을 배반하지 말라는 심장을 향한 당부가 쓰여 있는 문서와 함께 미라의 가슴 위에 놓였다.

눈(우자트) 신화 속 전투에서 세트가 뽑아 버린 호루스의 눈을 상징한다. 이 눈은 토트가 되돌려줌으로써 악의 힘에 맞서는 강력한 수호의 의미를 갖게 되었다.

코브라(우라우스) 공격의 자세를 한 코브라는 왕가의 머리쓰개 위에 자주 등장한다. 코브라는 독으로 왕들의 적을 물리쳐 준다.

왕홀 목동의 지팡이처럼 끝이 구부러진 모양의 헤카와 도리깨 모양의 네케크를 함께 가리킨다. 왕실의 권력을 상징하며, 오시리스가 가슴 위에 두 팔을 엇갈린 채로 자주 들고 있다.

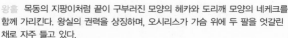
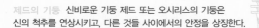

제드의 기둥 신비로운 기둥 제드 또는 오시리스의 기둥은 신의 척추를 연상시키고, 다른 것들 사이에서의 안정을 상징한다.

다. 그리고 교수님과 함께 여명이 밝아 오는 촉촉한 정원 쪽으로 나가서 테라스 계단으로 다가갔다.

네모와 린다, 파멜라 고모는 이 순간에는 그냥 둘만 있게 해 주어야 한다는 것을, 두 사람이 나눌 이야기가 아직도 많다는 것을 이해했다. 늙은 교수님은 계단 아래에서 잠시 멈칫했다. 건널 수 없는 장애물 앞에 선 것처럼. 사미르는 연약한 어린아이 같은 교수님을 팔로 부축해 작은 계단을 조심스럽게 오르기 시작했다.

13. 사랑하는 이를 위해 태양은 떠오른다

　말 그대로 '세상의 끝'이 있다면 이제 막 그 곳에 이르렀다고 말할 수 있을 것이다. 그 곳은 사막 한복판의 바다였고, 모든 지표가 사라진 곳이었다. 네모가 상상했던 것보다 훨씬 더 신비로운 곳이었다. 고요하고 맑고 거대한 나세르 호수는 사막 한가운데, 식물이라고는 찾아볼 수 없는, 햇볕에 모든 것이 타 버린 풍경 속에 뻗어 있었다. 생명이 없는 세상에 존재하는 물은 신기루 아니면 기적에 속하는 것이었다. 그렇다. 그들은 진정으로 세상의 끝에 와 있었다. 아마도 그것은 시간의 끝이기도 할 것이다.

　앞쪽에는 아스완하이 댐 건설로 수몰될 위기에서 구원되어 강가의 언덕 위로 옮겨졌다는 아부심벨 신전이 버티고 서 있었다. 람세스 2세를 기리는 대신전은 파라오의 초상이 새겨진 좌상 네 개가 받치고 있었다. 네페르타리 왕비를 기리는 소신전은 마치 돌에서 빠져나오듯 걸어가는 모습으로 조각된, 웅장한 여섯 개의 상으로 장식되어 있었다.

290

네모는 누비아의 모래 색깔을 띤 신전 정면 위쪽과 강렬한 푸른 색을 띤 하늘, 사막에 짓눌린 호수를 둘러보았다. 네모에게는 그 모든 것이 비현실적인 꿈처럼 느껴졌다. 아무 곳도 아닌 이런 데서 무엇을 할 수 있을까? 여기, 누비아, 이집트 최남단에 무엇을 찾으러 온 것일까? 이 여행에 아직도 어떤 의미가 남아 있을까? 물론 네모는 계획대로 신전 앞에서 첫 번째 발레 공연을 펼칠 레아 누나를 만나러 왔다. 하지만 목적이 없었다……. 기분이 씁쓸했다.

고대의 네페르타리는 자신의 신비로움을 간직하고 있었다. 교수님도 이제 양손자인 사미르 셰익스피어가 있으니까 네모는 더 이상 필요하지 않았다. 물론 린다가 있었다. 하지만 파멜라 고모가 계속 함께 다녔기 때문에 네모에게는 방해만 되었다. 린다는 어떤 상황에서도 항상 똑같이 강한 열정과 흥분을 보였다. 늘 관심을 끌려고 하고, 늘 경탄하고, 늘 시끄러운 비명을 질러 댔다. 솔직히 네모는 점점 더 파멜라 고모를 참아 내기가 힘들었다.

처음에는 모든 것이 잘 풀렸다. 엔다이브 클럽이 올드 윈터 팰리스에 자리를 잡는 동안 네모와 린다, 파멜라 고모, 이렇게 셋은 황홀한 유람선을 타고 룩소르에서 아스완까지 유람을 했다. 네모는 고대의 신전들이 줄지어 있는 나일 강 연안의 아름다운 경치에 넋을 잃었다. 부겐빌레아*와 무화과나무, 월계수와 재스민, 하이비스커스**와 망고가 끝없이 펼쳐져 있는 테라스들 사이에 둥지를 틀고

---

* 부겐빌레아 : 분꽃과에 속하는 열대식물.
** 하이비스커스 : 하와이가 원산지인 무궁화과 식물.

있는 호텔들도 탄성을 자아내는 경치였다. 배는 엘레판티네, 필레, 비게 같은 매혹적인 이름의 섬들 사이로 우아하게 미끄러지고 있었다. 그리고 린다는 꿀처럼 달콤했다. (네모는 몇 가지 동양적인 비유들을 써 보았다.) 특히 낭만적인 배의 뒷부분에서 서로 꼭 껴안고 있을 때는 더없이 그랬다.

그런데 아스완에서 모든 것이 엉망이 되었다. 파멜라 고모가 골치 아픈 여행 동반자라는 사실이 속속 드러났다. 『천일야화』에나 나올 법한 궁전 같은 올드 카타락트 호텔에서 고모는 '나일 강 쪽으로 전망이 나 있는' 객실을 요구하며 지배인과 관리인, 안내원까지 모두 호출했다. 게다가 보석이 들어 있는 귀중한 여행용 가방이 없어졌다며 경찰을 불러 그 일대를 봉쇄하고 경비원들과 청소부들을 비롯한 호텔의 직원들 모두를 신문하도록 했다. 다행히도 고모가 미국 대사관에 전화를 걸려고 하는 찰나에 진땀을 줄줄 흘리던 한 종업원이 고모의 침대 밑에서 가방을 찾아냈다. 도착하자마자 고모가 자기 손으로 그 밑에 밀어 넣었던 것이다.

파멜라 고모는 아스완이 자기에겐 재수가 없는 곳이니까 '당-장-에!' 아부심벨로 떠나길 원한다고 선언했다. 그러고는 절대 비행기를 타지 않는 고모 때문에 아부심벨까지 지칠 줄 모르고 곧게만 뻗은 도로를 자동차로 260킬로미터 달렸다. 그 곳에서 맹위를 떨치는 열혈 이슬람교도들이나 관광객을 노리는 강도들의 위험도 아랑곳없이, 땡볕에 하얗게 타 들어가는 사막 위를 경찰의 에스코트도 전혀 받지 않았다. 고모가 경찰을 기다릴 수 없다며 몹시 날카로운 목소리로 거절해 버렸던 것이다.

빌린 고물 자동차의 핸들을 잡은 사람은 바로 린다였다. 미국에서는 열여섯 살부터 운전면허를 딸 수 있으니까. 검은색 블라우스와 인도식 바지를 입고 색이 바랜 터번 속에 머리카락을 숨긴 린다는 다섯 시간 가까이 쉬지 않고 운전했다. 그 고물차는 시속 60킬로미터 이상 달리지 못했다. 그동안 파멜라 고모는 뒷자리에 누워서 눈을 가리고 귀를 막은 채 잠들어 있었다. 다른 사람들이 역경을 헤쳐 나가고 있을 때에 고모는 아예 뒷짐을 지고 있었던 것이다. 다른 사람들이란 해링턴 부인의 그 망할 놈의 가방을 다리 사이에 끼고 앞자리에 앉아 숨이 막힐 지경이었던 린다와 네모였다. 정말이지 최악이었다!

신전 바로 옆에 있는 어떤 호텔에 멈췄는데, 마치 상처를 더 건드리기라도 하듯이 그 호텔 이름이 바로 '네페르타리'였다. 린다는 '이글스'의 오래된 노래 「호텔 캘리포니아」의 곡조에 가사를 바꿔 부르며 한술 더 떴다.

"Welcome to the hotel Nefertari / Such a lovely place / Plenty of room at the hotel Nefertari / Any time of year."[*]

네모는 경탄이 쏟아질 만한 아부심벨의 비경, 그리고 람세스 2세와 네페르타리 왕비의 신전을 앞에 두고도 얼굴을 찡그릴 수밖에 없었다.

파멜라 고모는 또다시 기분이 아주 좋아졌다. 평소처럼 수다를

---

[*] 호텔 네페르타리에 온 걸 환영해요 / 무척이나 사랑스러운 곳 / 1년 중 어느 때라도 / 호텔 네페르타리엔 방이 충분하답니다.

떨고, 화려한 말솜씨가 물결쳤다.

"람세스 2세의 신전이 얼마나 위엄 있고 장중하며 위풍당당한지 보려무나. 네페르타리 왕비의 신전은 또 얼마나 섬세하고 우아한 지……. 람세스와 네페르타리, 왕과 왕비, 남자와 여자, 힘과 우아 함……. 이 두 사람의 사랑은 돌 위에 영원히 새겨져 있단다."

길게 낮잠을 자고 목욕까지 하고 난 해링턴 부인은 기품을 되찾았다. 검은 실크 드레스를 차려입은 아름다운 여행객에게선 아스완에서 발을 동동 구르던 심술쟁이의 모습은 찾아볼 수 없었다.

단지 청중의 태도가 그다지 호의적이지 않았다. 네모의 기분이 나빠지자, 땡볕에서 몇 시간이나 운전하여 지쳐 있던 린다의 기분까지 그리 좋지 않았다. 아래위로 하얀 옷을 입고 선글라스를 쓴 린다가 간신히 입을 뗐다. 네모도 애를 쓴 끝에 예의상 몇 마디를 중얼거렸지만 마음은 다른 곳에 가 있었다.

"7월 말쯤에는 모든 이집트가 '라의 밤'을 위해서 작은 램프에 불을 켜고 밤을 지새운단다."

다른 사람의 반응 따위엔 끄떡도 없는 파멜라 고모가 이야기를 계속했다.

"이 마법의 밤 막바지에 가장 밝은 별이 나타나지. 바로 시리우스야. 조금 뒤 여명이 밝아 오면 시리우스는 태양신 라와 합쳐지게 돼. 이러한 태양과 별의 '합일'은 곧 범람이 돌아온다는 걸 예고한단다."

파멜라 고모는 큰 신전 쪽으로 다가갔고, 네모와 린다는 서로 눈을 마주치지 않은 채 고모를 따라갔다.

"람세스 2세는 라를, 네페르타리 왕비는 시리우스를 닮았지. 그래서 람세스 2세와 네페르타리 왕비 또한 땅과 하늘에서 합일했던 거야. 그들의 사랑은 생명과 이집트의 부활을 가져다주었어. 그 사랑은 영원히 지속되었지."

네모는 더 이상 견딜 수 없었다. 파멜라 고모 때문에 신경질이 극에 다다랐다. 사랑, 사랑…… . 고모는 이 말을 입에 달고 다녔다. 자기가 무슨 이야기를 하고 있는지나 알까? 네모는 린다를 흘낏 보았다. 린다는 거의 낯선 사람처럼 멀리 있는 것만 같았다. 사랑은 이따금씩 사라지는 것일까?

아부심벨 신전의 박공* 위에 람세스 2세의 거상 네 개가 무릎 위에 손을 올린 채 신비로운 미소를 머금고 기다리고 있었다.

"이 네 개의 동상은 높이가 20미터나 되지. 그리고 미소의 폭은 1미터야."

파멜라 고모가 일일이 설명을 달았다.

넓이 1미터의 미소라니! 위선자의 미소임이 분명했다! 신격화되었던 람세스 2세는 아마 무시무시한 폭군이었을 것이다. 그리고 네페르타리 왕비는 가증스럽고 성질이 고약한 여자…… . 누가 알겠는가? 아니, 과장은 하지 말자.

어쨌든 파라오의 신전은 어딘지 모르게 소름끼치는 면이 있었다. 출입문을 지나자마자 네모는 장벽처럼 버티고 있는 거상 두 개와 맞닥뜨렸다. 가슴 위에 두 팔을 엇갈려 올려 놓은 오시리스의 모습

---

* 박공 : 고전 건축의 신전 정면이나 후면의 주랑에서, 돌림띠 위와 지붕의 선을 따라 얹는 삼각형 부분.

으로 간단한 옷을 걸친 람세스 2세를 표현한 상이었다. 네모는 그렇게 일렬로 늘어선 다섯 개의 문을 가장 큰 것부터 가장 작은 것까지 건넜다. 문들은 점점 더 좁고 더 낮은 방들을 향해 열려 있었다. 땅이 네모의 발밑에서 천천히 올라왔고, 천장은 점점 낮아졌다. 걸음은 마치 운명처럼 피할 수 없는 것이 되어 버렸다.

신전의 맨 안쪽에는 마지막 문이 희미한 빛 속에 묻혀 있는 성소로 이어졌다. 그 곳에서는 끔찍한 장면이 연출되고 있었다. 입상 네 개가 의자에 저마다 자리하고 있었는데, 무시무시한 판결을 내리려고 하는 판사 넷을 표현한 것이었다.

언제 어디서나 사교적인 파멜라 고모가 그들을 소개해 주었다.

"신격화된 람세스 2세와 아몬라, 라호라크티, 어둠의 신인 프타……."

얼마나 멋진 모임인가! 파멜라 고모는 신전의 다른 쪽 맨 끝을 향해 몸을 돌렸다. 커다란 출입문 사이로 파란 하늘 조각이 보였다.

"이게 바로 아부심벨의 비밀이야. 1년에 딱 두 번, 첫 번째 햇살이 정확히 문의 축을 따라 이 곳 성소의 끝까지 이르지. 라, 람세스, 아몬을 차례로 비추면서 말이야. 하지만 프타는 어둠 속에 남겨진단다. 아멜리아 에드워드는 이렇게 썼어. '첫 번째 빛이 화살처럼 어둠을 뚫고 지나간다.'"

미라가 되어 버린 괴짜 할머니. 네모는 기억을 떠올렸다.

저녁에는 네페르타리 호텔의 으리으리한 식당에서 좀처럼 끝날 줄 모르는 식사를 했다. 샐러드, 타불레, 타히나, 소스에 절인 무, 향신료를 넣은 닭 요리, 생선 튀김, 밥, 속을 채운 호박……. 파멜라 고모는 모든 것을 맛보라고 고집을 부렸다. 고모는 뚜렷하고 강렬한 이목구비, 둥그렇게 이어진 눈썹, 선이 뚜렷한 턱이 인상적인, 금방 부조에서 튀어나온 듯한 종업원을 유혹했다. 그 종업원을 보니까 꼭 람세스 2세의 유전자가 몇천 년 전부터 변하지 않고 세대에 세대를 거쳐 전해 내려온 것만 같았다.

린다는 평소의 모습을 되살리려고 노력 중이었다. 미소를 짓고 눈을 깜박이고 격식을 차리고 하는 태도 말이다. 네모는 두 사람을 짜증스럽게 바라보았다. 어떤 눈길을, 이왕이면 남자의 눈길을 받는 순간부터 몸을 비비 꼬면서 교태를 부려 대는 견딜 수 없는 여자 둘을…….

종업원은 건포도를 넣은 크루아상 모양의 과자를 접시에 담아 왔다. 드디어 디저트 차례가 되었다!

린다는 탐욕스러운 앞발을 내밀다가 안타깝게도 휴대전화가 울려 허공에서 멈춰야만 했다. 린다의 눈이 네모의 눈과 부딪혔다. 마치 폭풍 속의 두 줄기 번갯불처럼.

"셰익스피어야."

린다는 조금 거만한 투로 알려 주고는 다른 사람 귀를 피해 탁자에서 벗어나 먼 곳으로 갔다.

이 정도 했으면 됐다! 이번에는 네모가 고모에게 고개를 숙여 인사하고는 자리에서 일어났다. 식당 입구에 거의 다다랐을 때 린다가 네모를 붙들었다. 린다는 아무 말 없이 네모의 팔을 잡았다. 살짝 떨고 있었다. 또 무슨 쇼를 하려나? 셰익스피어가 화라도 나게 했나?

"네모야…… 교수님이…….”

네모는 순간 혈관에 차가운 액체가 흐르는 것만 같았다.

"교수님이 돌아가셨어.”

네모는 알고 있었다. 이미 알고 있었다. 고통으로 가슴이 마구 찢어지는 것만 같았다. 네모의 팔이 린다의 허리를 감싸 안았다.

다시 밤이 되었다. 이집트에 온 뒤로 네모는 특히 밤에 사는 것 같은 기분이 들었다. 마법의 밤, 검은 밤, 감미로운 밤, 애절한 밤, 악몽 같은 밤……. 그동안 너무 많은 일들이 일어났다.

네모와 린다는 함께 호숫가를 향해 걸었다. 마치 살아 있는 세상을 피하려는 듯이, 참을 수 없는 소식을 거부하려는 듯이. 두 사람은 어둠 속에서 서로 몸을 바짝 붙이고 있었다.

린다는 네모의 목에 가만히 얼굴을 갖다 댔다.

"마음이 아프지?”

"응……. 아주 오랫동안 슬플 것 같아. 하지만 그렇게 될 거라는 건 이미 알고 있었어.”

"난 도저히 믿을 수가 없어.”

"한 번 더 전화를 했어야 했는데. 나는 교수님께 마지막 인사도 못 드렸어. 그냥 룩소르에 있었어야 했어.”

린다가 가로막았다.

"네모야, 교수님은 네가 이 곳에 와서 누비아를 보길 원하셨어.”

"교수님도 우리가 다시는 보지 못할 거라는 걸 알고 계셨을까?”

린다는 잠시 생각에 잠겼다. 그 물음은 중요한 것이었다.

"그래, 난 그랬을 거라고 생각해. 교수님은 당신이 살아왔던 것처럼 돌아가신 거야. 신중하게. 소란스럽지 않게."

좀 더 밝아졌다. 나세르 호수의 물이 서서히 푸른 기 도는 회색으로 모습을 드러냈다. 희미한 주황색 빛이 언덕 위에 띠처럼 드리워졌다. 아주 약한 바람에도 두 사람은 몸을 떨었다. 네모는 린다를 좀 더 꽉 끌어당겼다. 린다는 네모에게 길고 부드럽게 입맞춤했다.

한참 뒤에 네모가 다시 말했다.

"난 교수님께 말하고 싶었어. 교수님이 내게 어떤 존재였는지. 교수님을 잊지 않을 거라고."

"교수님은 이미 알고 계셨어."

"난 그러고 싶었어……. 하지만 이제는 더 이상 안 계시잖아. 교수님을 다시 만날 수가 없잖아. 영원히……."

'영원히'……. 이 말이 얼마나 가혹하고, 얼마나 가슴 아픈 말인지……. 네모는 처음으로 새로운 감정을 갖게 되었다. 다시는 돌이킬 수 없는 어떤 일이 일어났다는 끔찍한 느낌. 그것은 부재인가, 소멸인가? 가슴에서 사라지지 않는 이 떨림은 무엇인가? 아차 하면 쏟아져 내릴 듯이 눈물을 안에서부터 밀어내는 이 힘은 무엇인가? 계속해서 맴도는 사념들, 끊임없이 되돌아오는 후회들. '이렇게 했더라면, 그것을 알 수 있었다면, 이렇게 말했다면…….'

너무 늦었다……. 언제나 너무 늦는 때가 있다. 되돌아갈 수 없는, 필름을 되감을 수 없는 때……. 사람이 저세상으로 가 버린 뒤에는 그 사람의 텅 빈 집만 남아 편지를 보낼 수도, 전화를 걸 수도 없게 되어 버린다. 언젠가는 부모님도 돌아가실 것이다. 언젠가는 파니 할머니도 돌아가실 것이다. 그것을 어떻게 믿을 수 있을까? 언제나 자기 주변에서 살아왔던 사람들이 더 이상 존재하지 않게 되리라는 것을 어떻게 받아들일 수 있을까? 다시는 그들의 얼굴을 볼 수 없고, 다시는 그들의 목소리를 들을 수 없고, 다시는 그들을 만질 수도 없게 된다고? 그들이 없는 세상을 어떻게 상상할 수 있을까?

바로 그런 이유에서 사람들은 사후의 세계를 믿게 되었던 것이다. 우리와 가까운 사람들이 영원히 사라져 버릴 수도 있다는 생각을 부당하게 여기고, 참을 수 없고, 받아들일 수 없었기 때문이다. 고대 이집트인들처럼, 기독교인들처럼, 유대인들처럼, 이슬람교도들처럼 생각할 까닭이 있었던 것이다. 무(無)가 그 소중한 사람들을 앗아 가 버리지 않을 거라고. 언젠가, 어느 날 밤 오시리스의 왕국이나 하느님의 나라, 알라의 나라에서 모두 다시 만나게 될 거라고. 아니면 다른 세상 어딘가에서, 다른 은하계 어딘가에서…… 모두 다시 모이게 될 거라고.

네모는 눈물을 흘렸다. 린다의 따스한 입술이 뺨에 와 닿는 게 느껴졌다. 낮에 린다에게 화냈던 일을 깊이 후회했다. 계속해서 심술을 부리고 불쾌하게 대했다. 우리는 가끔씩 얼마나 우스꽝스러워지는지! 바보 같은 싸움에 몰두하기보다는 중요한 것에 관심을 둬야 하지 않을까? 교수님은 네모에게 몇 번씩이나 되풀이해 말해 주었다. "너의 삶을 살아라. 하루하루 축제가 되게 해. 네가 오시리스의 길로 떠나게 되면 아무도 알 수가 없단다."

호수에 드리워진 빛이 서서히 금빛이 되어 갔다. 새들이 무리 지어 삼각형을 그리면서 날아올랐고, 호숫가에서 오리들의 울음소리가 서로 어우러지고 있었다. 모습이 보일까 말까 하는 작고 흰 구름이 서투른 붓놀림처럼 하늘에 그려져 있었다.

"병원으로 모시고 갔어야 했는데……."

네모는 책장이 덮였다는 것, 이야기가 끝났다는 것을 아직도 받아들일 수가 없었다.

"아니야. 교수님은 인생의 끝에 다다랐다는 것을 알고 계셨어. 파라오들처럼 죽음을 준비할 줄 아셨던 거야."

린다가 부드럽게 대꾸했다.

"인간은 죽음을 준비할 수 없어."

"하지만 교수님은 훌륭한 인생을 사셨어. 진정으로 '살아왔던' 거야. 교수님은 자기가 좋아하는 일을 하셨잖아."

어느새 언덕 너머 동쪽 신전 맞은편에 자그마한 태양이 모습을 드러냈다. 의기양양한 라가 자신의 첫 빛줄기를 던졌다. 테베 산 정상을 걸었던 날처럼 네모는 린다의 눈 위에 손을 얹었다.

"태양을 정면으로 보면 안 돼……."

린다는 새벽의 찬 공기 때문에 이를 딱딱 부딪쳤다. 네모는 린다의 창백한 얼굴 위로 부드럽게 몸을 숙였다. 가장 중요한 것……. 그래, 가장 중요한 것. 그게 있었다……. 간단하고 바보 같고 엄청난 그 세 글자를 네모는 드디어 입 밖으로 꺼낼 수 있었다.

"사랑해."

그 날 인간들의 사랑에 무신경하지 않았던 태양신 라는 이 특별한 순간을 좀 더 이어 주려고 했는지 하늘에서의 운행을 늦추었다.

이집트의 재발견

침묵의 세기들, 망각의 세기들. **그리스 로마 시대부터 파라오의 이집트는 사라졌다!**
모든 것이 폐허가 되고 상실되고 감춰진 가운데 여전히 모습을 드러내고 있는 것은
피라미드 뿐이었다. 피라미드는 누가 만들었을까? 이것은 어떤 비밀들을 간직하고 있을까?
그런데 알 수 없다. '테베'라는 이름조차 옛이야기를 떠올리게 할 뿐이다.
한때 왕들의 계곡에 묻힌 무덤들은 이집트인들의 가족묘로 쓰였고, 이후에는 기독교 은둔자들의
거처가 되기도 했다. 639년부터 이집트를 점령한 아랍인들은 폐허가 된 기념물들에는 관심을
전혀 두지 않았고, 그것을 건축 재료로 쓸 생각만 했다. 820년에 한 칼리프(이슬람 제국의 주권자)가
그 속에 무엇이 들어 있어 있는지 알아보려고 쿠푸 왕의 피라미드를 열려고 했다. 하지만
성공하지 못했다.
1798년 나폴레옹이 알렉산드리아에 상륙했다! 영국인들이 인도로 가는 길을 끊기 위해서
였는데, 그 계획은 수포로 돌아갔다. 이후 이집트에서의 징용과 약탈, 학살 등이 잇따랐다.
이는 프랑스로서는 영예롭지 못한 일이었다. 나폴레옹은 예술가와 학자들을 동원해 고대
이집트의 유적들을 발굴했다. 그들은 유적들을 탐험하고 연구하고 기록하기 시작했다.……
마침내 1809년 『이집트 해설』 1권이 출판되었다.
1822년, 장 프랑수아 샹폴리옹은 똑같은 내용의 글이 히에로글리프, 데모틱, 그리스어로
새겨진 비석 '로제타석'을 기초로, 그리고 필레 섬에서 나온 또 다른 문서를 참고하여 마침내
이집트어의 신비를 벗겨 냈다. 그는 1824년 『고대 이집트어 상형문자법 요론』을 출간해
1500년간의 침묵을 깨뜨렸다. **드디어 이집트를 해독할 수 있게 되었다!** 하지만
그 다음은 '광기'였다. 이집트에 대한 열정과 보물찾기가 관광객들을 매료시켰다.
1817년, 지오바니 벨조니는 세티 1세의 웅장한 무덤을 발굴했다. 고고학자들이 왕들의 계곡에
몰려들었다. 수많은 산 자들이 무덤 속에서 살기 시작한 것이다. 존 윌킨슨과 제임스 버턴은
무덤의 목록을 만들고 번호를 매겼다. 샹폴리옹과 로셀리니는 많은 유물들을 유럽의
박물관으로 옮겨 왔다. 오귀스트 마리에트는 1856년에 카이로에 정착해 1858년에
이집트 유적 본부를 세우고, 세계의 대형 박물관과 발굴 유물들을 공유하도록 했다.
1881년 가스통 마스페로가 왕가의 비밀 장소를 발견했다! 고요했던 왕들의 계곡은
공사판이 되었다. 하지만 무덤들은 대부분 이미 고대에 약탈당해서 텅 비어 있었다.
1922년 하워드 카터가 찾아낸 소년 왕 투탕카멘의 무덤만 예외였다. 보물이었다!
오늘날에도 여전히 프랑스, 이탈리아, 독일, 미국의 이집트학 학자들을 비롯해 이집트인들은
탐사와 발견을 계속하고 있다. 파헤치고 뒤지고……. 하지만 약탈하지는 않는다. 부조를
복원하고 신전을 보수한다. 파라오들도 만족스러워할 것이다. 오늘날의 인간들 역시
나름대로 그들에게 영원을 보장해 주려고 노력하고 있으니까.

네모와 린다는 하루가 다 끝날 무렵에서야 지치고 허기진 상태로 둘만의 인큐베이터에서 나왔다. 두 사람은 달라져 있었다. 둘은 관광객들이 떠나고 난 뒤 잠시 네페르타리의 작은 신전을 거닐었다. 서로를 느끼기에 그보다 좋은 장소를 찾을 수 없었다. 성소의 화려한 내벽과 기둥, 그들을 둘러싼 모든 것이 감미롭고 감각적이었다. 투명한 드레스를 입은 무척 우아한 왕비와 가냘픈 몸매의 여신들, 그리고 람세스 2세가 연인을 위해 새겨 넣게 한 화려한 찬사, '네페르타리, 그대를 향한 사랑을 위해 태양은 떠오르네.'

"난 여자들을 보면 늘 기분이 좋더라."

헤토르와 이시스 사이에서 금빛 드레스를 입고 있는 네페르타리 왕비를 넋 놓고 바라보면서 네모가 말했다. 네모는 린다의 허리에 팔을 감으면서 덧붙였다.

"모두 정말 관능적이야! 꼭 너처럼……."

"아마 문이 닫히고 밤이 되면 모든 인물들이 살아나서 축제를 열지도 몰라……."

두 사람은 생명의 부적 모양을 한 두툼한 열쇠를 손에 쥐고 있는 문지기 앞을 지나갔다.

바깥의 빛을 다시 본 네모가 말했다.

"린다야, 난 이제 람세스와 네페르타리, 라와 헤토르, 오시리스와 이시스, 이 모든 사람들과 신들이 익숙해. 꼭 우리가 신비로운 탐험에서 다시 돌아온 것만 같고, 다른 세계에서 서로 친구가 된 기분이야. 그리고 이제 우리는 태양을 향해 돌아가는 거지. 낮으로의 외출."

네모는 몸이 옮겨지는 듯한 기분이었다. 그거였다, 이집트! 놀라운 내적 동요, 자기 자신에게 몰입함으로써 깊은 변화를 체험하고 돌아오는 것이었다.

그렇다. 우리가 여기, 파라오의 땅에서 찾았던 것은 너무나 무거운 질문들에 대한 해답이었다. 죽음이란 무엇인가? 사랑이란 무엇인가? 우리가 여기서 쫓은 것은 바로 신비로운 우리의 기원이었다. 이집트, 그것은 우리 자신을 들여다보게 하는 하나의 거울이었다.

아부심벨 신전을 지나면서 두 사람은 매끄러운 얼굴에 볼을 통통하게 부풀리고서 변하지 않는 미소를 짓고 있는 람세스 2세에게 인사를 했다. 네모는 카이로 박물관의 진열장에서 혼자 잠들어 있던 말라비틀어진 닭 모가지의 미라를 생각했다.

"사실, 네페르타리 왕비의 미라를 다시 찾아내지 못한 건 잘된 일이야."

네모가 결론을 내렸다.

정말 그랬다. 아름다움의 절정에 있었던 왕비를 그 때 모습 그대로 기억하는 게 훨씬 더 나았다.

"우, 우! 우, 우!"

이상야릇한 모자를 쓰고 머리 위로 신문을 흔들어 대면서 파멜라 고모가 조심스럽게 걸어왔다. 설령 사막에 있다고 해도 파멜라 고모는 하이힐을 포기하지 않았을 것이다. 고모는 두 사람이 있는 곳으로 오자마자 평소에 볼 수 없었던 부드러운 몸짓으로 네모의 뺨에 향기롭고 감미로운 손을 가져다 댔다.

"슬퍼하지 마라, 네모야. 죽은 자들은 우리가 이름을 불러 주는 한 계속해서 살 수 있다는 걸 잊지 마. 그들은 우리 옆에서 함께 걸어가고 있단다. 기다리는 동안, 이걸 가지고 있어라."

고모는 네모에게 하얀 가죽으로 된 작은 상자를 내밀었다.

"어서 열어 봐!"

린다가 조바심을 냈다.

상자를 열어 보니, 생명의 부적 모양을 한 작은 펜던트 두 개가 반짝이고 있었다. 카드도 들어 있었다. 네모는 급히 읽어 내려갔다.

단 하루도 영원처럼 소중하고, 단 한 시간도 미래를 위해서는 충분하다…….

네모와 린다에게, 교수와 사미르가

네모는 셰익스피어를 미워했던 마음이 전혀 남아 있지 않다는 것을 깨달았다. 린다는 파멜라 고모가 셰익스피어의 공부를 재정적으로 후원하기로 했다는 말을 전해 주었다. 셰익스피어는 자기 꿈을 이룰 것이다. 이집트학 학자가 되는 것 말이다. 결국 그들의 모험은 쓸데없는 짓이 아니었다.

잔뜩 흥분한 파멜라 고모가 그들에게 카이로 신문인 『이집트 일보』 1면을 펼쳐 보였다. 2단에 난 기사였다. 「카이로에서 약탈당한 2500년 된 무덤」.

네모는 린다가 자기 어깨 너머로 번역을 하고 있는 동안 재빨리 해석을 해 보았다.

"제26왕조 궁중 신하의 무덤……. 아인샴스 구역에서 6개월 전에 발굴되었다……. 무덤에서 나온 물건들은 카이로와 룩소르의 시장에서 재발견되었다……. 관광객에게 가짜 파피루스를 밀매하고 고양이 미라를 만들어 팔던 한 상인이 붙잡혔다."

"고양이 미라!"

네모는 린다와 파멜라 고모에게 카이로에서 겪었던 일을 이야기해 주었다.

"봐라. 이집트에서는 아무것도 끝나지 않았지. 아직 무덤도 있고, 발굴자도 있고, 약탈꾼도 있잖아. 내년에는 미라를 찾을 수 있어야 할 텐데……."

고모는 웃으면서 말을 이었다.

"아니면, 파피루스 한 조각이라도……. 아주 작은 것이라도……."

네모는 왼쪽 팔은 파멜라 고모의 팔에, 오른쪽 팔은 린다의 팔에 끼고 람세스 2세의 신전과 네페르타리 왕비의 신전 사이에 있는 대형 테라스 쪽으로 다가갔다. 거기서 레아 누나의 공연이 펼쳐지고 있었다.

사람들이 그렇게 고요하던 장소로 몰려들어서, 평소에는 빛과 소리에 예약되어 있던 계단식 좌석을 빽빽하게 채우고 있었다. 정장을 차려입은 남자들, 이브닝드레스를 입은 여자들, 장관들, 기업가들…….

"우리 아빠만 없네."

린다가 농담을 던졌다……. 다른 세상이었다…….

좌석은 순식간에 완전한 어둠 속에 잠겼다. 그러고는 빛줄기 다발들이 서서히 두 신전의 정면으로 흘러내렸다. 빛줄기는 돌로 된 얼굴에 활기를 불어넣으며 람세스 2세와 네페르타리 왕비를 잠에서 깨웠다. 마술처럼 빛이 뚫고 들어온 두 신전은 다시금 그 옛날의 화려한 빛깔을 찾아 번쩍거렸다.

네모는 린다에게 바짝 다가가 앉았다. 두 사람 앞에서 어여쁜 미라 하나가 천천히 수의를 벗으며 매혹적인 몸짓으로 춤을 추었다. 눈부신 여인이 자신의 오래된 껍질을 벗고 나왔다. 네페르타리 역을 맡은 레아 누나였다……. 거상 발치 아래서 머리를 땋아 내린 젊은 여신들이 나일 강 범람의 기적을 흉내 냈다. 무용수들은 머리를 뒤로 젖힌 채 다리를 높이 뻗어 수직이 되게 했다. 그러고는 얼굴은 옆을 바라보고 상반신은 정면으로 향한 채 손을 가슴께로 모았다.

네모와 린다가 찾던 무희 '네페르타리'의 그 정겨운 자세를 했던 것이다. 무용수들은 그 옛날의 꼬마 네페르가, 그리고 그보다 더 오래전에 고대 무용수들이 했던 동작들을 보여 주었다. 별빛 속에서 빙글빙글 도는 가냘픈 몸매의 무용수들은 세계의 역사, 인류의 역사, 죽음을 거부하고 사랑을 고집하는 '인간'이라고 불리는 그 작은 존재들의 역사를 공연했다.

에필로그

　만일 그 날 아침 태양이 떠오르지 않았다면? 죽은 자들의 왕국에
사는 마귀들에게 잡혀 어둠에 갇힌 채 땅속에 머물렀다면? 이집트
가 영원한 밤 속에서 꼼짝없이 굳어 버리고 소멸해 최초의 혼돈으
로 되돌아가 버렸다면?

　사미르는 미소를 지었다……. 아니다. 물론 그런 일은 절대로 일
어나지 않았다. 앞으로도 일어나지 않을 것이다. 태양은 날마다, 몇
백만 년 동안이나 그랬던 것처럼 또다시 떠오를 것이다. 그렇다. 새
로운 순환이 시작될 것이다. 세상은 다시 시작될 것이다.

　토담집 지붕 위에 앉아서 사미르는 평소처럼 일출을 기다렸다.
그의 일상엔 변한 것이 하나도 없었다. 하지만 예전에 자신을 사로
잡았던 신랄함과 분노는 새로운 감정에 자리를 내주었다. 어떤 평
온함에, 아마도 행복감에 자리를 내준 것이 아닐까!

　사미르는 어릴 적 꿈꾸었던 인물, 그러니까 어머니의 은인이었던
교수님을 만났다. 물론 교수님을 알게 되자마자 잃고 말았지만. 그

렇게 되었다. 하지만 두 사람은 가장 중요한 것을 나눌 수 있었다. 어머니와 교수님의 이야기를 다시 기억하고 소중한 네페르의 기억을 되살리고 서로 하나가 되게 할 비밀을 함께 발견했다. 그것이 왜 그렇게 중요할까? 사미르는 정말 이해할 수가 없었다. 그는 단지 어떤 것이 이루어졌다는 느낌을 받았을 뿐이다. 그렇다. 그 뒤로는 그저 평온함이 느껴졌다.

이러한 기쁨을 누릴 수 있게 된 건 귀여운 두 명의 외국인 덕분이었다. 네모와 예쁜 린다. 사미르는 린다의 커다란 갈색 눈과 섬세한 입술 선을 떠올렸다. 그 애들 생각에 가슴이 뭉클했다. 둘 다 참 좋아했는데. 사미르는 그 애들에게 고초를 겪게 했던 것에 대한 화해의 표시로 해링턴 부인을 통해 생명의 부적 두 개를 선물했다. 그 애들도 자기를 기억하고 있을까? 린다와 네모……. 둘은 아마 자기 나라로 돌아갔을 것이다. 저마다 자기 세계로. 그랬다.

사미르는 천천히 밤에서 깨어나는 테베 산을 바라보았다. 그 곳에는 아직도 얼마나 많은 보물들이 숨겨져 있을까? 얼마나 많은 비밀들이 묻혀 있을까? 저기, 왕비들의 계곡 옆, 구멍이나 틈 어딘가에 네페르타리 왕비와 고대의 왕비들이 잠자고 있는 무덤이 감추어져 있을 것이다. 저기 바위의 틈 아주 가까이……. 아마도 어느 날인가 사람들은 그것을 다시 찾아낼 것이다. 사미르가 다시 찾아낼 수도 있고. 하지만 그 때에는 그 귀중한 미라들을 존중해 줄 것이다. 그들에게 경배하고 그들을 찬미할 것이다.

사미르는 교수님에게 약속했다. 이집트학 공부를 마치고 발굴가들이 하는 작업에 참여하겠다고. 5000년 전부터 사막에 묻혀 있었던 고대 세계를 구원해 부활시키는 남녀의 긴 대열에 합류할 것이다. 어떻게 보면 자기도 역시 이집트의 영원을 보존하는 데 이바지하게 되는 것이었다.

사미르는 교수님이 남겨 준 유산 덕분에 가족을 제대로 부양할 수 있었다. 할 일이 태산 같았다. 지붕도 튼튼하게 얹고, 형제들을 위해 새로 방도 짓고, 막내도 대학에 보내고……, 새로운 역사가 시작되었다.

멀리서 산등성이가 월계수보다 좀 더 연한 장밋빛으로 물든 하늘을 뒤로하고 선명한 윤곽을 드러냈다……. 또다시 태양이 암흑 속에서 떠올라 이집트를 비추었다. 몇백만 년 동안 매일 아침 그러했듯이……. 또다시 하루가 시작되었다. 또다시 세상이 태동했다.

감 사 의 글

    우리에게 이집트의 마법을 맛보게 해 주고 오시리스 왕국으로 떠나 버린 장 필립 로에르 교수님, 우리가 이집트를 방문할 때마다 늘 반갑게 맞아 주고 금 지된 무덤과 신전으로 안내해 주었던, 우리의 초고를 세심하게 읽어 주며 네 모를 돌봐 주었던, 테베 서쪽 프랑스-이집트 연구팀 단장이신 크리스티앙 르 블랑 씨, 이 모험에 우리와 함께하며 우리의 순진한 질문에 끈기 있게 답해 주 었던 이집트학 학자들, 테베 산 꼭대기와 험난한 라메세움 신전까지 함께 가 주었던 복원 기술자 실비 오젠느 양, 이집트의 새로운 세계로 우리를 안내해 주고 친절하고도 상냥하게 맞아 주었던 하산과 그의 가족들, 우리 글을 맨 처 음 읽어 주었던 독자들, 안나, 셀리아, 앙토냉, 카롤린, 이자벨, 이 모든 분께 감사의 마음을 전합니다.

지은이 니콜 바샤랑, 도미니크 시모네

네모의 이집트 여행

2007년 1월 20일 1판 1쇄
2008년 2월 25일 1판 2쇄

지은이 : 니콜 바샤랑·도미니크 시모네
옮긴이 : 이수련

편집 : 정은숙·송명주
교정 : 한지연
디자인 : 이혜연
마케팅 : 이병규·이민정
홈페이지 : 최창호
제작 : 박흥기

출력 : 한국커뮤니케이션
인쇄 : 코리아피앤피
제책 : 경문제책

펴낸이 : 강맑실
펴낸곳 : (주)사계절출판사 | 등록 : 제406-2003-034호
주소 : (우)413-756 경기도 파주시 교하읍 문발리 파주출판도시 513-3
전화 : 031)955-8558, 8588
전송 : 마케팅부 031)955-8595 편집부 031)955-8596
홈페이지 : www.sakyejul.co.kr | 전자우편 : skj@sakyejul.co.kr

값은 뒤표지에 적혀 있습니다.
잘못 만든 책은 서점에서 바꾸어 드립니다.

사계절출판사는 성장의 의미를 생각합니다.
사계절출판사는 독자 여러분의 의견에 늘 귀 기울이고 있습니다.

ISBN 978-89-5828-205-1 03860

이 도서의 국립중앙도서관 출판시도서목록(CIP)은 e-CIP 홈페이지(http://www.nl.go.kr/ecip)에서
이용하실 수 있습니다.(CIP제어번호: CIP2006002862)